Femme fatale

Catalogage avant publication de Bibliothèque et Archives nationales du Québec et Bibliothèque et Archives Canada

G., Sylvie, 1972- , auteur
Femme fatale / Sylvie G.
ISBN 978-2-89431-598-9
I. Titre.
PS8613.O93F45 2018 C843'.6 C2017-942338-X
PS9613.O93F45 2018

Photo de la couverture : Shutterstock

Les éditions JCL bénéficient du soutien financier de la SODEC et du Programme de crédit d'impôt du gouvernement du Québec.

Nous remercions le Conseil des Arts du Canada de l'aide accordée à notre programme de publication.

Financé par le gouvernement du Canada | Canada

Édition
LES ÉDITIONS JCL
jcl.qc.ca

Distribution au Canada et aux États-Unis
MESSAGERIES ADP
messageries-adp.com

Distribution en France et autres pays européens
DNM
librairieduquebec.fr

Distribution en Suisse
SERVIDIS/TRANSAT
asdel.ch

Suivez Les éditions JCL sur Facebook.

Imprimé au Canada

Dépôt légal : 2018
Bibliothèque et Archives nationales du Québec
Bibliothèque nationale du Canada
Bibliothèque nationale de France

SYLVIE G.

Femme fatale

LES ÉDITIONS JCL

Pour toi, où que tu sois

1

Katriana
Damian Scott

Damian Scott a les yeux rivés sur cette femme qui paraît tout droit sortie d'un fantasme : une chevelure de jais, des ongles laqués rouge sang et surtout cette bouche pulpeuse qu'il ne cesse d'imaginer autour de son membre enflé qui menace de percer son pantalon. Pour ajouter à l'illusion de déesse du sexe, elle discourt d'une voix langoureuse, agréablement teintée d'un accent qui rappelle vaguement celui d'une Russe.

De passage à Boston, cette mystérieuse inconnue a communiqué avec lui deux jours plus tôt en espérant obtenir une soumission pour la construction d'une résidence secondaire. Lors de la discussion téléphonique, Katriana souhaitait que l'entrepreneur la conseille sur le quartier que devrait choisir « une femme célibataire en quête d'aventures », des paroles qu'elle a ponctuées d'un rire sensuel. Pour ajouter à cette allusion libertine, elle a suggéré que le quinquagénaire la rencontre dans sa suite du Ritz-Carlton. Scott n'a pas hésité un seul instant à aller vérifier qui pouvait bien se cacher derrière cette proposition alléchante.

Le premier coup d'œil sur la cliente lorsqu'elle a ouvert la porte, il y a maintenant une heure, a vite confirmé qu'il venait de gagner à la loterie. La pièce était baignée d'une luminosité modérée et d'un rythme langoureux, deux éléments aussi suggestifs que réjouissants. Champagne à la main, vêtue d'une robe noire au décolleté profond, la femme l'a détaillé de la tête aux pieds, de son regard bleu saphir.

— Inté*r*essant, a-t-elle ronronné comme une chatte avant de se tourner, sans même lui serrer la main.

S'il a été étonné par cette façon peu conventionnelle de commencer un rendez-vous professionnel, Damian Scott n'a retenu que le roulement irrésistible de son « r » lorsqu'elle a prononcé le compliment à son égard, qui dissimulait à peine une invitation à se mettre au lit. Le déhanchement provocant de la femme en noir amplifiant l'érection qui naissait déjà dans son pantalon, il n'a fallu que quelques secondes pour qu'il s'imagine baiser cette salope.

La bouche en premier, a-t-il songé.

Ne résistant à aucune occasion d'insinuer le sexe dans la conversation, l'homme d'affaires ne s'est pas non plus gêné pour lorgner les cuisses que découvrait la robe échancrée de sa cliente. Il savait par sa façon de le fixer, chaque fois qu'elle croisait et décroisait ses jambes fuselées, qu'elle ne cherchait qu'à l'attiser, plus qu'il ne l'était déjà.

Justement, à présent que les discussions sur le budget colossal dont dispose Katriana sont terminées, il sent de plus en plus son pantalon se resserrer. Ce jeu de séduction a assez duré, il la veut. Maintenant.

Faisant écho à sa réflexion silencieuse, la femme dépose son dossier en soutenant le regard de l'homme venu la rencontrer. Lentement, elle s'incline pour récupérer la bouteille de mousseux et exhiber sa poitrine voluptueuse par la même occasion.

— Champagne ? s'enquiert-elle tandis que Damian Scott se délecte de l'entrecuisse invitant que la Russe expose volontairement au moment de lui resservir du liquide doré.

Sous cette dentelle noire, il devine un jardin chaud et humide dans lequel il pourra bientôt s'enfoncer. Il se promet de le faire sans la moindre retenue.

Cette chienne en redemandera, s'excite-t-il en imaginant ses cris jouissifs.

Saisissant au passage les yeux indiscrets de son invité sur elle, Katriana lèche sensuellement ses lèvres colorées de rouge cerise.

— Maintenant que nous avons cla*r*ifié not*r*e entente, au*r*iez-vous une suggestion pou*r* occuper not*r*e soi*r*ée ? chuchote-t-elle en rivant ses iris aux siens, anéantissant ainsi tout doute qui pourrait subsister sur ses intentions.

L'homme d'affaires s'esclaffe d'un rire rauque tandis que des images dépravées se déchaînent dans son esprit.

— J'ai bien une idée ou deux, admet-il, une main glissant vulgairement sur le renflement de son pantalon.

— C'est bien ce que je pensais, rétorque-t-elle, en haussant un sourcil séducteur.

Captant sa répartie comme le feu vert officiel, Scott s'apprête à se lever, mais Katriana l'intime d'un geste de patienter.

Sourire aux lèvres, la femme en noir se dresse sur ses vertigineux escarpins rouges, sous les yeux hypnotisés de l'entrepreneur. Scott se régale de son petit cul serré en l'observant onduler les hanches jusqu'à son sac à main. Pendant que l'homme s'agite d'excitation sur son siège, la Russe récupère un pistolet et en un battement de cils appuie sur la gâchette.

La balle transperce le cœur de Damian Scott dans un sifflement à peine perceptible.

2

La femme n'est pas en position de désir, elle est en position, bien supérieure, d'objet de désir.
JEAN BAUDRILLARD

Jonathan Serra émerge de sa courte nuit en entendant son téléphone vibrer sur la table basse près du lit.

— Serra, s'annonce-t-il d'une voix âpre.

— On vient de trouver le corps d'un homme au Ritz-Carlton, je t'attends là-bas, l'informe Adam Kelly.

Après une brève salutation à son coéquipier, l'enquêteur dépose son portable et se frotte les cheveux en analysant le décor autour de lui. Malgré les quelques bières de trop, il ne met qu'une seconde à se rappeler où il a passé la nuit. L'appartement bien rangé et propre constitue le meilleur indice prouvant qu'il n'est pas chez lui. Le parfum de lavande sur l'oreiller, les draps de satin bleu ainsi que la commode qui regorge de produits de beauté confirment sa première hypothèse. Le corps nu d'une blonde aux courbes généreuses, à la peau crémeuse, certifie le premier souvenir qui lui revient de la nuit précédente : du sexe agréable certes, mais sans lendemain. L'universitaire n'était pas que jolie, mais intelligente et ambitieuse aussi. Dommage qu'il devra la décevoir avec une justification merdique sur les raisons pour lesquelles ils ne se reverront plus. Il déteste avoir encore cédé à quelques sourires et battements de cils aguicheurs. Être un briseur de cœur n'est pas une étiquette qu'il aime porter, pourtant c'est la réputation qu'il s'est taillée à force de cumuler les conquêtes.

Le jeune homme se glisse doucement hors des draps, en espérant ne pas réveiller la fille de qui il ne se souvient même plus du nom.

— Hé ! fait-elle en agrippant le bras du policier pour l'empêcher de s'éloigner.

Foutu. Je ne serai pas quitte avec une note gentille sur l'oreiller, cette fois, songe-t-il. Après avoir pris le temps de retirer une mèche de cheveux du visage de sa belle hôtesse, il murmure :

— Je suis désolé, je dois travailler. Ils m'attendent déjà.

Lorsqu'elle s'approche de lui, Jonathan ne peut résister à la tentation d'embrasser ses lèvres tièdes et veloutées. Il s'y attarde plus longtemps que prévu quand le souvenir de cette bouche autour de sa virilité vient titiller son esprit.

— Hum…, soupire la jeune femme. Autant tout ça me plaît, autant je t'assure que je n'ai pas besoin d'un dessin, Jo. Je sais bien que tu passeras cette porte pour la dernière fois. Tu dois manger de toute façon, alors laisse-moi te préparer un sandwich pour la route pendant que tu te douches, propose-t-elle en saisissant la mâchoire de son amant pour lui voler un dernier baiser. Tu n'iras quand même pas au travail sans te laver.

Jonathan esquisse un sourire, malgré lui. Certaines comprennent plus vite que d'autres, se réjouit-il.

La chambre d'hôtel condamnée par le périmètre établi par les policiers est presque déserte lorsque Jonathan Serra arrive sur les lieux du crime. Le corps d'un homme bien vêtu, assis sur une bergère, la tête légèrement inclinée vers l'avant, trône au centre de la pièce. Quelqu'un ignorant sa mort pourrait penser qu'il s'est endormi. Le lit n'est pas défait et personne ne s'y est allongé à en juger par les couvertures parfaitement lissées. *Le meurtre a donc eu lieu avant la nuit… ou c'est ce qu'on souhaite nous amener à croire*, cogite le policier.

— Merde ! Mais où étais-tu ? s'énerve son collègue.

— Elle était gentille, je n'ai pas eu le courage de la laisser en plan lorsqu'elle m'a servi à déjeuner. Désolé.

— Ce que tu peux me faire chier, grogne Adam en lui catapultant une paire de gants.

— Alors, qu'est-ce qu'on a ici ? demande le jeune détective qui enfile les deux pièces de latex.

— Un cadavre, résume Adam.

Les deux hommes s'esclaffent d'une seule voix tandis que le technicien d'identification judiciaire, celui que Jonathan surnomme amicalement Dexter, les dévisage d'un œil intrigué.

— Homme blanc, de toute évidence, commence Gilbert O'Reilly en affichant un rictus, fin de la cinquantaine. La victime a été atteinte d'une seule balle en plein cœur.

Comme personne ne semble avoir entendu la déflagration, le pistolet doit assurément être un PSS de petite taille. Bien que pas totalement silencieux, il est le moins bruyant de sa catégorie. En plus, on peut supposer que le meurtrier qui est entré ici pour l'abattre espérait transporter son arme discrètement, ce qui représente un jeu d'enfant avec ce pistolet de fabrication russe. Quoi qu'il en soit, les balles subsoniques qu'il exige sont facilement identifiables.

— Donc, le résultat de la balistique pourra confirmer ta théorie ? s'enquiert Adam en jetant une œillade au rouquin.

— Oui. Sinon quelqu'un l'a tué ailleurs avant de le traîner dans cette pièce. Ce qui me semble bien moins discret et plutôt inefficace, remarque le technicien en dissimulant un sourire.

— En effet ! acquiesce Adam.

— De toute façon, notre équipe s'occupe déjà des caméras vidéo, mais une étude préliminaire par la sécurité de l'hôtel n'a rien donné de concluant. Personne ne transportait de sac d'un mètre quatre-vingt-huit, ironise-t-il.

Pendant cette conversation, Jonathan examine la scène du crime. La chic suite est impeccable, comme si personne n'y avait mis les pieds. Aucun ordinateur, aucun document ou crayon ne sont sortis de la mallette de l'homme. Il n'y a ni verre souillé ni bouteille d'alcool sur la table où il est installé. Il repose sur son siège, de la même façon que s'il s'était assis dès son arrivée et avait attendu sa mort. Jonathan se rend vers les pièces d'identité de la victime, rassemblées dans un sac plastifié sur un meuble à proximité. Damian Scott est entrepreneur en construction selon les cartes de visite que contenait son portefeuille. Il est marié à en juger par une photo de famille assez récente. La callosité de sa main gauche indique qu'il a retiré son alliance. *Divorcé?* réfléchit Jonathan.

— Avez-vous trouvé son jonc? demande le policier.

— Oui, dans la poche de son pantalon, confirme le technicien. On pense qu'il était peut-être ici pour retrouver sa maîtresse. Ce n'est qu'une hypothèse non vérifiée, mais les deux condoms découverts au même endroit me font pencher vers l'affirmative. Il pourrait aussi être venu à un rendez-vous d'affaires avant ou après une rencontre avec une femme ailleurs. Bien qu'une chambre d'hôtel soit un lieu inusité pour conclure un contrat pour l'achat d'une maison, vous en conviendrez.

— La suite était à son nom? s'intéresse Jonathan, les doigts sur le menton pour gratouiller sa repousse de barbe.

— Oui. Elle a été réservée et payée en entier il y a deux jours, par une femme qu'on croit être sa secrétaire, les informe O'Reilly. Nous sommes à vérifier cette donnée ainsi que la carte de crédit ayant servi à régler les mille trois cent quatre-vingt-dix dollars nécessaires pour cette superbe suite exécutive, annonce-t-il en reprenant son appareil photo pour effectuer quelques clichés supplémentaires.

— Je devine qu'il n'y a aucune empreinte ou trace d'ADN?

— Exact! confirme Adam en se remettant sur pied après s'être penché sous le lit. Même si le choix de l'espace luxueux et l'abus de parfum évident de la part de la victime nous indiquent que c'est une femme qu'il venait rencontrer qui l'a probablement abattu, il ne faut pas négliger la thèse possible du mari jaloux qui savait que son épouse avait une aventure.

— Nah ! réfute le spécialiste. Un drame passionnel aurait laissé des traces de violence. Sinon le corps serait criblé de plusieurs projectiles, selon moi. Mais supposons pour un instant que nous nous trouvons devant un assassin au tempérament posé. Amusons-nous à faire comme si, et permettez-moi de vous expliquer la raison justifiant que je n'adhère pas à l'hypothèse du mari cocu, meurtrier, calme et doué pour l'effet de surprise.

Les deux policiers échangent un regard railleur tandis qu'O'Reilly se rend devant la porte d'entrée de la suite avant de reprendre.

— Si on exclut le transport du cadavre plié en quatre dans une valise, commence-t-il très sérieusement, la victime a été tirée à bout portant. On devra confirmer la portée de l'arme, mais s'il s'agit bien du PSS, il est préférable de l'utiliser à moins de vingt mètres. Donc, l'endroit où je me tiens représente la limite acceptable, remarque-t-il en levant les yeux vers ses interlocuteurs afin de vérifier leur accord. Ainsi, pour que ton hypothèse tienne la route, il aurait fallu que l'homme entre ici et s'approche sans que la victime se retourne, parce que, selon toute vraisemblance, il n'a pas bougé. Il est dos à moi, alors que la balle a perforé le devant de sa cage thoracique et le siège n'est pas percé. On est d'accord sur ce point ?

Jonathan et Adam dodelinent de la tête machinalement.

— Supposons un moment que notre mari jaloux et invisible se soit rendu jusqu'ici, reprend-il en se positionnant à dix mètres devant le corps inerte. Il y aurait possiblement eu une lutte ou du moins un bref mouvement de la part de Scott qui, logiquement, aurait essayé de s'enfuir ou de se défendre. Ce qui aurait laissé des traces. Or, il n'y en a aucune, conclut-il.

— À moins qu'il ait été tué ailleurs dans la pièce et que le meurtrier ait tout nettoyé après l'avoir installé sur cette chaise ? suggère Jonathan.

— Oui, on s'entend pour le récurage. Pour le reste, je n'y crois pas. Damian Scott fait environ quatre-vingt-cinq kilos. Le lever à bout de bras est compliqué – un autre argument valable pour le sac de transport peu probable –, précise-t-il à l'intention d'Adam, et le traîner jusque-là aurait laissé un quelconque petit résidu de semelle, ce qui n'est pas le cas. Sans parler que ça augmentait un risque de répandre de l'ADN sur la victime. Je crois sincèrement que le corps a été abandonné exactement au même endroit, sans même avoir été touché après le meurtre. En plus, selon mes observations préliminaires qui devront être validées, dit-il en sortant une feuille et un crayon pour illustrer la trajectoire et l'inclinaison de la balle, le tireur se tenait là, insiste-t-il du bout de sa mine en jetant un œil à ses collègues attentifs. Dans cette chambre, ça se situe environ ici, explique le technicien en se rendant près du lit. Ce qui est plausible en fonction de la distance, de la course du projectile ainsi que de la position de la victime.

— Donc, à moins que ce soit toi l'assassin, il y a peu de chance qu'il ait pensé à tous ces détails, rigole Adam.

— J'ai un alibi, se défend O'Reilly. J'étais chez Natacha.

— Natacha! Oh! Je n'ai jamais entendu ce prénom avant, se réjouit Adam.

Une conversation s'ensuit sur cette nouvelle flamme, alors que Jonathan continue d'analyser la scène où il doute de trouver quoi que ce soit. Tout indique que le meurtrier a bien effectué son travail pour éliminer les indices, ce qui compliquera le leur pour remonter à lui.

— Bon! lâche Jonathan presque aussitôt, jugeant qu'il n'y a plus grand-chose à observer.

— Oui, j'ai aussi beaucoup à faire, s'excuse le spécialiste avant de retirer ses gants, donnant ainsi le signal qu'il est temps de plier bagage.

Après être demeuré une demi-heure supplémentaire à l'hôtel, histoire de se donner meilleure conscience pour son retard, Jonathan Serra est de retour au bureau où il dépouille ce qu'il a pu dénicher sur Damian Scott. L'entrepreneur était bel et bien marié depuis plus d'une vingtaine d'années. De toute évidence, ce père de deux enfants grossissait ses revenus en vendant de la dope, car une quantité non négligeable de coke a été trouvée dans sa BMW. La taille de la résidence familiale ainsi que les acquis matériels qu'il possédait indiquent que son entreprise allait bien ou que son petit boulot d'à côté rapportait gros. La thèse de la dette de drogue semble improbable, mais il reste à vérifier les comptes pour le confirmer. La suite a bien été réservée par une femme, selon ce que persiste à affirmer une employée de l'hôtel. Elle s'en souvient, car la dame est demeurée en ligne longtemps pour s'assurer d'obtenir cette chambre et aucune autre. C'était la préférée de Scott, paraît-il. Pourtant, après vérification, l'enquêteur a appris que l'homme d'affaires n'a jamais logé au Ritz-Carlton auparavant. Aussi, un bref coup de fil passé à sa secrétaire a permis d'infirmer que c'est elle qui avait téléphoné au chic hôtel. L'assistante a cependant pu confirmer que les coûts ont bien été portés à la carte de crédit de son patron.

— Qui croyait baiser s'est fait baiser ! décrète le policier à voix haute, bien qu'il soit seul dans son espace de travail.

En effet, sans avoir d'indice concret, Jonathan pense comme Gilbert O'Reilly, soit que Scott avait rendez-vous avec une femme et que c'est elle qui l'a abattu. Outre les explications du technicien, il y a la propreté du lieu qui le piste vers un assassin féminin, car les femmes ont le souci de laisser une scène de crime impeccable. Du moins, c'est ce que lui démontre sa courte expérience d'enquêteur. En revanche, le mobile ne lui semble pas si évident. Jalousie ? Jonathan n'y croit pas vraiment. À moins que la meurtrière soit son épouse ayant appris son infidélité. Dans ce cas, on parlerait davantage de crime passionnel. Le manque d'indices laissés sur place sème un doute que le meurtre ait été commis dans un moment d'accès de colère, comme l'a soulevé Gilbert. Il semble plutôt avoir été planifié. En revanche, la petite fortune qui reviendra à sa conjointe serait un motif intéressant. Ce sera à vérifier. Ce pourrait aussi être une ex-maîtresse éconduite, en supposant que son mode de vie volage se confirme. Possible. Pour l'instant, le mystère reste entier puisque le visionnement des caméras n'a rien donné. Pas étonnant, vu le matériel de sécurité qui paraît dater de la même époque que la construction de l'hôtel, en 1927 ! Les pieds sur son bureau, le flic frotte ses cheveux en listant les points à valider pour libérer son esprit.

- Sortir les états financiers de la victime
- Vérifier les relevés téléphoniques
- Fouiller…

— Suis-moi, lui ordonne son lieutenant en passant près de son bureau comme un coup de vent.

Armé de sa liste inachevée, Jonathan attrape son café ainsi que son muffin sans tarder et lui emboîte le pas.

— Rien d'intéressant, résume-t-il en s'installant devant son supérieur.

— Ouais, je sais. J'ai déjà discuté avec Adam. Ce n'est pas de cette affaire que je veux te parler, annonce-t-il en refermant la porte tandis que le flic cherche un endroit pour déposer son gobelet sur ce pupitre bordélique.

Jonathan regrette de l'avoir suivi aussi vite. Il se doute que le sujet sera son nouveau coéquipier après le départ d'Adam au quartier général. C'est génial pour son collègue qui travaillera dorénavant aux affaires internes, un poste qu'il convoite depuis un moment déjà. La mauvaise nouvelle est pour lui. Non seulement ils ne seront plus dans le même bureau, mais en plus, Adam déménage à l'autre extrémité de la ville, à Roxbury. Ainsi, Jonathan perdra son fidèle partenaire avec qui il a fait ses preuves ces quatre dernières années. Il détache un morceau de son muffin, se l'enfonce dans la bouche et lève ensuite des yeux suspicieux vers son patron en mâchant lentement.

— Ah ! Ne sois pas aussi sentimental, Jo. Je t'assure que j'ai une excellente nouvelle pour toi.

— Laisse-moi deviner : une jolie recrue avec un cul d'enfer, suggère le jeune policier avant de prendre une gorgée de son café.

— Comment tu le sais ?

— Ce sont les paroles exactes que tu as prononcées lorsque tu m'as annoncé que je travaillerais avec Adam, lui rappelle-t-il, un sourcil rieur bien arqué.

— Cette fois, c'est vrai, rigole l'homme au crâne dégarni. Seulement, ce n'est pas une débutante, Elisabeth Stevens arrive du D-14 de Brighton. Je n'ai aucun doute qu'elle te plaira, elle est brillante en plus. Tiens, voici son dossier, elle commence demain.

Ce n'est pas la peine d'argumenter. Même s'il trouvait n'importe quoi dans cette chemise pour plaider l'incompatibilité de caractère ou une autre connerie du genre, il devra accueillir gentiment cette personne qui vole la place de son meilleur ami, même si ça le fait chier.

— Pourquoi vient-elle ici ? fait mine de s'intéresser Jonathan.

En patientant pour obtenir la réponse, il mord dans son muffin à pleines dents. L'attitude de son supérieur qui détourne subtilement les yeux vers la fenêtre confirme que ça ne lui plaira pas. Toujours en attente du mensonge que lui prépare Mike Besner, Jonathan libère son tee-shirt des miettes de gâteau dont il est recouvert.

— Bah ! Elle est seulement un tantinet intense, rétorque-t-il avant de cacher un rictus bien dessiné derrière sa tasse.

— Concrètement ? demande le policier d'un ton monocorde tout en continuant son nettoyage méticuleux.

— Un type qui a violé sa nièce de quinze ans a été relâché faute de preuves. Elisabeth a pété les plombs, marmonne-t-il, le nez dans son café.

— Tu pourrais traduire « pété les plombs » ?

— Elle lui a tiré dans le pied, avoue-t-il.

L'air découragé, Jonathan catapulte son gobelet vide dans la poubelle.

— Elle a écopé de quoi ?

— De rien. On l'a défendue en prétendant que le coup était parti sans avertissement.

— Je vois. Elle couche avec quelle grosse tête pour être aussi bien protégée ? s'intrigue Jonathan, avant d'engouffrer le restant de son muffin.

— Personne ! Pas qu'ils n'ont pas essayé. Ils ont tous tenté leur chance. Tu seras le premier à y parvenir, rigole-t-il.

— Ah ! Fous-moi la paix !

Sur ces mots, Jonathan se lève, récupère le dossier et tourne les talons pour sortir du bureau sans prêter un regard de plus à son supérieur. Le rire rauque de Besner résonne encore lorsqu'il referme la porte.

Tony Bennett chante dans les haut-parleurs de la chaîne stéréo placée dans le salon de la maison où Jonathan a grandi. Les arômes de tarte aux fraises embaument la cuisine pendant que la tablée se régale du délicieux confit de canard d'Evelyn, sa mère. Ravi d'entendre les éclats de joie de sa grand-mère à sa gauche, le policier savoure le vin dont son père vient de vanter les qualités. Comme chaque semaine, la famille Serra est réunie pour un souper dominical. Les discussions sont à bâtons rompus, la bonne humeur est au rendez-vous et Jonathan fait le plein de normalité. La plupart du temps, les conversations en lien avec le travail sont interdites, mais bien sûr, avec un père juge et une mère psychologue judiciaire évoluant dans le même domaine, cela entraîne parfois quelques exceptions. Chaque écart de conduite se voit vite soulevé par Joan, la grand-mère maternelle de Jonathan. Elle-même psychologue avant sa retraite, elle soutient que des sujets légers durant les repas solidifient les relations en plus de favoriser une meilleure digestion. Bien que son argument soit la cible de moqueries, il a toujours été respecté religieusement par les membres de la famille. Il faut admettre que les repas du dimanche sont les moments de détente que tous attendent avec impatience chez cette famille aux liens tissés serrés.

— Alors, Jonathan, tu as décidé quand tu me feras un arrière-petit-fils ? relance grand-maman pour la énième fois.

Jonathan attrape son verre de vin en balançant la tête, un sourire timide inscrit sur les lèvres.

— Je te promets que dès que je rencontre une femme, je me penche sur ce dossier, mamie.

— Mais non, mon chéri, c'est sur elle que tu devras te pencher, s'esclaffe l'octogénaire.

Son rire sincère est vite accompagné de celui des parents du policier. Le rouge aux joues, Jonathan secoue la tête dans tous les sens. Même s'il a souvent cette discussion, il trouve toujours aussi embarrassant d'entendre sa grand-mère faire des insinuations si déplacées.

— Je m'en souviendrai, rigole le jeune homme. En attendant, quelqu'un veut d'autres légumes ? demande-t-il en se levant, désirant fuir cette conversation au plus vite.

Maintenant installé dans la salle de séjour, Jonathan sirote le liquide aux reflets cramoisis restant dans sa coupe. Joan est rentrée chez elle depuis un moment, et son père vient de le laisser pour finir de rédiger son verdict sur une affaire importante, très médiatisée. C'est ce dossier qui a meublé leur discussion entre hommes pendant que sa mère placotait au téléphone avec la tante de Jonathan. Il aime ce temps précieux passé avec son père qu'il admire pour ses qualités professionnelles. L'écouter lui relater son expertise s'avère toujours enrichissant pour le jeune policier. Arriver à rendre des décisions sur des procès qui donnent parfois envie de s'arracher les cheveux n'est pas reposant. Tout n'est pas noir ou blanc, lui rappelle régulièrement son père. Un jour, Pierre Serra avait confié à son fils qu'il rencontre souvent des dilemmes moraux avant de remettre son verdict. Lorsque Jonathan lui avait demandé de préciser sa pensée, le juge avait répondu que, même si le droit tranche, il voudrait quelquefois laisser parler son cœur. Toujours en quête de clarification, Jonathan avait insisté.

— Mon fils, quand tu dois autoriser la liberté à un homme, que tu sais sans l'ombre d'un doute être responsable du meurtre de son propre enfant, mais que faute de preuves tu dois prononcer haut et fort « non coupable », à ce moment précis, tu souhaiterais que le système de justice soit bien différent, avait-il avoué.

C'est ce jour-là que Jonathan avait réellement compris la pression que son père subit en tant que juge de droit criminel. Et c'est aussi à cet instant qu'il s'est senti choyé d'avoir été éduqué par un homme tel que lui. Malgré son métier exigeant et ses horaires parfois compliqués, son père est toujours demeuré présent pour Jonathan. Bon nombre de ses amis n'ont pas eu sa chance, il en est conscient.

— Tout est prêt pour le mariage de ta cousine, annonce Evelyn en rejoignant son fils, qui ne s'occupe à rien d'autre que de faire tournoyer son vin dans sa coupe.

Jonathan étire le bras pour laisser sa mère se blottir contre lui. En embrassant le dessus de sa tête, il respire en toute discrétion les effluves d'agrumes de son parfum. *Je ne me lasserai jamais de cette odeur*, songe-t-il.

— Rappelle-moi la date.

— Le 17 juin. Alors, tu viendras accompagné ? s'enquiert-elle en retirant sa pince de cheveux pour mieux s'appuyer contre son fils.

En vérité, Jonathan n'y a pas encore réfléchi. Bien sûr, ce serait plus intéressant de se rendre à cette cérémonie avec une escorte, mais il ne voit pas qui il pourrait inviter sans que ce genre de rendez-vous laisse planer le doute dans l'esprit d'une femme qu'il souhaite la présenter à sa famille. Il veut éviter toute confusion, car à ce jour aucune n'a réussi à toucher son cœur. Du moins, pas suffisamment pour qu'il entrevoie avec elle un avenir sérieux.

— J'imagine qu'il faudrait que je m'y mette, finit-il par marmonner.

Tandis qu'il avale d'un trait son grand cru, sa mère se redresse et se tourne vers lui pour le dévisager. Ses iris, aussi bleus que ceux de Jonathan, demeurent rivés longtemps sur lui sans qu'elle prononce un seul mot.

— Quoi ? dit-il en rigolant.

— Tu sais que mamie ne veut pas te mettre de pression, n'est-ce pas ?

— Bien sûr. N'empêche que j'aimerais quand même lui donner un arrière-petit-fils, répond-il en s'appuyant la nuque sur le canapé.

— Ou une arrière-petite-fille, corrige Evelyn.

— Ou une arrière-petite-fille, répète-t-il en souriant.

Après un moment à fixer les lattes du ventilateur qui tournent au-dessus de sa tête, il ajoute :

— Mais je n'aurai jamais d'enfant avec n'importe qui, juste pour poursuivre la lignée des Serra.

— Et c'est tout à ton honneur, rétorque sa mère en lui prenant la main. Un jour viendra où cette femme se présentera devant toi et tu sauras que c'est celle que tu espérais. En attendant, il n'y a rien de mal à magasiner un peu. Il faut essayer beaucoup de chaussures avant de trouver la bonne paire, tu sais ?

— Ah, maman ! s'offense-t-il, bien qu'il réprime mal son envie de rire.

— Je te taquine parce que je t'aime, mon chéri, rétorque Evelyn en se blottissant de nouveau contre le torse de son garçon.

— Je t'aime aussi, répond-il en resserrant ses bras autour de sa mère.

La porte s'ouvre sur un espace petit, mais bien suffisant pour un homme seul. Malgré l'absence de cadres sur les murs ou d'objets décoratifs dans la bibliothèque, l'appartement du policier reste accueillant. Pas aussi rangé que le souhaite sa mère, mais suffisamment pour recevoir des amis lorsque la solitude lui pèse trop. Comme maintenant. S'il n'était pas si tard, il se rendrait au pub quelques rues plus loin pour siroter une bière et discuter avec Rebecca, la nouvelle barmaid. Elle occuperait bien sa soirée… et peut-être une partie de sa nuit, lui souffle sa mauvaise conscience. Le peu d'heures de sommeil qu'il a cumulé la veille devrait suffire à le dissuader d'aller y faire un saut, mais c'est surtout le vin dont il a abusé qui le persuade qu'il est plus sage de rester tranquille. Le temps de lancer quelques vêtements dans la lessiveuse, Jonathan se laisse choir sur le canapé. Télécommande à la main, pieds sur la table basse, il cherche un film susceptible de lui changer les idées. Sans succès.

Visionnant distraitement une émission de rénovation, il écoute le tic-tac régulier de la trotteuse de son horloge. Il augmente le volume de son téléviseur pour éviter d'entendre le bruit assourdissant du silence. Après un moment, il se lève pour récupérer une bouteille d'eau au réfrigérateur. Appuyé sur son comptoir de cuisine, à boire à petites gorgées, il observe le vide de son triste appartement. Il récolte son cellulaire dans la poche arrière de son jean et y glisse un pouce hyperactif sans savoir précisément ce qu'il cherche. Après avoir fait deux tours complets de son répertoire téléphonique, il remet son appareil là où il l'avait cueilli. En scrutant la pièce, désespérément à la recherche d'une idée de divertissement, il pose les yeux sur le dossier qu'il a laissé sur la table en arrivant. C'est celui d'Elisabeth Stevens, sa nouvelle coéquipière. Un goût amer lui remonte dans la gorge en songeant qu'Adam quittera le bureau dans deux semaines.

— Attends-moi, Rebecca, chuchote-t-il pour lui-même avant de saisir ses clés et de sortir de chez lui.

3

Le silence est le bruissement de la solitude.
UMAR TIMOL

Rebecca étant en congé, c'est Philip qui a tenu compagnie à Jonathan pendant sa virée au pub. Même si leurs discussions sur les sports étaient divertissantes, le postérieur du barman, beaucoup moins attirant que celui de sa collègue, a incité le policier à se rendre au lit relativement tôt… et seul. Jonathan est donc arrivé au bureau à l'aube. En s'asseyant, il a vite remarqué qu'Adam était venu récupérer ses quelques effets personnels pour libérer son espace. C'est le signe qu'Elisabeth Stevens ne devrait plus tarder maintenant. Jonathan a prévu faire un saut au gymnase pour la laisser s'installer en paix. Même s'il n'est pas heureux de l'accueillir, il espère tout de même lui permettre de s'acclimater avant de la bombarder d'informations sur les enquêtes en cours. Après tout, ce n'est pas sa faute si elle remplace son meilleur ami. En parcourant son dossier, il a pu confirmer que Mike ne lui avait pas menti, c'est vrai qu'elle est brillante. Si les notes qui y figurent sont véridiques, elle était première de classe dans toutes les matières. Il n'avait pas tort sur son allure non plus selon son appréciation de ses traits harmonieux, délicats et très féminins. Elle porte cependant ses cheveux courts, ce que Jonathan n'aime pas pour une femme. De toute façon, la coiffure de sa coéquipière représente le moindre de ses soucis, car contrairement à ce que pense Mike, il ne se risquera pas à l'attirer dans son lit. Il est bien déterminé à apporter des changements dans sa vie et ne pas coucher avec sa nouvelle partenaire de travail constitue un pas certain dans la bonne direction.

Le gymnase est vide, à l'exception d'un groupe de policiers qui rient dans un coin. Comme c'est souvent le cas, ils discutent plus qu'ils s'entraînent, les stéroïdes les aidant à gonfler leurs biceps surfaits. Pourtant, la sueur empeste la salle de conditionnement physique. En apercevant Jonathan, ses collègues se déplacent vers lui, sourire aux lèvres.

— Merde, Jo ! Tu l'as vue ? demande Erik dès qu'il arrive près de lui.

— Je te parie vingt dollars que tu ne pourras pas te concentrer avant de l'avoir baisée, rigole Stefan.

De toute évidence, la photo rend bien justice s'ils font référence à sa nouvelle partenaire.

— Faites-vous plaisir, les gars. Je passe mon tour, répond-il en appuyant sur le bouton pour commencer sa course.

— Quoi ? Tu es malade ! s'étonne Rick Holmes, le pire enfoiré que Jonathan n'ait jamais rencontré.

Si Jonathan a la réputation d'être un don Juan, c'est Rick qui mérite le titre. À moins que ce soit plutôt celui de *douchebag*. Ce policier a toujours utilisé l'uniforme pour séduire les femmes – ce qu'il n'est pas le seul à avoir fait –, mais là où Rick se distingue des autres, c'est en abusant de son pouvoir, sans la moindre trace de remords. Il a d'ailleurs plusieurs plaintes de harcèlement à son dossier, tant à l'intérieur qu'à l'extérieur du bureau. Contrairement à Jonathan qui cumule les conquêtes davantage en conséquence d'un profond désir de combler la solitude, Rick, lui, tente de détenir le record du plus grand nombre de filles à son tableau de chasse.

— Mais qu'est-ce que tu racontes, Jo ? reprend Stefan en tirant sur chaque côté de sa serviette qu'il presse contre sa nuque. C'est certain que tu ne l'as pas encore vue.

— Je n'en ai rien à foutre. C'est la remplaçante d'Adam, rien de plus, riposte-t-il sèchement, espérant ainsi limiter les prochaines questions sur le sujet.

Des éclats de rire fusent de toutes parts pendant que les gars s'éloignent vers les vestiaires. Seul Erik monte sur le tapis roulant à ses côtés.

— C'est le départ d'Adam qui te met dans cet état ? veut savoir le flic, tout en pianotant sur le clavier de l'appareil cardiovasculaire.

— Qu'est-ce que tu vas t'imaginer ? rigole Jonathan.

— Ben, je sais que vous étiez proches, tous les deux.

— J'aurais préféré qu'il reste, mais je suis content pour lui. C'est ce qu'il voulait.

— Alors quoi ? Tu as rencontré quelqu'un ? cherche à comprendre Erik.

— Non, s'esclaffe Jonathan. Il n'y a personne, et je le crierai haut et fort quand ce sera le cas. Je n'ai juste rien à faire de cette nouvelle. Point. Fin de la discussion.

À ces mots, Jonathan maximise sa cadence. Erik le fixe un moment, affichant une mine dubitative évidente, mais saisit bien le message et appuie sur son bouton à répétition pour accélérer le rythme, lui aussi.

Fraîchement douché, Jonathan retourne au bureau après être passé acheter deux cafés chez Starbucks au coin de la rue. L'espace commun fourmille maintenant d'agents où une fébrilité plus tangible que d'habitude règne. En chemin, Jonathan bifurque par les archives pour récupérer quelques dossiers, puis passe à son pigeonnier où il trouve un rappel du 5 à 7 organisé ce soir à l'occasion du départ de son ami. C'est avec un bras rempli de chemises cartonnées et une main chargée d'un cabaret de café qu'il s'avance vers son bureau. Assise de dos, sa nouvelle coéquipière est déjà installée. Elle est plus grande qu'il l'avait imaginé et plus mince aussi, mais les cheveux courts châtains et surtout le siège qu'elle occupe ne laissent aucun doute qu'il s'agit bien d'Elisabeth Stevens. Il remarque alors que tous les gars s'arrêtent pour l'observer pendant qu'il marche vers elle. Il les réprimande d'un majeur bien dressé. Il perçoit quelques éclats de rire quand il dépose les dossiers sur sa table de travail. La jeune femme se tourne vers lui à ce moment.

Eh, merde !

Jonathan s'efforce de ne pas laisser paraître son trouble pendant que les yeux gris de la policière le transpercent.

Après un bref instant à le dévisager sans sourire, Elisabeth hoche la tête subtilement en guise de salutation. Jonathan détourne le regard de sa nouvelle partenaire et pousse un gobelet dans sa direction.

— Café ?

La jeune femme souffle un merci en s'emparant de la boisson chaude. Jonathan fait mine de ne pas l'avoir entendue en focalisant son attention sur sa pile de dossiers. Il sent qu'elle l'observe, mais il ne lâche pas des yeux la chemise cartonnée qu'il vient d'ouvrir, cherchant à comprendre la nervosité qu'il ressent soudain. Mike, leur supérieur, arrive au même moment et le délivre de son embarras.

— Salut, vous deux, je peux vous voir dans mon bureau ?

Elisabeth se lève la première. Soulagé, Jonathan saisit son café avant de la talonner. Il a beau s'efforcer de ne pas l'examiner, comme elle marche devant lui, c'est difficile de faire autrement. Les gars n'ont pas menti sur sa physionomie : sous ces vêtements trop grands, il devine un corps incroyable. Malgré la chemise masculine qu'elle porte sur un tee-shirt, elle n'arrive pas à cacher sa poitrine généreuse. Les deux fois où elle a plié le bras pour remonter son pantalon, le tissu se resserrait sur ses seins. Jonathan se déteste d'avoir déjà évalué ses mensurations, même s'il la connaît depuis moins de deux minutes. *Tout compte fait, c'est peut-être moi, le* douchebag, songe-t-il. Elisabeth s'assoit sur la chaise que lui désigne son supérieur, alors que Jonathan se contente d'appuyer une fesse sur un classeur bas, conservant ainsi un parfait visuel sur elle.

— Nous avons reçu les résultats de la balistique pour le dossier Scott, annonce leur lieutenant sans tarder. L'hypothèse d'O'Reilly était bonne sur l'arme. Gilbert O'Reilly est le technicien en scène de crime, explique-t-il à l'intention d'Elisabeth.

— Quelle est cette hypothèse ? questionne-t-elle avant de souffler sur son café et d'en boire une gorgée.

Le lieutenant Mike Besner prend un moment pour résumer les faits connus à la policière nouvellement affectée au dossier. Pendant le récit, Jonathan précise certains détails qu'il n'a pas eu le temps de relater à son supérieur. Notamment les aventures extraconjugales à répétition de la victime, qui n'étaient un secret pour personne, pas même pour sa femme. Il fait état de la santé financière confirmée de Scott, en soulignant que l'héritage dont son épouse est l'unique bénéficiaire pourrait constituer un mobile à considérer. Pendant les longues minutes nécessaires à la synthèse, Elisabeth reste attentive et prend des notes studieusement. Chaque fois qu'elle se penche pour écrire, Jonathan en profite pour évaluer les traits de son visage délicat. *Si elle n'était pas policière, elle pourrait devenir mannequin sur-le-champ*, pense-t-il. Son nez est fin, ses pommettes, saillantes, sa peau, sans défaut, et sa bouche, juste assez charnue. Contrairement à la plupart des femmes, elle ne porte aucun maquillage, mais Jonathan juge que ce serait inutile. Elisabeth est une beauté sans artifice.

— Mais s'il a été tué d'un coup de feu, ça me semble improbable que personne n'ait entendu la détonation, vous ne croyez pas ? réfléchit Besner, tout en retournant sur sa table son cellulaire dont l'écran s'agite sous les multiples messages qui entrent en rafale.

Émergeant de sa contemplation, Jonathan hoche la tête pour confirmer l'évidence.

— Avons-nous l'heure du décès ? Peut-être le meurtre s'est-il produit à un moment où le son a pu se fondre dans les bruits environnants, suggère sa nouvelle coéquipière. Cette arme est la plus silencieuse que je connaisse et la déflagration est plus facile à dissimuler que pour la plupart des autres.

— Je demanderai un plan de l'étage. La suite se situe possiblement dans une aile moins passante. Je n'ai pas porté attention en m'y rendant, commente Jonathan en notant l'information dans son calepin. Il faudrait aussi savoir si les chambres étaient toutes occupées à ce moment.

— Tenez-moi au courant, conclut Besner avant de se lever pour annoncer à ses interlocuteurs que la rencontre est déjà terminée.

Jonathan et Elisabeth se redressent dans un mouvement synchronisé. La jeune femme se dirige vers la porte la première, suivie par son partenaire qui laisse volontairement un espace important entre eux.

— Jo, tu as une seconde de plus ? demande le lieutenant.

Le policier s'immobilise tandis qu'Elisabeth poursuit son chemin sans se retourner.

— Alors ? chuchote-t-il en affichant un large sourire libidineux, surmonté d'un regard rempli de sous-entendus évidents.

— Ce n'est pas mon genre. Arrêtez de me faire chier ! grogne Jonathan.

Sur ces jolies paroles, il sort de la pièce et claque la porte derrière lui.

Après le dîner qu'ils ont pris à leur bureau sans échanger un mot, les deux nouveaux collègues discutent d'une autre affaire, le décès d'une femme dans un accident de voiture alors qu'elle se rendait à son chalet. Ni les conditions routières, ni l'alcool, ni son état de santé ne peuvent expliquer la perte de contrôle. Connue pour sa prudence, la victime n'avait aucune contravention pour excès de vitesse à son dossier.

— Tu as remarqué la date du testament ? demande Elisabeth en poussant un document vers Jonathan.

Le flic coince son stylo entre ses dents, lequel est déjà tout mâchouillé par sa mauvaise habitude, afin de vérifier l'information qu'Elisabeth soulève. Il plisse ensuite les yeux avant de consulter le calendrier sur le mur devant eux.

— Ça me semble bizarre qu'il ait été refait quelques semaines avant sa mort. Ce serait intéressant d'avoir une copie de celui qu'elle possédait auparavant ou de confirmer si elle en avait un, suggère la jeune femme sans cesser de pianoter sur son clavier d'ordinateur.

— Belle observation ! lance Jonathan, appuyant son commentaire d'un sourire.

La policière étire à peine les lèvres, mais lève le regard vers son coéquipier. Jonathan sent le trouble l'envahir de nouveau. Si bien qu'il détourne aussitôt son attention.

Ils sont penchés sur leurs documents respectifs lorsque des collègues s'approchent de leur espace de travail, Rick « douchebag » Holmes est du nombre. Jonathan l'aurait deviné avant de le voir, l'odeur de son eau de Cologne l'ayant devancé de plusieurs mètres. Des éclats de rire déconcentrent Jonathan, mais Elisabeth poursuit sa lecture.

— Rick Holmes, s'annonce l'agent, une fesse appuyée sur le bureau de la jeune femme.

Affublé d'un sourire grandement déployé et le torse exagérément bombé, Rick s'installe trop près d'Elisabeth pour qu'elle puisse l'ignorer. La policière fait l'effort d'une salutation de groupe en montrant sa plaque d'identification sur la cloison de sa table de travail en guise de présentation, puis replonge aussitôt le nez sur sa feuille.

— On voulait te souhaiter la bienvenue officiellement, reprend Rick. Ce soir, on se rend chez *Howl at the Moon* pour souligner le départ d'Adam, celui que tu remplaces. Tu viendras ?

— J'arrive tout juste de Brighton, j'ai des boîtes à défaire, répond-elle en fouillant dans ses papiers. Merci pour l'invitation, ajoute-t-elle en regardant vaguement vers la bande.

— C'est juste un 5 à 7 qui ne durera pas toute la soirée, insiste-t-il en mettant la main sur une chemise qu'elle s'apprêtait à ouvrir.

— Non. J'ai encore des rapports à finir pour l'autre district. Je n'ai vraiment aucun temps, dit-elle en tirant sur le dossier pour le récupérer.

— Je peux passer t'aider après, si tu veux, suggère Rick. On pourra rentrer tôt. Ça nous laissera amplement de temps pour dépaqueter tes boîtes d'abord et… faire connaissance ensuite.

Ce gars-là est vraiment le roi des cons, songe Jonathan. Aussi subtil qu'une baleine dans une piscine municipale. Elisabeth est assurément de son avis, car elle surprend tout le monde avec sa réponse cinglante.

— Bien sûr ! Pourquoi pas ? Et pendant qu'on y est, vous pourriez tous venir et on ferait un *gang bang* pour pendre la crémaillère. De cette façon, personne ne pourrait se vanter de m'avoir baisée le premier.

Après l'avoir dardé d'un regard dur, elle se lève calmement, attrape quelques dossiers et se dirige vers la sortie. Silencieux, hormis quelques rires réprimés, tous les gars la suivent des yeux jusqu'à ce qu'elle franchisse la porte menant aux escaliers. Ils s'esclaffent dès qu'elle disparaît. En vérité, Rick n'a que grimacé un sourire, de toute évidence insulté de s'être fait clouer le bec devant les autres. Jonathan, lui, n'a pas envie de rigoler. La répartie d'Elisabeth, à première vue comique, l'a dérangé. Le ton las de sa riposte et surtout sa promptitude ne laissent aucun doute sur le fait qu'elle doit avoir rencontré bien des hommes qui ne voulaient que l'attirer dans leur lit.

Elisabeth a quitté le bureau depuis près de trois heures maintenant. Jonathan a le cerveau en bouilli et le dos en compote d'avoir travaillé sans se lever. La plupart de ses collègues sont en pause, mais lui préfère mettre les bouchées doubles afin de se libérer à temps pour le 5 à 7 d'Adam.

C'est seulement autour de quinze heures trente qu'Elisabeth rapplique enfin, équipée d'une boîte-repas en provenance d'un restaurant de sushis.

— Rick et les autres sont partis juste après toi, tu aurais pu revenir plus tôt, tu sais ?

Pour éviter de donner trop d'importance à ses propos, Jonathan continue de fixer son écran d'ordinateur.

— Il y a longtemps, vraiment ? Pourtant, je sens encore son parfum bon marché, rétorque-t-elle d'une voix moqueuse, en déposant ses chemises cartonnées.

Surpris, Jonathan se tourne et aperçoit un rictus sur les lèvres de sa coéquipière. Ce n'est pas un sourire officiel, mais Jonathan est heureux de constater qu'elle prend la situation avec un grain de sel, tout compte fait.

— Ouais, il est facile à reconnaître, *Brise de merde*, en vente à la pharmacie du coin.

Ce qui lui vaut le premier demi-sourire d'Elisabeth. Il ne permet pas de voir sa dentition, mais ses traits détendus offrent une image vraiment plaisante à admirer, selon l'évaluation du jeune policier.

— J'ai trouvé un ou deux trucs intéressants, lance Jonathan.

Il dépose son stylo pour sortir deux feuilles de sa pile et les tend à sa collègue. Après s'être assise, Elisabeth s'en empare, puis les coéquipiers se remettent au travail pour le restant de l'après-midi. Jonathan a découvert que les deux suites adjacentes à celle où avait rendez-vous Scott sont en rénovation. Le crime ayant été commis un samedi et les employés de construction étant en congé, l'étage du Ritz-Carlton se voyait, pour ainsi dire, désert le soir du meurtre. Il est persuadé que l'assassin le savait. Il remémore à sa collègue que la femme ayant réservé la chambre d'hôtel a insisté pour obtenir celle-là en particulier. Elisabeth, pour sa part, a découvert un appel fait à l'entrepreneur deux jours avant sa mort, puis un autre le matin même. Ces coups de fil ont attiré son attention, car ils provenaient d'un numéro inconnu. Après vérification, elle en a conclu qu'il n'y a aucune façon de retrouver l'individu ayant communiqué avec Scott puisqu'il l'a fait d'une cabine téléphonique du sud de la ville, où on en trouve à plusieurs endroits.

— À moins de passer au peigne fin chacune d'entre elles pour relever des empreintes, on n'est pas plus avancés. Il faudra chercher autre chose, conclut-elle en s'appuyant sur le dossier de sa chaise pour s'étirer le bas du dos.

— Je n'arrive pas à croire qu'on ne découvrira rien, soupire Jonathan en l'imitant. Les crimes parfaits n'existent plus. Tout le monde traîne des téléphones intelligents, il doit bien y avoir quelqu'un qui a capté quelque chose.

— Ouais, tu as raison, murmure-t-elle.

Le silence gonfle quelques secondes. Elisabeth fixe un point derrière Jonathan en réfléchissant, alors que son collègue paraît faire la même chose en l'observant, elle. Des yeux comme les siens, il n'en a jamais vu avant. Pas seulement leur couleur d'un gris improbable, comme un ciel orageux en été, mais aussi l'intensité et la fragilité qui s'y chamaillent. Juste à l'admirer, il sent son cœur s'affoler. Lorsqu'elle sort de sa léthargie temporaire, Jonathan tente de retrouver son aplomb.

— Adam est quelqu'un de gentil, comme la plupart des gens ici, soit dit en passant. Il y a bien des exceptions, mais je pense que tu pourrais t'amuser si tu venais au pub.

— Merci, Nathan, mais je préfère travailler encore un peu. J'ai justement prévu le coup en allant m'acheter ces sushis.

— C'est *Jo*nathan, la reprend-il, mais tout le monde m'appelle Jo.

— D'accord, Nathan, répond la jeune femme en se penchant sur son repas.

Le policier ne se donne pas la peine de rectifier et se fait la réflexion silencieuse qu'elle finira bien par poser les yeux sur sa plaque d'identification, installée à moins d'un mètre d'elle. Il examine discrètement les mains délicates de sa partenaire qui n'éprouve aucune difficulté à manier ses baguettes. Ses doigts sont longs et minces, comme ceux d'une pianiste.

— Je sais qu'il y a toujours ces boîtes à défaire, renchérit Jonathan d'une voix empreinte de raillerie, mais si tu changes d'idée, nous serons à cette adresse.

Il dépose devant elle le carton d'invitation du 5 à 7 qu'il a récupéré dans son courrier ce matin. Il ferme le couvercle de son portable, enfile sa veste de cuir, saisit ses clés et jette un œil vers sa coéquipière. La jeune femme n'a pas levé les yeux sur le papier quand il tourne les talons pour s'éloigner.

L'alcool coule à flots au bar bondé de la rue High. Le départ d'Adam Kelly ne laisse personne indifférent parce que le jeune enquêteur a toujours été comme une brise d'air frais au sein de la confrérie. Pour Jonathan, c'est bien plus qu'un collègue qu'il perd. Bien avant d'être partenaires, ils ont étudié ensemble à l'université. Tous deux ont d'abord entrepris leurs études en droit dans le but de devenir des criminalistes. C'est aussi ensemble qu'ils ont décidé de cette réorientation dans le milieu policier. Le terrain où l'action était plus présente comblait les deux jeunes recrues friandes de sensations fortes. Après leurs débuts comme patrouilleurs, ils ont tous les deux intégré l'escouade des stupéfiants où ils se sont amusés en étant *undercover*. Ils se sont vite lassés et ont demandé un transfert aux crimes majeurs. Depuis le mariage d'Adam, puis l'arrivée de la petite Ana, un environnement plus calme et des horaires plus stables semblaient inéluctables. Adam Kelly a toujours été attiré par les lois et les règlements qui régissent l'organisation, alors ce poste d'enquêteur aux affaires internes paraissait composé pour lui. C'est tout de même avec une bonne dose de tristesse qu'il quitte Jonathan, son collègue et ami, mais comme il a tout à gagner, il part heureux.

Après la journée passée avec sa nouvelle partenaire, Jonathan, lui, est encore plus déprimé de se séparer d'Adam. Même sourire lui demande un effort surhumain en cette soirée censée en être une de réjouissance. Les yeux vitreux et le sourire fixé aux oreilles, Adam vacille jusqu'à Jonathan. Il s'accroche au cou de son ami, sagement appuyé contre le bar.

— Je suis saoul, Jo, beugle-t-il en pouffant de rire.

— Vraiment ! J'avais justement deux téquilas qui t'attendaient.

Adam attrape un des verres, le cogne sur celui de Jonathan et en avale le contenu d'un trait. Après un baiser humide sur la joue de son ex-coéquipier, il pivote pour se rendre vers un groupe de policiers qui hurlent à tue-tête. Son ami l'observe s'éloigner en souriant. Arrivé à destination, Adam danse de manière absurde sur *Shape of You* que chante Ed Sheeran. Pour la dixième fois de la soirée, Jonathan tourne la tête vers l'entrée où il espère voir Elisabeth se pointer. Pourquoi ? Il n'en sait rien. Peut-être parce qu'il se sent en quelque sorte responsable de la réussite de son intégration et que son altercation avec Holmes a mal commencé sa première journée de travail. Il se trouve con d'avoir cette réflexion. Sa mère diagnostiquerait sûrement de la projection : c'est lui qui est triste de ce transfert, pas elle. Au fond,

Elisabeth n'est pas nouvelle dans le métier et elle connaît déjà bien ce secteur de la ville, pour y avoir étudié pendant plusieurs années, a-t-il appris en furetant dans son dossier. Sa famille est possiblement établie ici. Il n'a pas remarqué d'alliance, mais peut-être est-elle mariée et a des enfants pour la soutenir dans cette transition.

S'efforçant de la sortir de ses pensées, Jonathan demande une autre bière au barman, lance un billet sur le comptoir et s'apprête à rejoindre ses collègues quand la femme d'Adam s'approche.

— Tu m'en veux encore de te voler ton ami ? s'enquiert Gabrielle en agitant son verre pour commander.

— Plus que jamais, rétorque Jonathan, malgré un sourire bien évident.

La belle brunette pose ses doigts sur ceux de l'ex-partenaire de son mari.

— Si je rencontrais *ma* Gabrielle, je le reléguerais aussi au deuxième rang, ajoute-t-il en prenant sa main pour l'embrasser.

De façon synchronisée, ils se tournent pour observer Adam qui continue de boire malgré son état d'ébriété avancé.

— Tu vas lui manquer, assure-t-elle, les yeux remplis de gentillesse. Il souhaite peindre la chambre d'invités dès notre arrivée pour qu'elle soit prête à t'accueillir le plus tôt possible. Tu viendras souvent nous visiter, n'est-ce pas ?

Elle saisit son verre de sangria et sort son portefeuille. Le policier arrête le geste de Gabrielle avant de fouiller dans sa poche pour récupérer la somme due.

— Chaque week-end, est-ce trop ? plaisante-t-il.

— Tu es sincèrement le bienvenu autant de fois que tu veux, Jo, sourit-elle.

Après lui avoir soufflé un merci pour la consommation et embrassé la joue au passage, Gabrielle retourne vers son mari. Jonathan prend une goulée de sa bière et tourne de nouveau son regard vers la porte d'entrée. Il jette un œil à l'heure pour la millième fois.

— Hé ! beau brun ! Qu'est-ce que tu fais ici, seul ? s'enquiert Isabel, qui s'installe sur le banc près du sien. Tu ne parais pas t'amuser.

Le policier attire l'attention du barman sur la consommation presque vide d'Isabel. Aussitôt, un Cosmopolitan se remplit devant les yeux de la jeune femme. Jonathan lance quelques billets supplémentaires, se tourne vers la brunette au sourire éclatant et répond finalement :

— Je m'amuse maintenant.

Isabel récupère sa coupe et, en la faisant teinter doucement sur la bouteille de son ex-amant, accepte l'invitation à trinquer un coup en sa compagnie. Isabel a rencontré Jonathan Serra il y a deux ans. Comme toutes les autres, elle n'a pu demeurer indifférente au charme indéniable de ce mystérieux jeune homme. Au-delà de la chevelure noire qui encadre son regard d'azur, elle voit une âme à la fois sensible et inaccessible. À la seconde où elle l'a aperçu, elle savait qu'il lui écrabouillerait le cœur, mais sa délicatesse a eu raison de tout le reste. Contrairement aux salauds qui se servent des femmes, Jonathan ne lui a jamais raconté d'histoire. Sans avoir eu cette discussion, il lui a fait comprendre qu'entre eux il n'y aurait rien de plus que du sexe. Elle a pensé, probablement comme toutes les autres aussi, qu'elle parviendrait à l'amener à changer d'idée. Leurs ébats sexuels étant les meilleurs qu'elle ait connus de sa vie, elle considérait ne pas être perdante sur toute la ligne. C'est justement ce qui distingue Jonathan des hommes qui vivent d'aventure en aventure : la sensation que seul le plaisir de sa partenaire a de l'importance. Avec lui, chaque nuit est comme la première ou la dernière. Le temps paraît s'évaporer pour laisser place aux baisers, aux caresses, aux rires et même aux discussions. Plus qu'aucun homme, Jonathan a cette sensibilité aux femmes qui le rend encore plus désirable. Isabel a souvent essayé de le haïr pour arriver à l'oublier, mais chaque fois il n'aura fallu que d'un sourire de sa part pour que toute amertume se volatilise comme par magie.

— Il y a un moment qu'on s'est vus, ça va ? s'enquiert-elle en réduisant l'espace qui les sépare.

Un léger balancement de tête en prenant une gorgée de sa bière sert de réponse à Jonathan. Il détourne les yeux subtilement vers la porte, jette un œil à sa montre, qui indique près de vingt-deux heures, puis vient enfin à la conclusion qu'il doit cesser d'espérer.

— Tu vois quelqu'un ? demande Isabel sans détour.

Il secoue la tête négativement, même s'il songe un instant à prétendre que oui. Elle irait flirter avec quelqu'un d'autre si elle le savait déjà pris. Non pas qu'Isabel lui déplaise. Au contraire, elle est gentille, intelligente, ambitieuse et agréable à l'œil, qui plus est. D'ailleurs, à un certain moment où ils se voyaient plus régulièrement, Jonathan s'est imaginé ce que deviendrait sa vie s'il décidait d'entrevoir un avenir avec elle. Très vite, il a compris que l'amour ne se force pas. Comme sa mère lui a souvent raconté, il arrive quand on s'y attend le moins et il frappe comme la foudre. Il y a bien des histoires différentes ; celles commençant par une amitié qui évolue au fil du temps ou encore des relations satisfaisantes à bien des égards, sans pour autant que la passion les anime. Mais le grand amour, le vrai, celui qui vous catapulte sur le mur avant que vous ayez vu quoi que ce soit arriver, est aussi rare que précieux, affirme sa mère. Jonathan a souvent pensé que cette recherche de rareté était en partie responsable de sa solitude. *Peut-être que ce genre d'amour si exceptionnel ne m'est pas destiné*, songe-t-il parfois.

— Parle-moi plutôt de toi, relance le policier en pivotant vers la belle brune qui semble souhaiter sa compagnie.

— Je m'ennuie un peu ce soir. J'espérais passer du temps avec toi, avoue-t-elle.

— Qu'est-il arrivé au type que tu voyais ? L'Italien.

— Nah ! Ce n'était pas un gars pour moi, rétorque-t-elle en sirotant une gorgée de sa boisson pour fuir les yeux de Jonathan.

La vérité, c'est qu'il n'y a jamais eu d'Italien dans sa vie. C'est une technique absurde qu'elle a tentée pour amener

Jonathan à réagir. Elle espérait qu'en l'imaginant avec un autre il verrait sa relation avec elle autrement, qu'il deviendrait peut-être jaloux. De toute évidence, il n'en avait rien à foutre.

— Je suis désolé, murmure Jonathan, l'air sincère.

— Ça ne me dit pas si je retourne chez moi seule ou si tu me raccompagnes, lance la jeune femme, les yeux remplis d'espoir.

— Je crois que je rentrerai bientôt. Je travaille sur deux enquêtes qui ne donnent rien jusqu'ici. Ce serait plus sage d'être au bureau à la première heure.

— D'accord, dit Isabel en effleurant sa joue du bout des lèvres. Si tu changes d'idée, tu sais où me trouver.

Jonathan détourne son attention de la lueur de tristesse qu'il voit naître dans les pupilles de son ex-maîtresse. Dans ses yeux, il peut lire la même déception que lui-même ressent lorsqu'il passe la porte de son appartement, seul, ou chaque fois qu'il dresse la table d'un unique couvert. Cette maudite solitude qui vous laisse un goût amer dans la bouche et qui nourrit cette sensation de creux dans l'estomac, Jonathan l'appréhende un peu plus chaque jour, au fil des années.

Les corps nus se meuvent dans la nuit ; les silhouettes luisantes des amants brillent au reflet de la chandelle. Leurs bouches se caressent, leurs langues se goûtent, leurs mains se cherchent, leurs respirations s'accentuent. Les vêtements jonchent le sol tandis que la musique des haut-parleurs s'amalgame aux gémissements d'Isabel. Jonathan effleure le corps soyeux de sa partenaire qui s'arque de plaisir lorsqu'il ramène ses hanches vers son bassin. Sa peau brûlante comme le soleil d'été lui rappelle vaguement la couleur du blé.

Les boutons durcis de ses seins exigent la bouche du jeune homme quand sa langue lèche avec voracité sa peau devenue salée. Isabel crie son extase en retenant la tête de Jonathan lorsqu'il répond à sa demande silencieuse de sucer délicatement les pointes sensibles.

La verge gonflée du policier emplit sa maîtresse encore et encore. Il ferme les yeux lorsqu'il glisse lentement en elle pour mieux savourer l'étroitesse du passage humide où elle l'accueille en ramenant ses jambes contre ses reins. Les doigts emmêlés dans ses longs cheveux, il hume le parfum sucré de sa compagne qui étouffe un cri sensuel en mordant son épaule. Il se sent prêt à exploser, mais le souffle d'Isabel qui murmure son prénom au rythme de ses mouvements lascifs lui indique qu'elle atteindra le septième ciel d'une seconde à l'autre. Ainsi, Jonathan effleure du bout des lèvres celles entrouvertes de son amante, et en observant le haut de sa poitrine se colorer, sa mâchoire mordre l'air et ses jambes se contracter, il s'enfonce en elle une dernière fois, en lui chuchotant à l'oreille qu'elle est belle.

4

La personnalité de la victime
est la cause directe de bien des meurtres.
AGATHA CHRISTIE

Fatigué, le cœur vide et la tête remplie de regrets, Jonathan arrive au bureau aux côtés d'Isabel. Même s'il est sorti à l'aurore, elle a insisté pour faire le trajet avec lui, prétextant avoir une grosse journée. Lorsqu'ils montent dans l'ascenseur, Elisabeth, qui vient d'entrer dans l'immeuble, les rejoint. Après un hochement de tête discret en guise de salutation, sa nouvelle collègue se place devant eux et les portes se referment sur le trio. Isabel, concentrée à vanter les mérites d'un restaurant qu'elle aimerait essayer, ne paraît pas remarquer la distraction de Jonathan.

— Oui, j'en ai entendu parler, commente-t-il sans rien ajouter sur le sujet.

— On ira un de ces jours, si tu en as envie, suggère Isabel tandis que le jeune homme fixe les chiffres lumineux avec impatience.

Lorsque les portes s'ouvrent, sa coéquipière sort la première et marche assez vite pour ne pas percevoir la réponse de

Jonathan. Le temps de saluer Isabel convenablement, le policier se rend à son espace de travail où Elisabeth est déjà en train de s'installer.

— Bonjour, Elisabeth.

— Bonjour, Nathan.

Quand il entend encore le mauvais prénom, il lève les yeux vers sa partenaire. Un air amusé voile ses traits alors qu'elle fuit son regard. *OK! Elle fait exprès*, en déduit-il.

Deux heures s'écoulent sans qu'un seul mot de plus soit échangé entre eux. Elisabeth s'affaire à terminer la rédaction des rapports destinés aux dossiers laissés derrière elle à Brighton, alors que Jonathan règle de la paperasse éparpillée depuis trop longtemps. Ce silence ne l'affecte pas, au contraire. Les précieuses minutes qu'il épargne en ne discutant pas compensent celles perdues à observer sa partenaire dans ses drôles de petits rituels. Elisabeth caresse souvent ses lèvres lorsqu'elle lit et fronce légèrement les sourcils si elle se concentre, faisant ainsi apparaître deux minuscules lignes entre ses yeux. Aussi, elle glisse toujours une mèche derrière son oreille quand elle se penche sur un document. Jonathan devine qu'elle a déjà eu les cheveux longs, sinon il ne comprend pas pourquoi elle se donne la peine d'effectuer ce geste inutile avec ces couettes courtes. C'est ce à quoi il réfléchit au moment où un coup de fil de la part de leur supérieur, exigeant qu'ils se rendent à l'hôpital, les oblige à quitter leurs tâches respectives.

— Qu'est-ce qu'on sait? demande Elisabeth une fois assise dans le véhicule qui les conduira au centre hospitalier.

— Pas grand-chose. Une jeune femme se serait fait violer sauvagement à la sortie d'un bar la nuit dernière, l'informe Jonathan en bouclant sa ceinture de sécurité.

La route de courte durée se déroule dans un silence aussi parfait que l'a été la matinée. Elisabeth observe les immeubles qui défilent, alors que Jonathan se désole de la grisaille du jour masqué de lourds nuages, en songeant que les blagues d'Adam auraient mis du soleil dans ce ciel menaçant.

Le médecin de garde relate les informations reçues de la patiente aux deux policiers. La victime ne connaissait pas son agresseur, mais a remarqué qu'il la regardait avec insistance pendant la soirée. Elle était accompagnée d'une copine qui est partie avec un type environ cinq minutes avant elle. Elle a terminé son verre et s'est immédiatement rendue à sa voiture, garée dans la ruelle derrière le bar. Les autres détails fournis par le médecin concernent les blessures de la jeune femme de dix-neuf ans. Plusieurs lacérations au visage, une commotion cérébrale, une côte brisée, un poignet cassé et une perforation de l'utérus.

Jonathan cesse de noter les renseignements sur son calepin.

— Perforation ?

— Hélas, oui. Elle pourra vous en dire plus, mais selon ce que j'ai compris, l'agresseur l'aurait frappée et violée avec un objet. Soit un outil ou un bout de ferraille qui traînait là.

Le cœur de Jonathan a un raté en entendant ce fait abject. Elisabeth, devenue pâle, s'appuie subtilement sur le chambranle de la porte. En remarquant son émoi, Jonathan tente de la rassurer d'un regard, mais la lueur de chagrin qu'il lit dans ses yeux l'ébranle davantage.

Depuis que le policier a été affecté aux crimes majeurs, les offenses envers les femmes et les enfants en particulier sont toujours celles qui représentent les défis les plus importants pour lui. Jonathan ne cesse de se répéter que quelqu'un doit faire ce boulot pour arrêter tous ces salauds qui courent les rues, mais chaque fois sa réaction est la même : il souhaiterait s'enfuir.

— Elle sait que vous êtes arrivés, alors vous pouvez la rencontrer dès que vous le voulez. Leyla est très faible physiquement, mais elle est très lucide, assure le médecin.

— Merci, murmure Elisabeth.

Même si le spécialiste est parti depuis au moins deux minutes, Jonathan ne lève toujours pas les yeux. Après une attente interminable, mais pas suffisamment longue pour aucun des deux policiers, ils entrent dans la petite pièce où la lumière est tamisée. Étendue sur son lit d'hôpital, Leyla les accueille en tournant doucement la tête vers eux. Jonathan ressent à nouveau un malaise en apercevant la victime. La jeune fille frêle a le visage tuméfié au point où sa lèvre fendue paraît surdimensionnée, une de ses paupières demeure fermée et d'énormes cernes bleutés entourent ses yeux.

Pour la première fois depuis son arrivée, Jonathan se réjouit de la présence de sa nouvelle partenaire. D'ailleurs, ce n'est peut-être pas un hasard qu'ils soient envoyés ici ce matin. Il a lu qu'Elisabeth a une expertise dans ce genre de dossier.

Instinctivement, Jonathan a pensé que la jeune fille n'avait sûrement pas envie de voir un homme pour l'instant. Ainsi, depuis les présentations officielles, il s'est éloigné pour s'installer en retrait du lit et a enfilé un masque d'impassibilité. Les lèvres pincées, les poings serrés, les yeux rivés sur un point imaginaire, il écoute Leyla expliquer la soirée. Il n'a rien noté sur son calepin. Il faut dire qu'il y a bien peu d'informations à connaître sur les circonstances avant le viol, sinon qu'elle semble avoir été ciblée. L'agression en revanche ne manque pas de détails. Plus de cruauté est inconcevable. Son assaillant l'a mordue, frappée et violée sauvagement en l'insultant. Après l'avoir sodomisée avec brutalité, il a inséré un objet solide dans son vagin à répétition en lui murmurant de continuer d'aboyer comme une chienne, parce que c'est tout ce qu'elle était.

— La prochaine fois que tu danseras comme une pute pour provoquer un homme, tu y penseras, salope! a-t-il répété.

Pour finir son avilissement, il a craché et uriné sur elle avant de la laisser au sol, à demi consciente.

Pendant le récit, Elisabeth n'a pas empêché les larmes de rouler sur ses joues. Dans des dépositions comme celle-là, les apprentissages sur les techniques de relation d'aide deviennent ridiculement inutiles, juge Jonathan. Dans le regard impuissant d'Elisabeth, il lisait une fragilité évidente, mais à la fois une détermination rassurante. Leyla semblait de son avis, car elle n'a pas lâché la main de la policière depuis que celle-ci s'en est emparée.

— Leyla, tu es incroyablement forte d'avoir accepté de tout nous raconter. Je te jure, promet Elisabeth, en plongeant ses yeux dans ceux de la jeune fille, qu'on fera tout pour le retrouver. J'ai la certitude que ça ne demandera que très peu de temps avant qu'il paye pour ce qu'il t'a fait. En attendant, nous allons te laisser te reposer.

— Merci, souffle Leyla du bout de ses lèvres, encore plus enflées qu'à leur arrivée.

— Voici mon numéro, dit Elisabeth en lui remettant une carte de visite. Tu peux m'appeler à toute heure de la journée.

Sur ces paroles, la policière resserre ses doigts autour de ceux de Leyla une dernière fois avant de se lever. Jonathan pose ses yeux dans ceux de la jeune victime pour un court moment. Il cherche un mot gentil, un geste apaisant, mais il ignore comment réconforter une personne ayant vécu une telle atrocité. Il se contente d'un battement de cils que Leyla paraît comprendre.

Le retour au bureau s'est encore une fois fait dans un silence complet. Jonathan avait les yeux rivés sur la route, alors qu'Elisabeth, la tête appuyée contre la vitre, observait la pluie qui commençait à tomber. Sans se consulter, ils se sont séparés en arrivant à destination et se sont retrouvés quelques minutes plus tard au gymnase, Jonathan à frapper sur un sac et Elisabeth à courir à une vitesse folle sur un tapis roulant. Ils y sont depuis plus d'une heure quand Elisabeth cesse son défoulement. Comme si elle venait de donner le signal, Jonathan retient son sac d'entraînement, retire ses gants et marche vers elle. À bout de souffle, ruisselants de sueur, ils se fixent un moment, cherchant comment amorcer cette discussion.

— Il a laissé son ADN partout sur elle, on peut le trouver vite, commente Jonathan en s'épongeant la nuque de sa serviette déjà détrempée, tandis qu'Elisabeth avale la dernière gorgée d'eau de sa gourde.

— Compte sur moi pour ne pas lui permettre de filer, celui-là, rétorque-t-elle, une fois sa goulée avalée.

Alors qu'Elisabeth s'apprête à ajouter autre chose, Rick Holmes s'approche d'eux, un sourire arrogant épinglé aux lèvres. Jonathan perçoit un léger soupir chez sa collègue quand elle tourne les talons pour sortir du gymnase. Rick l'intercepte avant qu'elle accède à la porte du vestiaire.

— Elisabeth ! J'étais déçu de ne pas te voir hier soir, commente-t-il pendant qu'elle se penche sur la fontaine.

Il en profite pour toiser le derrière de la policière, ce qu'elle ne remarque pas. Comme si Rick présentait un problème, Jonathan s'approche doucement d'eux, simulant avoir aussi besoin d'apaiser sa soif. Devant l'accueil froid que lui réserve Elisabeth, Rick change de technique.

— Je suis désolé si je t'ai paru entreprenant. J'ignore ce que j'ai pu dire qui t'a donné une mauvaise impression de mes intentions, mais je te demande pardon si je t'ai offensée.

La jeune femme hoche subtilement la tête, puis tourne les talons.

— Allez, Elisabeth ! On recommence tout ça du début, d'accord ?

— Fiche-moi la paix et on en parle plus, marmonne-t-elle en amorçant sa marche.

À ce moment, Rick l'agrippe par le bras pour l'empêcher de partir. La policière se dégage d'un mouvement rapide qui surprend autant Rick que Jonathan.

— Ne t'avise plus jamais de me toucher, crache-t-elle entre ses dents, le regard durement planté dans le sien.

— Relaxe ! C'est quoi, ton problème ? Je veux juste discuter, beugle-t-il pendant que la jeune femme s'éloigne.

Craignant une riposte, Jonathan se place immédiatement devant Rick pour lui barrer la route, mais Elisabeth est déjà sortie.

— Laisse-la tranquille, l'intime-t-il, s'efforçant de parler le plus calmement possible.

— Oh ! Tout compte fait, tu pensais la garder pour toi ! À moins que Serra le magnifique y soit arrivé en moins de vingt-quatre heures !

— Tu sais que tu es vraiment con quand tu t'y mets ? rétorque Jonathan en tournant les talons à son tour.

Jonathan revisionne les bandes-vidéo du Ritz-Carlton. Il a beau repasser les images au ralenti, en gros plan, en séquences fragmentées, il n'y a rien à en tirer. Elisabeth revient du vestiaire au moment où il décide d'arrêter le film. Les mains dans ses cheveux en désordre, il s'étire le dos et soupire à plein régime.

— Ça va ? demande-t-elle sur un ton qui suppose que ce n'est pas le cas.

Jonathan catapulte une boule de papier dans la corbeille avant de se tourner vers sa collègue.

— Cette enquête ne mène nulle part. Il n'y a rien. Aucune piste. Qui de nos jours réussit à ne rien laisser derrière, pas même un cheveu, une gomme, une empreinte, n'importe quoi ?

— Quelqu'un qui a prémédité son meurtre ?

— Oui, c'est la seule chose qu'on peut confirmer.

— Qu'est-ce qu'on a à part cette vidéo inutile ? demande Elisabeth en décapsulant une bouteille d'eau.

— Scott roulait sur l'or, alors n'importe qui étant lié à une dette quelconque peut être retiré de la liste, répond-il en jetant un bref coup d'œil à deux agents qui viennent de monter le ton à proximité.

— C'était un homme d'affaires, et tu dis qu'il avait de l'argent ; le meurtrier pourrait-il être un concurrent ? Un client insatisfait ?

— Non, réfute Jonathan sans la moindre hésitation. Dans ce cas, c'est l'entreprise qui aurait été ciblée, sans quoi la fin des activités n'était pas nécessairement assurée.

Elisabeth balance la tête affirmativement, l'air de son avis. Jonathan se laisse hypnotiser par l'eau qui perle sur les lèvres de sa collègue. Pour les assécher, elle les caresse lentement du bout de son index, inconsciente de l'effet qu'elle occasionne chez son partenaire. Après avoir ouvert le couvercle de son ordinateur, Elisabeth le regarde de nouveau.

— Aussi, reprend Jonathan, je n'ai rien pour appuyer mon hypothèse, mais je crois que c'est une femme qui l'a tué.

La policière ne cache pas son étonnement.

— Pourquoi ça ? s'enquiert-elle en se massant les trapèzes.

— Je t'ai dit que je n'avais rien pour soutenir mon propos, répète-t-il en riant.

— Oui, je sais, mais tu ne lances pas ça par hasard à moins d'y avoir réfléchi, non ?

— La scène de crime était propre.

Elisabeth le dévisage, un sourcil arqué et le nez un peu retroussé.

— C'est peut-être idiot, mais chaque fois que j'ai eu à investiguer sur des meurtres commis par des femmes, c'était le cas, explique-t-il, conscient de la faiblesse de son argument.

— Intéressant, remarque Elisabeth en plissant légèrement les lèvres. C'est tout ?

— Ce type avait des tonnes d'aventures. Selon les quelques témoignages recueillis, il n'était pas si gentil avec ses maîtresses. Un *douchebag* d'une autre époque que celle de Rick, mais du même genre. Et toujours sans pouvoir appuyer mes dires, sourit-il, je pense que ce serait logique qu'une d'entre elles lui en ait voulu suffisamment pour souhaiter l'éliminer.

— Juste comme ça, pour libérer la ville d'un salaud ? ironise Elisabeth.

— J'avoue que je n'ai aucun motif pour le meurtre. À moins que ce soit sa femme qui espère hériter du gros lot plus vite que prévu. Sauf que je viens de recevoir quelque chose, annonce Jonathan en lui remettant une feuille qui siégeait sur le dessus de sa pile. Il semble que madame Scott entamait des procédures de divorce. Elle a contacté son avocat le jour même. Je doute qu'elle ait eu envie de divorcer le matin et ait finalement décidé de le tuer le soir. Ça ne tient pas la route.

Elisabeth hausse des sourcils approbateurs, lisse une mèche derrière son oreille et se penche sur le document du cabinet d'avocats.

— Surtout que le meurtre semble avoir été planifié, renchérit sa collègue.

— Exact ! Alors c'est une autre femme.

— Qui était du même avis que madame Scott sur son mari.

— Exact ! répète Jonathan. Ça pourrait être n'importe quelle femme furieuse contre la race ignoble que sont les hommes, ose-t-il, une trace de moquerie bien présente dans la voix.

— Donc, ça pourrait être moi, lâche Elisabeth.

Jonathan pouffe de rire. Ce qui fait aussi rigoler sa collègue. C'est à ce moment que le policier voit pour la première fois le sourire pleinement déployé d'Elisabeth. Le résultat est saisissant. Poignant. La beauté quintuplée de sa partenaire laisse Jonathan interloqué. Le regard rivé sur son visage épanoui, son cœur battant la chamade, il sent qu'il perd tous ses moyens. Il voudrait figer l'image pour la contempler jusqu'à la fin de sa vie. Cette femme énigmatique a quelque chose de touchant, de vrai, de fragile et de fort en même temps. L'ancien coéquipier de Jonathan interrompt cette brèche de douceur dans cette matinée difficile.

— Salut, vous deux ! chantonne-t-il, les bras bondés de dossiers. Vous semblez bien vous entendre. Tu m'as déjà oublié ? Adam Kelly, se présente-t-il en tendant la main vers la nouvelle venue, après avoir posé la pile de chemises devant Jonathan. Heureux de te rencontrer, Elisabeth. Je ne vous dérange pas longtemps. Je voulais seulement faire mes adieux à mon ami.

— Qu'est-ce que tu racontes ? rétorque Jonathan en se levant. Tu ne pars que dans deux semaines… et pas à Hong Kong !

— Oui, mais je vais à Roxbury pour quelques jours. Je vous aiderai à distance en commençant quelques dossiers de mon côté, explique-t-il en ouvrant les bras pour étreindre son ex-collègue.

Les deux hommes s'enlacent un long moment sous le regard d'Elisabeth. Adam saisit ensuite une chemise cartonnée pour leur fabriquer un mur d'intimité et chuchote à Elisabeth :

— Ça te gêne si on se cache pour s'embrasser ? On ne voudrait pas que notre relation soit connue aux yeux de tous.

Elisabeth récompense sa petite raillerie d'un sourire entendu.

— Allez, fous le camp, avant que je me mette à pleurer ! l'implore Jonathan.

— De toute façon, je dois filer, les deux femmes de ma vie m'attendent dans la voiture. Je t'appelle demain, crie-t-il en s'éloignant. J'ai reçu des infos pour l'affaire Scott sur ma boîte vocale. Je te les transfère et te lâche un coup de fil ensuite. *Ciao !*

Sourire aux lèvres, mais avec le cœur lourd, Jonathan observe son ami marcher vers la sortie. Lorsqu'il reporte son attention sur Elisabeth, elle est retournée à ses dossiers. Lui n'a plus la tête à travailler. Une pause s'impose.

— Bon ! L'heure du lunch. Je sors manger, tu viens ou je te rapporte quelque chose ?

Contre toute attente, Elisabeth accepte son invitation à se joindre à lui pour dîner.

Assis dans un casse-croûte, les coéquipiers sont côte à côte, face à une grande vitrine qui montre les passants. Ils discutent de différentes enquêtes sur lesquelles ils ont eu à travailler dans leur courte carrière respective. Jonathan a appris en furetant dans le dossier de sa collègue que, comme Adam et lui, Elisabeth a étudié le droit avant d'embrasser la profession de policier. Jonathan en est à sa cinquième question pour tenter d'en découvrir davantage sur elle sans devenir indiscret. Jusqu'ici, ses réponses sont plutôt laconiques et chaque fois Elisabeth retourne la conversation vers lui. Jonathan a souvent entendu sa mère raconter que les femmes ayant besoin de se sentir comprises, les hommes devraient s'exercer à écouter plus qu'il ne parle. Ce conseil est compliqué à mettre en pratique avec Elisabeth. Comme pour tout le reste, elle paraît différente des autres. Puisqu'il se doute qu'elle ne dévoilera pas de détails sur sa vie personnelle – une intuition plus qu'une certitude –, il tente des détours. *Jumelés aux questions ouvertes, ça pourrait rapporter*, songe-t-il

— Qu'est-ce qui te plaît dans ton métier ? se risque-t-il en mordant dans son panini.

Le temps interminable qu'elle met pour rassembler ses pensées offre le sentiment à Jonathan qu'il obtiendra un peu plus. Une fois sa bouchée entièrement mâchée, la jeune femme pivote vers lui. L'odeur de vanille qui chatouille ses narines lorsqu'elle bouge lui fait réaliser sa proximité. Il ne parvient plus à détacher son attention des minuscules paillettes marine qui dansent dans ses yeux gris. Pris de vertige, Jonathan se repositionne sur son siège pour accroître l'espace entre eux.

— En vérité, j'ai choisi cette carrière parce que c'était le moyen le plus concret d'aider les victimes d'actes criminels. Je suis passée par le droit, mais j'avais l'impression de n'arriver à rien de tangible. La procédure devient parfois si longue et compliquée que je perdais patience. Le métier de policier permet une plus grande instantanéité des résultats et est plus satisfaisant, à mon sens. Mais, en toute honnêteté, je suis encore déçue. Je m'interroge de plus en plus sur ma place, avoue-t-elle en récupérant d'un coup de langue une petite trace de mayonnaise dont ses lèvres étaient enduites.

— Je trouve qu'aujourd'hui tu avais beaucoup plus ta place que moi auprès de Leyla. Même avec toute la bonne volonté, je ne serais jamais parvenu à lui apporter une once du réconfort que tu lui as procuré, commente Jonathan en s'essuyant la bouche d'un coup de serviette de papier, geste beaucoup moins sensuel que celui de sa partenaire, mais assurément moins déconcentrant, juge-t-il.

— N'empêche que ça ne suffira pas. Leyla est brisée pour la vie. Lui, même si on réussit à lui mettre la main au collet, il obtiendra une sentence bonbon. Dans quelques années, il sera libre de récidiver… et il le fera. C'est justement là où le bât blesse. Je ne crois plus à notre système. La preuve, c'est que j'ai volontairement tiré sur un homme et je suis encore en droit d'exercer mon métier, conclut-elle en émettant un petit rire amer.

Jonathan a ressenti la même impuissance aujourd'hui. Alors, à quoi bon essayer de la contredire sur l'appareil judiciaire.

— J'avais plutôt entendu dire que c'était un accident, rétorque-t-il, un sourire en coin bien apparent, surmonté d'un sourcil arqué.

— Il n'avait pas assez d'avoir détruit la vie de cette jeune fille, il a fallu en plus qu'il la dénigre devant le tribunal, murmure-t-elle en fixant les piétons dans la rue de plus en plus achalandée.

En quête d'explications, Jonathan cherche le regard d'Elisabeth. Cette dernière laisse sa fourchette dans son assiette et saisit sa bouteille d'eau avant de se lancer dans les détails. L'homme accusé du viol de sa nièce de quinze ans a osé larguer qu'il n'était pas surpris que son petit ami finisse par abuser d'elle parce qu'elle portait souvent des jupes et des shorts trop courts.

— Comme si c'était un argument valable, commente Elisabeth en secouant la tête.

Non seulement c'est l'oncle qui l'a agressée sauvagement, mais il a porté les doutes sur son copain de seize ans. Au moment de violer l'adolescente dont il avait la garde, l'oncle a utilisé des préservatifs, ne laissant ainsi aucun élément pouvant servir devant la cour. L'agression ayant été commise chez lui, il était impossible de procéder à d'autres tests. Son ADN était partout dans cette maison, inutile de le préciser. Ça devenait donc la parole de la jeune fille contre celle de son oncle. Étant donné que l'homme n'avait aucun dossier criminel, et devant l'absence de preuves, le juge a statué en faveur de l'accusé. Mais ce qui a fait perdre le contrôle à Elisabeth, c'est lorsque l'oncle lui a fait un clin d'œil, quand le verdict a été prononcé.

— Tu réalises que ce type se retrouve libre après avoir pris la virginité de la façon la plus brutale qui soit à une jeune fille de seulement quinze ans ?

— Je suis vraiment désolé, murmure Jonathan.

Après un court moment, il ajoute :

— Mais tu n'aurais pas dû.

Elisabeth lève les yeux vers son collègue, l'air déstabilisé par son commentaire.

— Je le sais ! Mais le vase était trop plein, justifie-t-elle.

— Je veux dire que tu n'aurais pas dû tirer son pied, tu devais viser ses couilles… Mais je suppose que l'accident aurait été plus difficile à plaider dans ce cas, remarque-t-il tandis qu'un voile de soulagement traverse le visage d'Elisabeth.

Alors que Jonathan perçoit un timide sourire appuyé d'un battement de cils de remerciement de la part de sa collègue, une voix féminine retentit derrière lui. Impossible de manquer celle qui s'approche d'eux : cheveux noir corbeau, tailleur rouge cintré d'où déborde une poitrine refaite, talons aiguilles et ongles parfaitement manucurés. Son allure surfaite contraste étrangement avec le jean et le tee-shirt trop grands d'Elisabeth, analyse Jonathan.

— Jo ! Ça va ? demande la femme en se ruant vers lui pour écraser ses lèvres sur celles du policier. Je t'ai manqué hier, tu es rentré tôt. J'espérais qu'on passe du temps ensemble, roucoule-t-elle en détachant un bouton de son veston.

La nouvelle venue pose les yeux sur Elisabeth, qui commence à rassembler les déchets de son dîner.

— Oh ! Excusez-moi, j'interromps quelque chose ?

— Elisabeth Stevens, ma coéquipière en provenance du D-14 de Brighton. Nous discutions boulot et nous étions justement sur notre départ. Voici Alicia Snyder, elle est travailleuse sociale dans le secteur. Vous aurez certainement l'occasion de vous parler.

Le temps d'une courte présentation entre les deux femmes, les policiers se lèvent. Dans son empressement pour partir, Jonathan cogne son plateau, faisant éclabousser des gouttes de café sur son tee-shirt. Il nettoie sommairement les dégâts en écoutant Alicia lui raconter qu'ils devraient planifier un moment pour se voir, tous les deux, histoire de se rappeler les belles années des études universitaires. Il remarque qu'Elisabeth pince les lèvres pour éviter de sourire. Il n'est pas certain de savoir si elle rit de son désir évident de se sauver de cette croqueuse d'hommes ou de sa tentative de récupérer son vêtement au nouveau motif de camouflage beige.

— Je vous laisse filer, annonce Alicia en ouvrant un bras pour inviter Jonathan à l'étreindre de nouveau.

Ce qu'il fait brièvement, mais la travailleuse sociale s'assure de presser solidement son dos pour le conserver un instant de plus contre sa poitrine. Il évite le regard d'Elisabeth pendant les interminables secondes de ce qu'il juge être *presque* une agression.

— À bientôt ! finit par lancer la séductrice en se rendant vers le comptoir pour commander son repas.

En sortant du restaurant, Elisabeth tourne à droite alors que Jonathan se dirige à gauche.

— La voiture est de ce côté, annonce le policier en pointant vaguement du bout de sa clé.

— Je vais rentrer à pied. J'imagine que tu passeras te changer.

— J'ai ce qu'il faut dans l'auto, l'informe-t-il.

Arrivé à destination, Jonathan remarque le regard d'Elisabeth qui louche légèrement vers le coffre où une pile de vêtements est cordée comme s'il s'agissait d'un tiroir de commode dans une chambre à coucher. Il s'empresse de prendre un tee-shirt propre, de se changer et de rejoindre sa partenaire qui l'attend assise sagement dans le véhicule.

Jonathan revient du palais de justice où était rendu le jugement d'un procès pour meurtre commis par un homme d'affaires, une cause qui perdurait depuis plus de trois ans. Malgré les preuves solides de la Couronne, les avocats de la défense détenaient les moyens financiers pour étirer la sauce. Jonathan avait été appelé à témoigner pour la première fois en qualité d'enquêteur. Il pensait avoir été à la hauteur, mais les avocats l'avaient malmené. Même si son père l'avait aidé à se préparer, il demeurait nerveux et la défense le savait. Enfin, le verdict est tombé : coupable. Un soupir de soulagement s'est fait sentir partout dans la cour. Maintenant, il peut mettre ce procès derrière lui une fois pour toutes.

Il est près de dix-huit heures trente lorsqu'il revient au bureau pour y laisser des documents.

— Mais qu'est-ce que tu fiches encore là ? demande-t-il à Elisabeth, toujours à son poste.

— J'ai du travail en double avec les anciens dossiers de là-bas et les nouveaux d'ici. J'ai du retard à rattraper.

Elle termine de mâcher son amande et ajoute :

— Alors ?

— Coupable ! sourit Jonathan en lançant ses clés sur son bureau.

Il retire son veston, s'assoit, coince son stylo entre ses dents et consulte sa messagerie vocale. Il note des tonnes de nouvelles informations avant de trouver l'appel de son ami Adam.

« Salut ! Comme prévu, je te reviens avec l'affaire Scott. Je te téléphone demain pour en discuter, mais ma messagerie était pleine. Je veux juste te parler avant d'oublier parce que j'ai supprimé un message par mégarde en faisant du ménage. Je ne sais pas pourquoi je te raconte tout ça. Bref, ils ont trouvé un cheveu sous la chaussure de Damian Scott, noir et long, sans doute celui d'une femme. Ça ne signifie pas pour autant qu'il appartient à l'auteur du meurtre, mais c'est peut-être une piste. Gilbert organise les tests et te fournira les détails dès que possible. »

— *Yes!* lâche Jonathan, en fendant l'air d'un petit coup de poing.

« Ah oui, avant que j'oublie, poursuit la voix d'Adam. Pas mal du tout, ma remplaçante, espèce de merdeux. »

Un ricanement conclut l'appel.

— Ils ont trouvé un cheveu de femme dans la suite du Ritz-Carlton, annonce aussitôt Jonathan à sa collègue en catapultant son stylo sur son bureau avant de joindre ses deux mains sur sa tête.

— D'une femme ? demande-t-elle en délaissant la lecture de son dossier.

— On aura plus de détails demain, mais comme il était long, c'est possible. Il ne faut pas s'emballer trop vite, mais puisqu'on n'a rien d'autre, je me réjouis pour pas grand-chose. Tu vois ?

— Bon ! Sur cette excellente nouvelle, je termine ma journée, lance Elisabeth.

Jonathan l'observe refermer son ordinateur et ranger son espace. Il voudrait rentrer, mais l'idée de se retrouver dans un appartement vide l'horripile. Aussi bien se rendre utile en continuant à travailler encore un moment. Avec un peu de veine, quelqu'un d'autre passera dans le coin et lui offrira de sortir. Jonathan jette un œil partout autour en cherchant qui pourrait être encore au bureau. L'espace commun est presque désert. Il voudrait bien aller prendre une bouchée avec Elisabeth, mais elle a déjà accepté de dîner avec lui aujourd'hui. *Il ne faut pas pousser ma chance*, songe-t-il. Pourtant, venue de nulle part, une invitation franchit ses lèvres.

— Tu as quelque chose de prévu ?

— Oui.

— D'autres boîtes à défaire ? demande-t-il en se passant les doigts dans les cheveux à quelques reprises.

— Exactement, rétorque-t-elle d'une voix teintée d'un sourire.

— Très bien, se contente-t-il de répondre en récupérant son stylo pour en cliquer compulsivement l'extrémité.

— Tu devrais appeler la pulpeuse Alicia, elle semblait chercher ta compagnie, le nargue-t-elle en saisissant ses clés. Ce serait sans effort que tu pourrais obtenir tout ce que tu veux.

— Les hommes ne sont pas tous des salauds, tu sais ?

— Et c'est toi qui devrais me prouver le contraire ? rétorque-t-elle en rivant ses iris aux siens.

Ce qu'il aimerait pouvoir la contredire ! Mais Elisabeth a assurément déjà vérifié qui il était avant d'arriver. Elle l'a vu avec Isabel ce matin. Elle pense sûrement, à tort, qu'il a couché avec Alicia Snyder et est certainement assez intelligente pour savoir à quoi servent tous ses vêtements qu'elle a remarqués dans le coffre de sa voiture. En plus, elle a probablement entendu le commentaire de Rick au gymnase, « Serra le magnifique ». *Quel con !* rage le policier.

— Je suppose que je ne vaux pas mieux, finit-il par répondre.

Sur ces mots, sa collègue tourne officiellement les talons, le laissant avec un sentiment de regret encore plus grand qu'à son arrivée au bureau ce matin.

5

Katriana
David Collins

David Collins a du mal à contenir son agitation. Il ne se rappelle plus la dernière fois qu'il s'est senti aussi excité. En fait, oui, il y a bien une scène qui date de plusieurs années, mais ce n'est pas le moment d'y penser. Collins récupère ses lunettes et s'engage sur cette route de campagne peu passante et sombre où lui a donné rendez-vous la femme époustouflante qu'il vient de rencontrer. Il cherche à se convaincre de ce qui lui arrive. Avant de partir du bar, une enseignante outrageusement *sexy* lui a avoué refouler un fantasme depuis longtemps. Se sentant particulièrement émoustillée, elle a demandé à David d'être celui qui l'aidera à le réaliser.

Jamais marié, Collins s'est inscrit à un site de rencontres pour maximiser ses possibilités d'approcher des femmes. Il s'est pointé chez *Stoddard's*, dans *Downton Crossing*, nerveux, mais sans réel espoir. En vérité, il s'attendait à être déçu, car celle qui s'est présentée en ligne comme Katriana a refusé d'acheminer une photo. Ce qui constituait le meilleur indice qu'il ne devait pas vivre d'illusions. Prétextant être honteuse de faire appel à un site de rencontres, et par crainte que l'information soit connue de ses copines, l'enseignante avait mis un avatar sur sa fiche de profil. Même si les détails physiques y figuraient, Collins a préféré ne pas s'y fier. Il sait que tout le monde ment sur leur taille et leur poids, les femmes en particulier.

— Les moches sont les plus cochonnes, lui répétait souvent son ami Damian sur le ton de la plaisanterie. Elles craignent tellement que vous soyez le dernier à vouloir les baiser qu'elles vous en donnent pour votre argent.

C'est avec cette idée en tête qu'il s'est rendu au bar, loin de se douter de celle qu'il rencontrerait.

Dès qu'il a vu Katriana s'avancer vers sa table, Collins en a eu le souffle coupé. Une courte veste de laine noire recouvrait un bustier de dentelle de la même couleur, sous lequel elle tentait de camoufler, sans succès, la plus spectaculaire poitrine. Sa jupe était juste assez cintrée pour dévoiler ses hanches fines et ses jambes interminables. Cette tenue sur une autre femme aurait pu annoncer une vierge effarouchée, mais sur Katriana elle lui rappelait vaguement ces starlettes de film porno qui endossent le rôle de maîtresse d'école. Avec ses lunettes noires à monture à la mode sur le bout du nez, elle devait assurément exciter tous les adolescents de l'institution où elle enseignait, qui se branlaient probablement le soir en pensant au prof la plus bandante du monde.

Toute vêtue de noir, sourire aux lèvres, elle s'est avancée vers lui comme une panthère. Très vite, elle l'a questionné sur son existence, qu'il trouvait bien trop ordinaire pour être intéressante. Pourtant, la jolie veuve d'un mari décédé deux ans plus tôt, à la longue chevelure foncée et aux yeux d'un bleu profond, paraissait emballée de l'écouter discourir sur son métier de charpentier-menuisier. Soudain, sans avertissement, alors qu'il se répétait sans cesse qu'il devait halluciner, les choses ont basculé pour devenir encore plus invraisemblables.

— J'espère que tu ne m'en voudras pas, David, mais je dois être honnête. Je suis incertaine d'être prête à refaire ma vie, a-t-elle annoncé en fuyant son regard, l'air embarrassé.

La cinquantaine ayant eu ses effets sur sa calvitie et son léger surpoids abdominal, Collins se doutait bien que cette femme qui n'existe que dans les films ne souhaiterait pas poursuivre une relation avec lui, mais comme elle avait accepté l'invitation après avoir vu sa photo et n'avait pas paru trop déçue à son arrivée, il s'était convaincu qu'il pouvait encore fantasmer.

— Je ne t'en voudrai pas si tu décides de partir, mais tu dois savoir qu'en m'inscrivant sur ce site je désirais surtout trouver un amant, a-t-elle avoué candidement. Je craignais de rencontrer les mauvaises personnes si j'osais dévoiler ce que j'espérais vraiment. Je réalise que c'est affreusement inconvenant d'avoir été si malhonnête maintenant que je suis assise devant toi.

— Je saisis que je ne corresponds pas à tes critères, Katriana…

— Oh non ! Au contraire, David. Tu es même très séduisant. D'ailleurs, ta photo ne te rend pas justice, a-t-elle affirmé en se mordant la lèvre coquinement. Tu me comprends mal. C'est seulement que si tu espères une femme prête à s'engager dans une relation sérieuse, je ne pense pas pouvoir répondre à tes attentes. Du moins, pas tout de suite. Je me sens seule depuis la mort de mon mari, mais j'ai beaucoup d'amies qui comblent cet ennui. Ce qui me manque surtout, c'est un homme qui saura satisfaire mes besoins d'ordre… Enfin, tu comprends ce que j'essaie d'expliquer, n'est-ce pas ? J'espérais plutôt un amant qui m'aiderait à me libérer de toute cette tension sexuelle qui s'accumule depuis trop longtemps, a-t-elle conclu en soutenant son regard.

Voilà ma maîtresse d'école qui se transforme en petite garce, a-t-il songé.

— Mais je conviens que c'est décevant, a-t-elle murmuré en attrapant son sac pour partir.

L'homme à l'érection naissante s'est empressé de l'en empêcher. Collins lui a assuré qu'il ne voyait aucun inconvénient à ce genre de relation, omettant de souligner qu'il couchait déjà avec une fille ou deux de temps en temps. Dès lors, l'atmosphère s'est métamorphosée. Les discussions truffées d'allusions sexuelles toutes plus provocantes les unes que les autres se sont enchaînées. Katriana décrivait les ébats dont elle rêvait depuis la mort de son mari, mais qu'elle avait repoussés par culpabilité. Si David Collins ne cessait de l'imaginer en train de gémir, c'est pourtant elle qui semblait la plus excitée. Au point où elle a admis à son futur amant qu'elle se sentait trop émoustillée pour attendre plus longtemps. Ce à quoi il a juré que ça ne lui posait aucun souci.

— Tu voudrais, c'est vrai ? À moins que… Tu crois qu'ils ont des caméras dans les toilettes du restaurant ? a-t-elle chuchoté.

Devant la possibilité que les choses se fassent aussi vite, Collins a senti la nervosité le gagner. Même si la présence d'une cuvette et l'espace restreint limitaient leurs ébats, s'il pouvait la baiser dans les prochaines minutes, il ne s'y opposerait certainement pas.

Le sourire aux lèvres, la jeune femme réfléchissait en jetant des coups d'œil vers l'extérieur, puis vers les toilettes de nouveau. Elle ne cessait de se lécher les lèvres. Collins ne comprenait pas comment il avait pu ne pas remarquer cette bouche avant. Maintenant qu'il s'y attardait, il l'imaginait autour de son sexe faisant des mouvements de va-et-vient.

Les toilettes sont parfaites pour une pipe, s'est-il excité.

Mais d'un autre côté, l'idée de la pénétrer à grands coups comme personne ne l'a fait depuis deux ans lui paraissait incroyablement alléchante. Comme elle cogitait le bras relevé, les doigts entortillant une mèche de cheveux, les seins débordant de son bustier à cause de cette veste de sainte nitouche qui s'était ouverte, il se représentait mentalement le spectacle qu'elle lui offrirait en bougeant sur lui. Son érection grandissait quand Katriana s'est finalement penchée pour annoncer qu'elle avait une suggestion. Et quelle proposition ! Ce qu'elle espérait, c'était qu'il la prenne, par-devant et par-derrière, a-t-elle précisé, sur le capot de sa voiture, à l'orée d'un bois.

La lueur des phares du véhicule de Katriana attire son attention. Collins n'en revient tout simplement pas. Incapable de se convaincre de sa chance, il avait craint qu'elle ne soit pas au rendez-vous. Mais voilà la grande chatte en chaleur, appuyée sur le pare-chocs de sa voiture, jambes écartées et jupe remontée sur le plus beau cul qu'il ait vu de sa vie.

Si tu pouvais voir ça, Damian. Tu n'en croirais pas tes yeux.

L'enseignante se retourne en l'apercevant, lui sourit, se pétrit un sein et glisse sa main dans sa culotte en guise d'invitation.

Collins sent son cœur s'affoler lorsqu'il arrête le moteur de son camion. À ce moment-ci, sa seule crainte est d'éjaculer trop vite. Pendant que l'homme retire ses lunettes et place des préservatifs dans sa poche, Katriana se rend dans sa voiture pour éteindre ses phares.

Quand David Collins sort de son véhicule, il met un moment à la repérer dans la pénombre. Avant qu'il ait le temps de la retrouver, un projectile l'atteint en plein cœur.

6

On m'a mise en garde contre vous, 007 :
sexe au dîner, cadavre au petit-déjeuner.
ROSAMUND PIKE

Armé de deux cafés, Jonathan arrive tôt au bureau. Bien qu'il ne soit pas encore sept heures, il n'est pas le premier. Elisabeth est déjà assise à son poste. Si elle ne s'était pas changée, il pourrait croire qu'elle a passé la nuit ici. Il n'a cependant aucun doute qu'elle ne porte pas la même tenue. Il l'aurait remarqué. Son maillot de corps sans manches, moulant, qui épouse parfaitement la courbe de sa poitrine, plus généreuse que ce qu'il imaginait, ne serait jamais passé inaperçu. Elisabeth le remercie pour la boisson chaude d'un mouvement de la tête, puis saisit la veste en coton épais qui traîne sur son bureau. Une fois le vêtement beaucoup moins flatteur enfilé, elle décapsule son gobelet.

— Tu as dormi ici ?

Pour seule réponse, elle s'appuie sur son dossier de chaise, étire son cou lentement d'un côté, puis de l'autre en fermant les yeux.

— Tu as travaillé tard ? insiste-t-il en retirant le couvercle de son café. Tu as l'air fatigué.

— Tu réussis vraiment à séduire les femmes avec ce genre de *pick-up line*? Ce n'est pas la meilleure que j'aie entendue, tu sais.

Jonathan s'esclaffe. Son rire est encouragé par celui d'Elisabeth pendant quelques secondes. Ensuite, elle replie ses doigts autour de son verre cartonné pour souffler sur le liquide brûlant d'où s'échappe une légère vapeur.

— Je n'ai pas dormi parce que j'étais préoccupée.

— Tu souhaites en parler? propose Jonathan.

— Le rôle du psy est beaucoup mieux, commente-t-elle en lui jetant un œil amusé au-dessus de son gobelet.

Le policier esquisse un rictus en soupirant néanmoins pour simuler une exaspération. Il n'aime pas qu'elle ne cesse de lui prêter de mauvaises intentions, mais si ça lui plaît de se payer sa tête, il veut bien jouer le jeu pour pouvoir profiter de son sourire.

— Je pensais à Leyla, finit-elle par avouer d'une voix beaucoup plus sérieuse. Je réfléchissais à ses blessures, à la perforation de son utérus. À moins d'un miracle, je doute qu'elle puisse avoir des enfants un jour.

Fuck!

À ces mots, Jonathan ferme les yeux et lisse ses cheveux vers l'arrière de ses deux mains. Il n'y avait pas songé, mais Elisabeth a raison. Il savait que la vie de cette jeune fille ne serait jamais la même et que ses relations amoureuses futures seraient peut-être compliquées… si seulement elle acceptait de refaire confiance à un homme. Mais dans toute sa naïveté il avait imaginé qu'un jour lointain les choses pourraient retrouver une certaine normalité.

— Je n'arrivais pas à m'endormir, poursuit Elisabeth, alors j'ai téléphoné à l'hôpital pour essayer d'obtenir des nouvelles d'elle. C'était impossible, donc j'y suis allée.

— Comment va-t-elle ?

— Comme une fille qui s'est fait détruire sa vie par un salaud, murmure-t-elle en se massant encore la nuque.

— Ouais… Tu n'as pas mieux dormi après ? devine-t-il.

— Non, mais Leyla, oui. Elle s'est assoupie dans mes bras.

Le téléphone de Jonathan interrompt cette discussion. Le policier n'en est pas si déçu. Être aussi impuissant est une sensation qu'il déteste plus que tout. Son interlocuteur lui annonce que le cadavre d'un homme a été retrouvé sur un chemin de campagne. Le temps de recueillir les premières informations, l'équipe se met en route vers le lieu du meurtre.

Les verres teintés sur le nez, les mains dans les poches de sa veste de cuir, le regard rivé sur la scène du crime, Jonathan s'installe sur le capot de sa voiture. Sans ce vent froid qui fouette son visage, il pourrait passer la journée dans cet endroit calme, à se faire caresser par les rayons du soleil printanier en profitant du gazouillement des oiseaux. Or, c'est plutôt Gilbert O'Reilly, qui relate ses impressions sur le meurtre, qu'il écoute en ce moment.

— À première vue, ça ressemble à un règlement de compte. Un homme se fait attirer au milieu de nulle part pour être abattu. Il sort de son véhicule, mime O'Reilly en exécutant de gigantesques enjambées dans le gravier. C'est un type grand, ajoute-t-il, quand il risque de perdre l'équilibre pour marcher dans les traces de pas de la victime. Et BAM ! Impossible d'aller plus loin, il n'est déjà plus de ce monde.

— Pourquoi ne pourrait-il pas y avoir eu de lutte ? s'enquiert Elisabeth en observant la scène d'un œil suspicieux.

— À cause des pas, bien sûr ! rétorque O'Reilly en agrippant la manche d'Elisabeth pour l'emmener vers lui. Regarde, les traces ne se rendent pas plus loin qu'ici.

Après quelques secondes d'attention soutenue sur le sol, la policière sourcille pour confirmer son accord de la théorie.

— S'il n'a pas pu se délier les jambes, la meurtrière, en revanche, a eu le temps de faire les cent pas.

Jonathan bondit sur ses pieds pour les rejoindre.

— La meurtrière ? Tu penses que c'est une femme ? demande-t-il, curieux.

— Ou un travesti, rétorque O'Reilly, très sérieusement. Je ne vois pas pour quelle raison un homme chausserait des escarpins pour venir se promener dans le bois en pleine nuit.

Jonathan jette un œil amusé vers Elisabeth.

— Oui, encore les traces! s'exclame le technicien en réponse à leur question silencieuse. Regardez les empreintes, un minuscule cercle accompagné d'un triangle arrondi, ça ne peut qu'être des souliers à talons hauts.

Un nouveau hochement de tête d'Elisabeth confirme la logique tandis qu'elle retourne à son observation du gravier.

— Elle n'est pas allée vers la victime, remarque-t-elle.

— Exact! se réjouit le technicien devant l'analyse de sa nouvelle collègue.

— Donc, pas de lutte et pas de vol non plus, en déduit Jonathan. Sinon elle aurait récupéré quelque chose sur lui ou dans son véhicule et les empreintes en témoigneraient.

— Voilà! s'exclame O'Reilly en mitraillant la scène de son appareil photo.

— Alors qui invite un homme dans un boisé au milieu de la nuit, le tue et quitte les lieux tout de suite après? réfléchit Jonathan, les yeux perdus sur la longue route bordée d'arbres.

— Règlement de compte, réitère le technicien en plaçant un ruban à mesurer au sol avant de poursuivre sa prise de photos. Oh! En passant, le cheveu qu'on a trouvé sous la chaussure de Scott est inutile.

— *Fuck!* s'énerve Jonathan. Pourquoi?

— Soignez votre langage devant la dame, monsieur Serra, le dispute gentiment son collègue. Parce qu'il n'y a pas de bulbe pour extraire l'ADN, ajoute-t-il en se penchant pour décaler le ruban.

— Merde ! grogne de nouveau le flic, tandis qu'Elisabeth continue d'arpenter la scène de crime, les yeux rivés au sol, toujours à la recherche de nouveaux indices.

Gilbert place son index sur ses lèvres pour faire « Chut ! » tout en désignant Elisabeth de mouvements de sourcils insistants. Jonathan se tourne pour étouffer un rire devant cette réprimande comique de la part du technicien.

— De toute façon, même avec l'ADN, ça ne nous aurait pas forcément menés vers le coupable. Il appartient peut-être à la femme de chambre ou à n'importe qui d'autre. Il a été trouvé sous sa chaussure, la victime a pu le traîner longtemps, fait remarquer Elisabeth sans même lever la tête.

— Bravo ! la félicite Gilbert. Bien réfléchi.

Frustré de se trouver une nouvelle fois devant rien, Jonathan se retire pour marcher en bordure de la route en tentant de visualiser le crime commis la veille. Une femme a donné rendez-vous à la victime à cet endroit dans aucun autre but que de lui tirer une balle en plein cœur. C'est quand même particulier. Pourquoi se serait-il déplacé jusqu'ici pour la voir ? Peut-être est-ce lui qui venait récupérer quelque chose. Un objet ? Un dossier ? De l'argent ? Possible. Si l'assassin n'avait pas la somme, ça justifierait le meurtre. Ça expliquerait aussi que la victime n'ait pas eu le temps de s'éloigner de son véhicule ainsi que le lieu inusité de la rencontre. *À moins qu'ils n'avaient pas rendez-vous, que la femme était en panne et que l'homme voulait l'aider*, songe-t-il. *Sauf que, si c'est le cas, il n'y avait aucune raison de l'abattre…*

— Est-ce qu'on sait à quand remonte le meurtre? demande Jonathan.

— Fin de soirée, répond le technicien. L'heure est à confirmer.

Jonathan récupère des gants et s'empare du sac contenant les effets personnels de la victime, David Collins. Aucune photo, ni de femme ni d'enfant. Gommes à mâcher, préservatifs, cartes, reçus, papier sur lequel il y a un numéro de téléphone avec le prénom de Judy écrit dessus. *Voilà une première personne à contacter*, se réjouit-il. Jonathan déplie un second papier, trouvé dans la poche du pantalon avec les condoms.

— Il est sorti dans un bar pas si loin d'ici avant d'être tué et il n'était pas seul, annonce-t-il fièrement à ses collègues en s'avançant vers eux.

Jonathan tend le reçu au technicien.

— Une bière et un verre de vin blanc. Il pourrait avoir consommé ces deux boissons, mais en effet je pense qu'il était accompagné, acquiesce le spécialiste. Il faut espérer que quelqu'un les a vus et que les caméras sont en meilleur état que celles du Ritz-Carlton.

Assise à côté de Jonathan, Elisabeth a les verres solaires enfoncés sur le nez, le capuchon de sa veste remonté et elle est appuyée sur la vitre du véhicule qui se dirige chez *Stoddard's* où David Collins s'est rendu hier soir. Comme sa collègue s'est endormie, Jonathan a baissé le volume de la musique et reste silencieux. Si c'était Adam, il lui crierait une connerie pour qu'il se réveille en sursaut, mais il sait qu'Elisabeth n'a pas fermé l'œil de la nuit en raison de ses préoccupations pour Leyla. S'il n'écoutait que ses envies, il roulerait longtemps sous ce ciel dégagé afin qu'elle puisse se reposer, mais il se doute qu'elle s'éveillera bientôt parce qu'ils arriveront d'une minute à l'autre.

Comme prévu, dès que Jonathan éteint le moteur, la jeune femme émerge de sa petite sieste.

— Merde ! lâche-t-elle en s'étirant.

Encore une fois, si c'était Adam, Jonathan lui grognerait qu'il a du culot de dormir pendant que les autres se tapent tout le boulot, mais plutôt il propose :

— Café ? Je ne pense pas que les employés du *Stoddard's* soient arrivés à cette heure.

Sa partenaire hoche par l'affirmative en se frottant les yeux.

— Reste ici, j'y vais, annonce-t-elle en retenant le bras de Jonathan pour l'empêcher de sortir.

Aussitôt, Elisabeth s'extirpe de la voiture pour se rendre au café quelques mètres plus loin. Avec son jean trop grand, sa veste à capuche, ses lunettes fumées et ses cheveux en pagaille, elle ressemble vaguement à une vedette d'Hollywood qui tente de rester incognito. L'image lui rappelle ces fameux clichés pris par les paparazzis qui volent le moment tandis que les stars se faufilent derrière leurs gardes du corps. Comme ces célébrités, Elisabeth semble vouloir disparaître. Ça ne fait aucun doute pour le policier, cette femme aux yeux d'argent et à la silhouette de mannequin souhaite minimiser les regards sur elle en revêtant des habits masculins, en choisissant une coiffure courte et en évitant de mettre l'accent sur ses traits par du maquillage. Pourtant, elle demeure une des femmes les plus belles qu'il ait jamais vues. Son comportement est à la fois décevant et compréhensible, mais franchement inutile aux yeux de Jonathan. Surtout aujourd'hui. Avec ses mèches rebelles et son visage égaré lorsqu'elle s'est réveillée, il imaginait facilement son allure après une nuit de sexe enivrant.

Il est encore en train de se flageller mentalement pour entretenir ce genre de pensées lorsque sa collègue revient d'un pas lent, mais assuré, avec deux cafés. Jonathan récupère le sien et la remercie d'un léger mouvement de tête en continuant de l'observer derrière ses verres fumés. Le téléphone d'Elisabeth retentit à ce moment.

— Elisabeth Stevens. Oui... Il n'y a vraiment aucune possibilité ? s'enquiert-elle sur un ton déçu. Non... Oui... Je comprends. Merci d'avoir rappelé.

Sa partenaire laisse tomber son cellulaire près d'elle en soupirant.

— Mauvaise nouvelle ? devine Jonathan.

— Elle ne pourra jamais en avoir, se contente-t-elle de répondre.

La discussion au sujet de Leyla est bien trop fraîche à sa mémoire pour avoir à demander à qui elle fait référence.

Les policiers sont sortis du bar sans avoir grand-chose à se mettre sous la dent. Le visage de David Collins n'a soulevé aucune réaction particulière chez le barman présent hier soir, mais le propriétaire montrera la photo aux autres employés plus tard lorsqu'ils viendront au travail.

Pour l'instant, Jonathan regarde le contenu des caméras. Le resto-bar était bondé, ce qui complique ses recherches, mais il reste convaincu qu'il pourra obtenir, ne serait-ce qu'une confirmation que Collins était bien avec une femme. Elisabeth, quant à elle, a passé un coup de fil à Judy Lavoie, une trentenaire que fréquentait Collins. Il semble qu'ils aient fait connaissance par l'intermédiaire d'un site de rencontres quelques mois auparavant. La dame s'est montrée consternée d'apprendre son décès et assure ne pas lui avoir parlé de la semaine. Elle a rapporté que Collins et elle se voyaient encore à l'occasion, mais que leur relation était davantage basée sur le sexe. Selon les propos relatés par madame Lavoie, David Collins fréquentait d'autres femmes. « Probablement plusieurs autres », a-t-elle affirmé. Il lui a d'ailleurs demandé récemment si elle avait envie de faire un ménage à trois, une fois de temps en temps. Ce qu'elle aurait accepté.

— Cependant, David était de plus en plus exigeant. Même si je suis assez ouverte, je ne voulais pas me plier à certaines requêtes qui me rendaient inconfortable, a-t-elle ajouté, sans en préciser la nature.

Sentant le malaise de madame Lavoie, Elisabeth n'a pas insisté. Hier soir, elle était avec deux amies qui peuvent témoigner de son emploi du temps. Selon les dernières trouvailles de la policière, David Collins se faisait de plus en plus actif sur ce site de rencontres où il était inscrit depuis moins de six mois.

— *Yes!* se réjouit Jonathan.

— Tu as quelque chose ? s'enquiert sa collègue en roulant sa chaise jusque derrière lui.

Jonathan zoome sur un couple qu'il croit être David Collins et une femme à la chevelure foncée.

— C'est lui, approuve-t-elle.

— On sait qu'il était là et bien en vie à... vingt-deux heures douze, précise Jonathan en observant l'heure dans le coin de l'écran, mais cet angle est à chier. Sauf pour confirmer qu'il est accompagné, on ne voit rien.

— Tu réalises que si c'est cette femme qui l'a tué, on aurait pu avoir son ADN sur son verre et ses empreintes sur la table, lui fait remarquer Elisabeth.

— Je refuse d'y croire. Pour les preuves, c'est foutu, mais elle finira bien par se retourner et on obtiendra une image d'elle. À un certain moment, ils quitteront le bar. Où est la sortie ? demande Jonathan, les yeux plissés au maximum.

— Tu as raison. Elle devra forcément revenir vers la caméra parce que je pense qu'elle est justement installée en haut de la porte. En attendant, je vais fureter sur le site de rencontres pour trouver une utilisatrice qui correspond à la description sommaire. Soit de longs cheveux noirs et...

— Rien d'autre, grogne Jonathan en s'étirant pour placer ses deux mains enlacées sur sa tête. En fait, oui, tu peux aussi éliminer les femmes plus rondes.

— Elle est mince ?

— Je ne pourrais pas le parier, mais je crois qu'elle est menue, à en juger par la largeur de ses épaules. Compare le haut de son corps à celui de Collins.

— Ou lui est costaud, suggère Elisabeth.

— O'Reilly sur la 2, lâche le lieutenant Besner en tapant sur le bureau de Jonathan.

L'enquêteur ne tarde pas à prendre l'appel.

— Le meurtre de Scott et celui de Collins pourraient être reliés, annonce sans détour le technicien.

— Pourquoi ?

— David Collins était un charpentier-menuisier qui travaillait pour Scott. Je pense qu'on devrait rassembler nos indices pour voir ce qu'on a.

— Super ! Alors 0 + 0, ça donne quoi ? ironise le policier.

Le strident éclat de rire de son interlocuteur perce le tympan de Jonathan. Lui-même n'arrive pas à s'empêcher d'étirer les lèvres devant son rire contagieux.

— Je parie que les médias ne tarderont pas à faire le lien entre les meurtres. Bonne chance ! se moque Gilbert en guise de conclusion à l'appel.

Après s'être entendu avec Elisabeth pour aller rencontrer la femme de Damian Scott, Jonathan a réussi à obtenir un rendez-vous le jour même. Au téléphone, la veuve lui semblait déterminée à en finir au plus vite. Ce qui a suscité des doutes sur elle. Les coéquipiers sont donc arrivés à la somptueuse résidence de la victime il y a un peu plus de trente minutes. La quinquagénaire qui les a accueillis paraît avoir dix ans de moins. De nombreuses injections de Botox y contribuent, mais sa silhouette élancée est le fruit d'un travail acharné, à en juger par ses jambes bien fuselées, évalue le policier.

— Pardonnez l'indiscrétion de mes questions, madame Scott, mais vous comprendrez que l'enquête m'y oblige, reprend Jonathan.

Assise confortablement dans une bergère, jambes croisées et coudes appuyés, la veuve balance la tête nonchalamment, l'air aucunement importuné par l'intrusion dans sa vie privée.

— Selon ce que nous avons compris, vous étiez au courant que votre mari a eu quelques maîtresses.

— Quelques ! s'esclaffe-t-elle d'un rire profond, qui surprend tant le policier que sa coéquipière. Je dirais plutôt quelques-unes par semaine ! Damian essayait d'attirer dans son lit toutes les femmes qu'il rencontrait. Alors oui, il y en a plusieurs qui se sont laissé tenter, plus pour son argent que pour le reste, si vous voulez mon avis.

Déstabilisé par sa répartie, Jonathan cherche à reformuler sa prochaine question. Il note si longtemps dans son calepin que c'est Elisabeth qui finit par prendre la parole.

— Selon vous, est-ce que l'une de ces femmes aurait pu lui en vouloir ?

— Il y a belle lurette que j'ai arrêté de surveiller les allées et venues de mon mari, assure-t-elle en glissant une mèche brune derrière son oreille d'un geste machinal. Alors je ne saurais dire qui elles étaient ou combien on peut en compter. Est-ce que l'une d'elles aurait pu être frustrée ? C'est très possible. Damian n'était pas un exemple de romantisme et se souciait peu d'écorcher les sentiments d'autrui. Donc, si vous cherchez une ex-maîtresse éconduite, il vaudrait mieux vous armer de patience. Elles sont assurément nombreuses, rigole-t-elle, ne paraissant pas le moins du monde affectée par ce fait.

— Nous savons aussi que vous aviez entrepris des démarches pour divorcer…

Même si Jonathan n'a pas clairement formulé sa question, madame Scott comprend ce qu'il espère demander.

— En vérité, il y a plusieurs années que j'y pensais. Damian a toujours été infidèle et ne cherchait pas à le cacher. Au début, ça m'affectait. J'ai essayé de bien des manières de changer les choses en croyant naïvement que ça l'empêcherait d'aller sonner chez la voisine. Il y a vingt ans, quand j'ai compris que je n'étais pas nécessairement le problème dans l'équation, j'ai songé à demander le divorce. Mais comme beaucoup d'autres, je suis restée ; un peu pour les enfants et un peu pour l'argent, je l'avoue. J'ai tout simplement arrêté d'y penser et je me suis forgé une vie en parallèle. Jusqu'à il y a environ un an, ce jour où, à mon tour, j'ai rencontré un homme. Contrairement à Damian qui me trompait pour le sexe, j'ai commencé à être infidèle pour combler un besoin de tendresse et de complicité. Nos soirées clandestines m'ont satisfaite pour un moment, mais à cinquante-quatre ans j'ai désormais envie de connaître la sensation de se réveiller auprès d'un homme qui vous désire, vous, et pas toutes les autres qui tournent autour. Vous comprenez ?

Les policiers hochent la tête simultanément, désolés du triste discours que tient la veuve.

— Je me suis donc décidée à faire le pas. Et voilà que, le jour où je dépose ma demande officielle de divorce, on m'annonce que mon mari a été tué. Quelle ironie ! J'ai bien eu un moment de culpabilité en l'apprenant. Parce que, vous savez, bien avant que je rencontre Martin, de qui je suis maintenant amoureuse, j'ai détesté Damian. J'ai même souhaité sa mort, certains soirs où il entrait au milieu de la nuit, qu'il sentait le parfum de femmes à plein nez et qu'il osait me toucher. Il m'écœurait tellement que j'ai déjà rêvé de le voir mourir d'un arrêt cardiaque pendant son sommeil. Mais comprenez que c'était davantage un cri du cœur qu'un réel désir d'enlever la vie à un homme. Un homme que j'ai aimé et qui restera toujours le père de mes enfants, conclut-elle en battant des cils plusieurs fois, soudain prise par l'émotion.

La femme s'étire le bras pour saisir son verre d'eau et en profite pour respirer profondément afin de chasser ses larmes.

— Vous désirez faire une pause, madame ? propose le policier.

— Pas du tout. Poursuivez, je vous en prie, dit-elle en se ressaisissant aussitôt.

— Ne m'en voulez pas de vous le demander, madame Scott, mais pourriez-vous me confirmer que vous avez un alibi pour le moment du décès de votre mari ? interroge Jonathan.

— J'étais avec ma sœur et mes enfants pour un souper d'anniversaire pour notre plus vieux. Damian devait d'ailleurs nous y retrouver, mais il avait un rendez-vous d'affaires important, semble-t-il, lâche-t-elle sèchement, appuyant son ton amer par un roulement d'yeux sévères.

Sur ces mots, la veuve se lève pour récupérer un crayon et un bloc-notes sur lequel elle écrit pendant quelques minutes avant de tendre le papier vers Jonathan.

— Voici le numéro de ma sœur ainsi que les coordonnées complètes de mes deux enfants. Ils confirmeront tout ce que je vous ai dit. Tout le monde est au courant que j'ai demandé le divorce, j'en avais parlé avant d'amorcer les démarches.

— Une dernière question, madame Scott, reprend Elisabeth. Est-ce que votre nouveau partenaire de vie sait que vous pensiez quitter votre mari ?

— Oui, Martin est avocat et un collègue de son cabinet devait s'occuper des procédures. Même s'il se réjouissait d'apprendre que nous pourrions enfin vivre ensemble, il ne m'a jamais pressée dans ma décision de mettre fin à mon mariage. Voici sa carte, dit-elle en remettant le carton à la policière. Je suis certaine qu'il se fera un plaisir de vous aider dans votre enquête. Mais, si vous voulez mon avis, vous devriez chercher ailleurs.

Les deux collègues la remercient pour sa collaboration, puis sortent de la résidence de Damian Scott. Aussitôt assis dans le véhicule, Jonathan récupère son calepin, trouve la liste des suspects potentiels et raye d'un énorme trait le nom de la femme qu'ils viennent d'interroger. Elisabeth réprime un rire.

— Cette enquête avance drôlement bien, n'est-ce pas? ironise-t-il en faisant démarrer la voiture.

Elisabeth boucle sa ceinture et répond:

— C'est presque un dossier clos!

Elisabeth a quitté le bureau tôt. Jonathan, pour sa part, vient de terminer une conversation compliquée avec les médias qui, comme l'avait deviné Gilbert O'Reilly, ont pris l'affaire en main. Il a bien signifié au journaliste que rien ne suppose que l'auteur de ces deux meurtres puisse être la même personne et que le décès des deux employés en construction n'était sans doute qu'une coïncidence, mais rien n'a fait. La machine à rumeurs s'est enclenchée sur la simple évocation de la collaboration professionnelle entre les victimes. Encore heureux que les médias n'aient pas été mis au courant de tout ce qu'il a appris dans les deux dernières heures, sinon ils auraient tout de suite soulevé la possibilité d'une meurtrière en série. Jonathan a d'abord vaguement songé au hasard pour éviter de se créer de faux espoirs sur sa nouvelle piste. Il a voulu se faire croire que le cheveu noir trouvé sous la chaussure de Scott et la longue crinière de jais de la fille qu'il fixe sur l'écran n'étaient qu'une coïncidence. Après tout, cette femme avec Collins n'a peut-être rien à voir avec son meurtre et, comme l'a soulevé Elisabeth, le cheveu dans le dossier Scott peut provenir de n'importe qui. N'empêche que Jonathan a rangé cette information dans le coin de son cerveau en poursuivant ses recherches. Ce n'est qu'en fouillant le véhicule de David Collins, il y a une heure, qu'il a su qu'il tenait enfin une piste pouvant relier les deux affaires.

En dépouillant les dossiers des clients de Damian Scott, l'enquêteur a porté son attention sur une chemise dont la fiche de soumission pour la construction d'une résidence était identifiée d'un simple prénom. Il n'y a rien d'inhabituel à ce qu'un dossier soit incomplet, surtout lorsqu'il s'agit d'une évaluation de coût, mais Jonathan a tout de même relevé le prénom peu commun de cette nouvelle cliente. Maintenant qu'il a passé au peigne fin le véhicule de Collins et qu'il a vu ce même prénom gribouillé sur un bout de papier avec le lieu, la date et l'heure de son rendez-vous avec elle, il ne peut que conclure à l'évidence. Cette fille, une dénommée Katriana, est celle qu'il doit chercher.

— Allez ! Tourne-toi, ma jolie, murmure Jonathan pour lui-même, en appuyant sur le bouton pour activer le film pour la dixième fois.

Il n'a aucune preuve que cette femme en noir sur la vidéo est Katriana, mais ce doute est en train de devenir une certitude. Pourquoi ? Il n'en a pas la moindre idée. Bien qu'il n'ait que sa chevelure, sa façon de bouger et un aperçu de sa tenue, Jonathan croit avoir affaire à une femme qui sait comment attirer l'attention des hommes. Étant donné que les deux victimes étaient connues pour être très actives sexuellement, il pense que Katriana les a attrapées dans son filet en utilisant sa meilleure arme, son *sex-appeal.* Jonathan connaît bien ce genre de femme, celle qui balance la tête pour vous obliger à respirer son parfum, qui cambre les reins pour exhiber sa poitrine, qui se tortille sur sa chaise pour que vous puissiez l'imaginer se mouvoir sur vous. Katriana agit exactement de cette façon sur le film. Le visage illuminé de Collins ne laisse aucun doute, il est excité par elle, il veut la posséder et il la suivra n'importe où pour qu'elle se donne à lui. Même sur un chemin de campagne, à l'abri de tous les regards. Surtout sur un chemin de campagne, à l'abri de tous les regards.

7

Skye Belley
Wells River, 1997

Skye Belley n'arrive pas à croire que sa soirée d'anniversaire est déjà presque terminée. Pour célébrer les douze ans de sa fille, Jeff a invité son frère et des amis à se joindre à eux pour manger de la pizza et du gâteau. À l'arrivée du livreur, Skye est allée ouvrir. Derrière la porte se tenaient ses deux fidèles copines, Isabella et Katrine, avec la grande boîte de restauration.

Surexcitée, après avoir soufflé les bougies et s'être régalée du copieux dessert chocolaté, Skye s'est réfugiée dans sa chambre avec ses amies. Son père, lui, s'est installé au salon avec les siens pour écouter un match de hockey en sirotant de la bière. Leurs parents leur ayant permis de fêter jusqu'à vingt-deux heures, les filles ont eu le temps de se maquiller, de peindre leurs ongles et de s'habiller *sexy* comme les Spice Girls pour se déhancher sur leur *hit* du moment, *Wannabe.*

Comme il fait chaud dans le petit espace, Skye se rend au pas de course dans la cuisine pour s'emparer de bouteilles d'eau.

— *So tell me what you want, what you really, really want,* chantonne l'adolescente.

Elle sursaute en apercevant l'ami de son père appuyé sur le comptoir près de l'évier. Un homme qu'elle connaît peu, mais qu'elle n'aime pas. En plus d'être vulgaire, il la regarde d'une drôle de façon. Ce soir, il a fait des commentaires déplacés sur les femmes devant les filles. Skye s'est habituée à la grossièreté des copains de son père, mais elle se sentait mal à l'aise que Katrine et Isabella en soient témoins.

— Alors, chérie, est-ce qu'on aura droit à une danse officielle bientôt ? Pratiquer, c'est bien, mais les spectateurs s'impatientent, lance l'homme en se léchant les lèvres d'une manière que Skye juge répugnante.

Ainsi, elle se contente d'afficher un sourire poli et s'empresse d'attraper les trois bouteilles qu'elle est venue récupérer. Lorsqu'elle se tourne, elle surprend les yeux de l'homme sur ses fesses. Il ne paraît pas gêné d'être pris en flagrant délit. Au contraire, il rit.

— Hum…, l'entend-elle murmurer avant qu'elle accède à la porte de sa chambre.

— Beurk ! Le pervers m'a regardé le derrière, se plaint-elle en revenant dans la pièce.

— Si c'était lui, est-ce que ça te dérangerait autant ? rigole Isabella en lui montrant une page de magazine où Ricky Martin pose torse nu.

— Oouuhh ! font les filles.

— Ricky, tu veux m'épouser ? demande Isabella en bécotant l'image du chanteur avant de la presser sur son cœur en soupirant.

— Moi, c'est Patrick que j'embrasserai bientôt... avec la langue, précise Skye, les yeux pétillants d'excitation.

— C'est vrai? s'étonnent ses copines d'une seule voix.

— Oui! On s'est tenu la main pendant toute la route au retour de son match de soccer. Quand il m'a laissée devant la porte, il m'a donné un baiser sur la bouche.

— Chanceuse! s'exclame Isabella en s'agenouillant, prête à entendre les détails.

— Oui. Ses lèvres étaient veloutées et sucrées, rêvasse Skye. J'essaierai avec la langue la prochaine fois.

— Ma cousine dit que c'est un peu dégoûtant.

— Je suis certaine que c'est génial, objecte Isabella. Sinon on n'en verrait pas sans arrêt dans les films.

— Et s'il embrasse mal? argumente Katrine.

— Alors on pratiquera souvent! s'esclaffe Skye.

Les filles rient aux éclats lorsque Jeff frappe à la porte de la chambre pour leur annoncer que c'est l'heure de se dire au revoir. Malgré sa déception de voir partir ses amies, Skye se réjouit de sa soirée. Isabella et Katrine se changent à la hâte, ramassent leurs effets personnels et cheminent vers l'entrée où le père de Skye discute de hockey avec monsieur Gian, venu chercher ses deux amies. La jeune fille remarque alors que son père a trop bu. Elle déteste quand les mots s'entortillent autour de sa langue; ça arrive souvent dernièrement. Skye salue donc le père d'Isabella et embrasse ses copines encore une fois pour les encourager à partir plus vite. Au moment de se diriger vers la cuisine, l'adolescente guette les hommes penchés sur la table du salon. Ça, c'est une autre chose qu'elle hait du pervers, il consomme de la drogue et en fait prendre à son père.

— Tu viens t'asseoir avec nous ? lance un type en reniflant sans arrêt.

Oh que non !

— Merci, mais je suis fatiguée. Je range et je vais me coucher.

— Seule ?

Faisant mine de ne pas avoir entendu, Skye s'empresse de mettre les couverts au lave-vaisselle. Elle écoute d'une oreille plus ou moins attentive les conversations des hommes qui paraissent aussi saouls que son père, à en juger par les rires qui ne finissent plus. *À moins qu'ils soient tous drogués*, songe la jeune fille. C'est possible, ils gloussent pour tout et pour rien. Lorsqu'elle se redresse de l'armoire où elle a rangé des bouteilles vides, elle remarque que le gros pervers est là avec un autre. Celui-là, elle ne l'a jamais vu auparavant, mais elle sait déjà qu'elle ne l'aime pas plus. Il la scrute de la tête aux pieds comme si elle était un objet bizarre.

Encore un vicieux, pense-t-elle.

— Intéressant, non ? demande le dépravé en ne lâchant pas Skye du regard.

— Laissez ma fille tranquille, crie son père du salon sans décrocher ses yeux de l'écran de télévision.

Skye ignore les deux hommes et termine sa tâche à la hâte pour s'éloigner d'eux. Quand elle se rend au salon pour embrasser son père, les types reprennent leur siège sans arrêter de la lorgner. L'adolescente tire sur son tee-shirt pour camoufler son abdomen où l'un d'eux ne cesse de poser les yeux.

— Je finirai demain, papa. J'aimerais aller dormir.

— Tu as eu une belle soirée ? demande-t-il en tapant sur le bras de sa bergère pour que sa fille s'installe un moment.

— Il paraît que tu as un petit ami maintenant, dit son oncle. Tu l'as laissé toucher tes fesses ?

Skye grimace et lève les yeux au ciel avant de répondre à son père.

— C'était génial. Regarde, dit-elle en montrant le vernis bleu sur ses ongles.

— Tu es très jolie, ma chérie.

— *Really pretty*...

Elle ne capte pas la fin des propos, mais elle entend les hommes s'esclaffer. Elle pense un moment que la télévision est responsable de cette hilarité générale, mais quand elle voit son oncle Philip la dévisager elle devine que c'était sûrement un autre commentaire idiot à son sujet.

— Je vais me coucher. Bonne nuit ! lance-t-elle en embrassant son père sur la tête. Merci pour tout, papa.

— Allez, Jeff !

— Foutez-moi la paix, grogne son père en se levant pour câliner sa fille.

— Tes seins ont grossi, remarque Philip.

— Franchement, Phil ! s'offense Skye. Qu'est-ce qui te prend ? Tu devrais arrêter de boire si ça te fait dire des conneries.

— Oh ! Oh ! rigole le pervers. Elle a du chien, ce sont mes préférées.

— Hum..., moi aussi j'aime les petites chiennes, renchérit un autre.

Sur ces paroles d'imbéciles saouls, Skye tourne les talons. Elle sait que l'un des types parle encore d'elle, mais elle n'entend pas ce qu'il raconte. Elle s'en fiche, tout ce qu'elle veut, c'est fuir ces ivrognes.

— Skye ! l'interpelle son père en tanguant vers elle.

— Je suis désolée, papa, chuchote-t-elle. Je ne voulais pas être impolie. C'est juste que c'est gênant, justifie-t-elle en se réfugiant une dernière fois dans ses bras.

— Allez ! Qu'est-ce que t'attends, Jeff ?

— Je comprends que ça te gêne que Philip en parle, mais c'est vrai qu'ils ont grossi, murmure-t-il dans son oreille.

— Papa ! lance-t-elle en le repoussant.

— Viens ici, ma chérie, je n'aurais pas dû dire ça. Je suis désolé, tu me pardonnes ?

— T'as pas de couilles, Jeff ? hurle son oncle.

— Oui, je te pardonne, mais je n'aime pas quand tu bois, avoue-t-elle en rendant à Jeff l'étreinte qu'il lui réclame de nouveau. En plus, ils sont vulgaires, chuchote-t-elle en s'approchant de l'oreille de son père pour éviter d'être entendue.

Sentant une main effleurer sa fesse, Skye se raidit. Pensant avoir imaginé ce geste, elle se recule, incertaine de devoir émettre un commentaire. Mais très vite Jeff Belley l'attire par la nuque pour poser sa bouche humide, puante de bière, sur la sienne en lui pétrissant encore une fesse. Prise au dépourvu, l'adolescente n'arrive plus à bouger. Elle n'a pas le temps de réagir que son père caresse son dos, sous son tee-shirt. Le souffle court, elle colle ses bras contre son corps pour l'empêcher de glisser sa main vers sa poitrine. En vain. Les doigts de son père se referment sur son sein. Quand ses amis se mettent à rire, il presse plus fort et pince la pointe.

— Tu aimes ça, ma chérie ? crie le pervers en se frottant l'entrejambe. Est-ce que ton copain fait ça pour mouiller ta culotte ?

N'arrivant plus à réprimer ses sanglots, Skye repousse violemment son père et se sauve en courant. Les hommes rient comme des cinglés lorsqu'elle claque la porte de sa chambre.

Réfugiée dans son lit, le cœur battant à tout rompre et le corps tremblant, Skye tente de reprendre ses esprits. Elle ne comprend rien à ce qui vient de se produire. Mais qu'est-ce qu'elle a fait pour que son père, habituellement si gentil avec elle, ose mettre ses mains sur elle ? Pourquoi a-t-il voulu l'humilier de cette façon devant les autres ? Faute de réponses, elle écoute ce qui se passe derrière la porte où les hommes continuent à rire.

— Allez ! Reviens, ma chérie, ce n'est pas fini, hurle l'un d'entre eux.

— Ce n'était pas ça, le *deal*, Jeff.

— Je le ferai plus tard, rétorque son père.

Skye sent la panique s'emparer d'elle. Elle déteste les amis de son père. Elle déteste son père. Elle déteste quand il est saoul. Pourquoi sa mère n'est-elle pas ici ? Elle leur crierait de partir et de ne jamais remettre les pieds dans cette maison. Les genoux repliés sur son corps, Skye se berce pour se calmer. Elle se lève pour monter le son de la chanson de *No Doubt*. Elle ferme les yeux et écoute la voix de Gwen Stefani la rassurer, en imaginant le visage de sa mère, souriant, lui souffler que tout ira bien. Mais des pas et des rires près de sa porte la sortent de ses pensées. Les voix retentissent de plus en plus fort. Si bien que la musique ne suffit plus à les enterrer. Lorsqu'elle perçoit un léger cliquetis, Skye observe la poignée qui tourne.

Non !

8

Lorsque tout semble aller contre vous,
souvenez-vous que les avions décollent toujours face au vent.
HENRI FORD

Deux semaines se sont écoulées depuis l'assassinat de David Collins. Malgré les dernières trouvailles de Jonathan, les deux enquêtes sur les meurtres stagnent. Rien n'est sorti des entretiens des policiers avec les membres des familles, les amis connus ou les collègues de travail. De plus, un agent chargé de dépouiller la vidéo a tenté d'identifier quelques clients assis à proximité de la table de Collins pour vérifier si une personne pourrait fournir une description de celle qui accompagnait la victime le soir du crime. Rien de plus concluant à ce niveau.

Dès le lendemain de la découverte du prénom Katriana, Elisabeth s'était lancée à la recherche de la femme sur le site de rencontres que fréquentait Collins. Elle a pu dénicher le profil d'une enseignante de trente-cinq ans, veuve depuis deux ans. La description physique était sommaire : cheveux noirs, yeux bleus, un mètre quatre-vingt, cinquante-cinq kilos. Même si à première vue les informations paraissaient véridiques, les policiers n'ont retenu que la couleur des cheveux, l'unique élément que la vidéo permettait de valider. Fait plutôt étonnant, Collins a quitté le bar seul.

Jonathan a eu beau repasser le film des dizaines de fois, il ne subsiste aucun doute : la femme n'est ni sortie avec lui ni sortie du tout. Du moins, pas par cette porte. Il y a bien un second accès de secours, mais aucune caméra ne pouvait capter les allées et venues à cet endroit. Autre élément suspicieux, l'objectif de la caméra située près de cette sortie était dirigé vers le mur, comme si quelqu'un avait volontairement déplacé l'appareil. De toute évidence, cette Katriana est très futée. Un agent sur le dossier examine tous les films accessibles des dernières semaines. Un travail de moine que Jonathan et Elisabeth n'ont pas le luxe de se permettre.

Aucun échange intéressant sur le site n'a pu être relevé entre Katriana et David Collins. Il s'agissait d'une conversation plutôt banale. Presque trop. Katriana a refusé d'acheminer une photo, mais a elle-même suggéré un rendez-vous. C'est aussi elle qui a décidé de l'endroit, ce qui n'est pas étonnant considérant la suite des événements. Outre une minuscule allusion au fait que la présence d'un homme dans sa vie lui ferait du bien – « à bien des égards » –, a-t-elle spécifié en ajoutant l'émoticône d'un bonhomme faisant un clin d'œil, les discussions étaient platoniques, contrairement à celles avec d'autres utilisatrices. En effet, beaucoup des conversations allaient directement au but recherché : le sexe. Certains éléments soulevés par Judy Lavoie, une des maîtresses de Collins, ont été confirmés. Notamment ses relations sexuelles à plusieurs participants. De plus, il semblerait qu'il avait un penchant évident pour la domination. Les policiers ont joint par téléphone quelques-unes des personnes avec qui Collins a eu des aventures, mais les entretiens n'étaient pas probants. Le dépouillement des appels n'a pas permis de trouver de lien entre Collins et Katriana, et, bien sûr, cette femme n'existe que virtuellement. Son compte a été créé à partir d'une fausse adresse IP reliée à un café Internet du coin. Jonathan s'est rendu sur place pour interroger les employés avec, pour seule information en main, la description peut-être mensongère de la fiche de Katriana et une capture d'écran où on la voit de dos et de loin. Autre détail notable, ce lieu truffé d'ordinateurs est un des seuls de la ville où il n'y a aucune caméra de surveillance. Les enquêteurs ont le lourd sentiment que quelqu'un se paye leur tête.

La journée tire à sa fin, Jonathan n'a pas levé les yeux de son écran depuis plusieurs heures. Comme sa coéquipière, il fouille les conversations que Collins entretenait avec toutes ces femmes.

— Quel con ! murmure-t-il pour lui-même.

— On s'entend là-dessus, répond Elisabeth en délaissant ses transcriptions.

Jonathan réduit sa fenêtre virtuelle pour revoir la vidéo du *Stoddard's*, en espérant y trouver un nouvel indice.

— Allez, ma chérie, tourne-toi, chuchote-t-il.

Impatient, il appuie à répétition sur l'extrémité de son stylo, un geste nerveux remarqué par Elisabeth.

— Ce n'est pas parce que tu la regardes pour la millième fois que tu verras son visage, tu sais ? Tu es en train d'en faire une fixation. Tu devrais mettre plus d'énergie sur tes autres dossiers et moins sur celui-là. De toute façon, on n'a rien.

— Comment peux-tu prétendre une chose pareille ? Elle est là, on la tient. Nous sommes à un cheveu de trouver un indice qui nous révélera son identité. Qui sait si elle ne fera pas d'autres victimes ?

— Ah oui, je vois ! Le violeur de Leyla, lui, peut continuer de détruire la vie de jeunes femmes innocentes. Ce salaud ne t'obsède pas, mais Katriana qui a tué Scott et Collins, deux trous de cul, elle, tu dois l'arrêter, lâche-t-elle en se levant d'un bond.

Elisabeth n'a pas tort, Jonathan a négligé ses autres enquêtes au profit de celle-ci. Il n'a pas de justification valable, mais c'est vrai que cette affaire occupe son esprit sans arrêt et lui gruge du temps. Il ressent le besoin de s'expliquer en voyant sa collègue saisir ses effets personnels pour partir.

— Tu sais bien que ce n'est pas ce que je veux dire, tente-t-il de tempérer. On n'a rien pour orienter nos recherches pour découvrir l'agresseur de Leyla.

Elisabeth récupère son sac et pousse sa chaise d'un geste brusque.

— Nous avons un portrait-robot et une trousse médico-légale contenant son ADN. Ce qui est beaucoup plus qu'une image floue d'une femme de dos ! As-tu seulement rencontré le tenancier du bar où Leyla sortait ce soir-là ?

Le regard d'Elisabeth lui crève le cœur. Elle est fâchée, nul doute, mais elle est surtout triste.

— Bien sûr ! Tu le sais, je t'ai dit qu'il n'a jamais vu l'agresseur et qu'il n'avait pas remarqué Leyla non plus.

— *Whatever!* marmonne-t-elle en balançant la tête.

— Attends, Elisabeth! Elisabeth!

Trop tard, elle s'éloigne sans lui porter plus attention. Jonathan voudrait courir pour la rattraper, mais il est conscient qu'il se fera rabrouer. Il cherche à comprendre ce qu'il a fait pour que sa collègue soit en colère contre lui. Ce n'est pas faux qu'il a mis beaucoup de temps sur l'enquête des assassinats, mais pourquoi réagit-elle aussi intensément? Il n'a pas l'impression d'avoir été insensible. Au contraire. Il est passé voir Leyla pour prendre de ses nouvelles, et Elisabeth le sait. Il a profité de l'occasion pour assurer à la jeune victime qu'il n'abandonnait pas ses recherches. Mais il y a toujours plus qu'on peut faire… Peut-être aurait-il dû diffuser le portrait-robot à une plus grande échelle? Il aurait pu doser son énergie entre ses dossiers, c'est vrai, mais il ne faut pas en faire toute une histoire.

Il est toutefois conscient que ce qu'a vécu Leyla a marqué Elisabeth d'une façon différente. Il sait aussi que la violence faite aux femmes est un sujet sensible pour elle. Durant les jours passés avec sa nouvelle collègue, il a pu le constater à plusieurs reprises. D'ailleurs, c'est en raison d'un dossier semblable qu'elle s'est retrouvée ici.

La réaction d'Elisabeth lui laisse un goût amer. Ils sont tous les deux si fatigués, c'était peut-être inévitable après tout. *Elle ira mieux demain*, songe-t-il.

La tête entre les mains, Jonathan se sent épuisé, il voudrait rentrer, lui aussi, ou mieux, sortir pour boire un verre avec Adam. Mais son ami est officiellement installé à Roxbury. Comme il sera seul chez lui de toute façon, Jonathan décide de rester encore quelques minutes. Pour se donner meilleure conscience, il choisit d'ouvrir le dossier de cette femme morte dans un accident de la route. Un nouveau document y a été déposé.

Fuck!

Après qu'Elisabeth a soulevé la possibilité que la dame ait pu être assassinée, le policier a demandé une inspection complète du véhicule. Il se trouve que la conduite de freins aurait été coupée. Sa partenaire avait donc raison.

Jonathan s'empresse de passer un coup de fil à Mike Besner pour lui partager cette nouvelle information.

La nuque appuyée sur le dossier de son siège de voiture, les yeux fermés, Jonathan est garé devant l'appartement d'Elisabeth depuis une trentaine de minutes. Fier de sa découverte, ou plutôt de celle de sa collègue, il a songé à l'appeler pour lui annoncer la bonne nouvelle. Puis, sur un coup de tête, il s'est précipité dans son véhicule pour la retrouver chez elle. Durant le trajet, il réfléchissait à la façon qu'il pourrait profiter de l'occasion pour admettre ses torts. Maintenant qu'il est là, il se trouve ridicule. Il n'y a aucun doute dans son esprit : soit Elisabeth n'ouvrira pas, soit elle lui claquera la porte au nez. Chaque fois qu'il a voulu l'inviter, même de manière détournée, elle a décliné l'offre sans cacher qu'il perdait son temps.

Affamé, Jonathan décide de laisser tomber et d'aller casser la croûte au pub près de chez lui.

L'endroit est presque désert, sauf pour un petit groupe de travailleurs assis au bar et un couple installé dans un coin. La voix de Chris Martin se fait enterrer par les rires des gars qui paraissent être là depuis un moment. C'est loin d'être une soirée de rêve, mais c'est certainement mieux qu'être seul chez lui. Attablé en solitaire pour manger un burger et des frites, il avale toutes ces calories vides à l'aide d'une bière froide en continuant de penser à Elisabeth. Il ignore pourquoi sa réaction le dérange autant. Il a toujours détesté les conflits, c'est vrai, mais s'il s'agissait d'Adam ou d'un autre partenaire il lui dirait d'aller se faire foutre. Le lendemain, tout serait oublié. Avec Elisabeth, c'est différent, jamais il ne pourrait la traiter comme un de ses coéquipiers masculins. Cette fille a un je-ne-sais-quoi qui le touche au plus profond de lui-même. Elle sourit peu, paraît constamment prise dans ses pensées, s'investit corps et âme dans ses dossiers et semble si émotivement impliquée dans son travail qu'il refuse d'être ce collègue qui ne la soutient pas. Peut-être y a-t-il aussi un peu d'autre chose ?

Ou beaucoup d'autre chose !

Quoi qu'il en soit, il se jure qu'il lui présentera ses excuses dès son arrivée au bureau demain.

— Hé ! Jo ! le salue Rebecca. Je peux m'asseoir un moment ? s'enquiert la barmaid en balançant sa crinière cuivrée.

— Je ne croyais pas que tu travaillais ce soir, s'étonne le policier.

— Non, je suis seulement passée chercher un truc que j'avais oublié. Je peux ou pas ? insiste-t-elle en pointant du doigt la banquette devant lui.

En guise de réponse, Jonathan retire ses clés et son téléphone placés devant elle. Pendant qu'elle s'installe, il remarque qu'en effet elle ne porte pas la robe moulante qu'elle a l'habitude de revêtir lorsqu'elle est derrière son comptoir. Son jean et son tee-shirt restent flatteurs pour ses jolies courbes, évalue-t-il. Rebecca est quand même très maquillée, ce que Jonathan trouve dommage. Ses yeux charbonneux seraient aussi beaux, sinon plus, sans tout ce crayon. Même s'il lui a parlé à quelques reprises, il la connaît peu. Comme Jonathan s'assoit la plupart du temps au bar, ils ont surtout des échanges de politesse entre les bières qu'elle sert à ceux venus faire un saut avant de rentrer chez eux.

— Il y a un moment que je t'ai vu, fait-elle remarquer.

— Je passe tout mon temps au bureau.

— Tu travailles toujours, mais le seul soir où tu as congé tu n'as pas mieux à faire que de te retrouver ici ?

— Pathétique, non ? commente Jonathan, en arquant un sourcil rieur.

La jeune femme lui sourit de sa dentition parfaite, bat des cils lentement, repousse encore sa longue chevelure rousse et le fixe en se mordant la lèvre inférieure maquillée de rouge bordeaux.

— Je vois que tu as terminé. J'allais justement partir et je suis aussi pathétique que toi. Tu me raccompagnes ? suggère Rebecca.

Elle soutient longtemps le regard du policier, pendant que ce dernier tente de se convaincre qu'il ne sera pas aussi faible. Pourtant, l'idée de ne pas passer la soirée seul est alléchante. Mais pourquoi ? Il sait déjà que cette nuit ne lui apportera rien de plus que des ébats sexuels éphémères et sans saveur. En attente de sa réponse, Rebecca vole une frite dans son assiette, la croque et se lèche les doigts sensuellement. Elle sourit à un autre client pour éviter de donner de l'importance à son tour de charme sournois. Pendant ce temps, Jonathan essuie la condensation sur sa bouteille de bière en tentant de chasser les images prometteuses d'une nuit torride. Sinon, quand il se concentre, il peut presque sentir la peau délicate de l'intérieur de ses cuisses, imaginer l'oscillation de son bassin en quête de sensations et entendre ses soupirs de plaisir lorsqu'il accédera à ses demandes. Pour achever son argument, Rebecca vole une gorgée de la consommation de Jonathan et laisse longtemps ses lèvres traîner sur le goulot. Après quoi elle récupère une goutte d'un lent coup de langue en le fixant sans relâche.

Bah ! Peut-être pas sans saveur, lui souffle sa mauvaise conscience.

— Alors ? insiste Rebecca, le sourire aux lèvres. Tu viens ?

Pour seule réponse, l'enquêteur vide le restant de sa bière avant de se lever.

Arrivé devant la porte, Jonathan regrette amèrement de ne pas pouvoir reculer le temps quand il se heurte à Elisabeth, s'apprêtant à rentrer.

— Qu'est-ce que tu fais ici ? demande-t-il, alors que sa collègue tourne brièvement les yeux vers la jeune femme se tenant aux côtés de son coéquipier.

Les choses se bousculent dans la tête du policier. Pourquoi Elisabeth est-elle ici, maintenant ? Savait-elle qu'il était là ? Comment peut-il se désister de l'engagement qu'il vient de conclure avec la barmaid ?

— Elisabeth, ma partenaire de travail… Rebecca, une amie, lance-t-il en continuant de chercher une issue.

Un balancement de tête mutuel sert de salutation aux deux femmes.

— Tu es venue manger ?

— Oui, répond simplement Elisabeth. Bonne soirée à vous deux.

Sur ces mots lâchés un peu sèchement, elle saisit la poignée pour entrer dans le pub. Tandis que Jonathan réfléchit à un moyen pour la suivre sans éconduire la jeune femme qui l'attend, cette dernière enfile son bras sous le sien. Ainsi, l'esprit torturé, Jonathan emboîte le pas à Rebecca d'une démarche lente et hésitante.

Incapable de poursuivre sa soirée avec la jeune barmaid, Jonathan l'a raccompagnée chez elle sans entrer. Rebecca a bien sûr insisté et usé de tous ses charmes pour le convaincre. En rétrospective, le policier a songé qu'il n'avait rien promis de manière explicite ; il avait seulement accepté de la reconduire. Le sous-entendu était évident, mais il s'en fichait. Comme un fou, il s'est rué dans son véhicule, après quoi il est retourné au pas de course au pub. Où Elisabeth n'était plus.

Jonathan travaille depuis une trentaine de minutes lorsque sa collègue arrive au bureau. Téléphone à la main, elle discute avec une personne qui ne semble pas reliée au boulot. Ce qu'elle fait rarement.

— À très bientôt ! Oui, c'est promis, assure-t-elle.

Elle pose son appareil et lâche sans tarder :

— Alors, Casanova, belle nuit ?

— Tu te trompes, répond-il du tac au tac.

— Pff ! Fais croire ça à quelqu'un d'autre ! se moque-t-elle sans lui prêter un regard.

Elle ne se trompe qu'à moitié, mais Jonathan voudrait argumenter et lui expliquer qu'il est retourné au pub parce qu'il préférait être avec elle. Mais est-ce que ce serait mieux ? Assurément pas.

— Elisabeth… tu as eu raison de te fâcher hier. Négliger les autres dossiers au profit de la recherche de la vraie identité de Katriana m'a fait manquer des informations importantes.

— C'est ce que tu étais venu m'annoncer hier… chez moi ?

Eh merde !

— Oui, admet-il. Mais après réflexion, j'ai préféré te laisser ta soirée de congé, ajoute-t-il pour justifier qu'il est resté devant chez elle.

— Tu as réfléchi longtemps !

Comment avoir l'air d'un con, deux fois plutôt qu'une !

Ignorant sa moquerie, il continue :

— C'est parce que tu m'as vu que tu es venue me trouver au pub ? demande-t-il alors qu'Elisabeth tourne les talons pour se rendre aux toilettes.

— J'avais faim et j'étais trop fatiguée pour cuisiner, lance-t-elle sur un ton qui sous-entend qu'il doit arrêter de prendre ses rêves pour la réalité.

Et elle a raison ! Pourquoi espérait-il entendre qu'elle le cherchait ? Pourquoi voudrait-il lui expliquer qu'il n'est pas celui qu'elle croit ? Pourquoi cette fille le met-elle dans cet état ? Pourquoi, alors qu'il devrait être en train de travailler, se retrouve-t-il à avoir ces discussions stupides ?

Lorsque Elisabeth revient, elle a les bras chargés de dossiers. Jonathan a encore la tête coincée entre ses deux mains.

— Ça ne va pas ? s'inquiète-t-elle.

— Tu avais raison pour la femme qui a perdu la vie dans un accident, l'affaire Blackburn, précise-t-il. La conduite de freins a été sectionnée. Je n'aurais probablement jamais fait le lien sans toi. Merci ! dit-il plus sèchement qu'il l'aurait voulu, avant de se lever à son tour.

L'objectif est surtout de fuir cette conversation. Enfin, plutôt la fuir, elle. Il a déjà bu un café ce matin, mais se rendre en acheter un autre chez Starbucks lui permettra cette coupure dont il a besoin.

À son retour au bureau, Jonathan est accueilli avec une bonne nouvelle par Elisabeth. Un homme a filmé l'intérieur du bar où sortait Leyla le soir du viol. En entendant cette histoire, il a eu la brillante idée de l'amener aux autorités pour vérifier si sa courte vidéo pouvait servir. Selon l'appréciation de la policière, un type qui ressemblait au portrait-robot dépeint par Leyla avait les yeux rivés sur elle. C'est sans tarder qu'Elisabeth a téléphoné à la jeune femme et qu'ils se sont mis en route pour la rencontrer chez elle. Jonathan n'avait encore jamais vu sa partenaire aussi fébrile. Elle était si nerveuse que sa main tremblait au point qu'il a gentiment récupéré le cellulaire sur lequel le film était enregistré pour arriver à le faire visionner à Leyla. Sur la vidéo bien banale, on apercevait les deux frères du propriétaire du portable jouer au billard. Derrière la table, on distinguait bien Leyla et son amie en train de danser ainsi qu'un autre type au bar qui parlait aux deux filles de temps en temps. Le jeune homme qui leur faisait la conversation est le nouveau petit ami de la copine de Leyla, leur a-t-elle appris. Et en effet, un gars assis seul en retrait regardait le trio sans relâche. En l'apercevant, Leyla s'est écriée :

— C'est lui !

L'instant suivant, des larmes se sont répandues sur ses joues. Elisabeth s'est précipitée sur la jeune fille pour la prendre dans ses bras en l'assurant que c'était enfin terminé, qu'ils détenaient une image très claire et que l'ADN prélevé sur elle permettrait d'établir les liens nécessaires pour envoyer l'agresseur en prison. Jonathan a rapidement fait parvenir le cliché aux médias où il sera diffusé. Maintenant, c'est une question de temps, peut-être quelques heures, mais ça pourrait demander un peu plus. Il faudra seulement être patient.

Les enquêteurs sont de retour au bureau, assis à leur poste de travail respectif, quand la mère de Jonathan lui rend une visite impromptue.

— Maman ! se réjouit-il en l'apercevant.

Aussitôt dressé sur ses pieds, Jonathan enlace sa mère. Cette dernière remarque vite la nouvelle collègue de son fils.

— Adam a embelli, rigole-t-elle en tendant la main vers Elisabeth.

— Bonjour, madame ! lui sourit la policière. Elisabeth Stevens.

— Evelyn. Je suis la mère de ce charmant jeune homme, dit-elle fièrement.

— Je remarque la ressemblance, commente Elisabeth tandis que Jonathan se délecte de ce sourire qu'il ne voit presque jamais.

— Qu'est-ce que tu fais ici ?

— Je suis venue retrouver ton père en souhaitant qu'il puisse s'accorder une pause, mais il est enfermé dans sa salle de cour pour les prochaines heures. Alors je tente ma chance avec mon fils. Tu as du temps pour moi?

— Évidemment! Elisabeth a fait des avancées majeures dans deux dossiers, donc je peux m'absenter sans problème, répond-il, espérant que sa collègue capte le compliment.

— Alors peut-être qu'Elisabeth pourrait se joindre à nous, suggère Evelyn.

— C'est très gentil de votre part, mais je vais plutôt profiter du calme du bureau pour avancer et rentrer tôt.

Assis dans un petit resto à proximité du bureau, Jonathan passe un bon moment avec sa mère. Ils ont parlé de beaucoup de choses, dont le voyage que ses parents planifient pour l'automne. Comme son père sera bientôt à la retraite, sa mère prévoit un ralentissement qui leur permettra de profiter davantage de la vie. Le policier vient d'annoncer qu'il devrait retourner au travail, mais il est si bien en compagnie de sa mère, à discuter de la Toscane, qu'il n'en a pas la moindre envie. Il remue sa tasse où une traînée de café paraît incrustée, sous le regard constant d'Evelyn. Cette dernière tapote le dessus de la main de son fils.

— Pourquoi sembles-tu préoccupé?

— Au contraire. Je suis bien et je n'ai pas envie de te laisser repartir, avoue Jonathan en délaissant son café pour fourrager dans ses cheveux.

— Pourtant, j'ai vu une très belle motivation au bureau, le taquine-t-elle, tandis que Jonathan place ses doigts derrière sa nuque et lève ses coudes pour s'étirer le dos, comme un chat qui se relève d'une longue sieste.

— Ouais ! fait-il en se levant.

— Ça signifie quoi, « ouais » ? se moque-t-elle. Ne me dis pas que ce n'est pas ton genre.

Le policier enfile sa veste, puis aide sa mère à mettre son manteau sans répondre.

— Qu'est-ce qui ne va pas, Jonathan ? Tu peux me parler, tu sais ?

— Bien sûr que je le sais ! rigole-t-il en pliant son bras pour permettre à sa mère de s'y accrocher. C'est seulement que j'ignore quoi t'en dire. Cette fille est… différente. Il y a quelque chose d'intrigant chez elle. Elisabeth semble souvent triste, et pour une raison que je ne m'explique pas trop, ça me met à l'envers. Elle vient de déménager et doit s'adapter au fonctionnement de notre district. En plus, on a un dossier de merde qui ne va nulle part. J'ai l'impression que c'est en partie ce qui la tracasse. C'est sa première enquête officielle ici et on n'a rien. *Nada*. C'est frustrant. On a aussi eu le cas d'un viol atroce d'une jeune fille. Un salaud a…

Jonathan s'interrompt en soupirant à plein régime.

— Je t'épargne les détails, se rétracte-t-il, s'aidant d'un mouvement de main et d'un balancement de tête. C'est juste qu'Elisabeth semble particulièrement sensible à ce genre de crime. Je trouve moi-même ces dossiers insupportables.

Je suppose que lorsqu'on est une femme ça doit être encore plus facile de se laisser submerger par l'empathie. Bref, je ne peux rien faire de concret, mais j'aimerais au moins qu'elle me parle. J'imagine que ça pourrait l'aider, non ?

Sa mère l'encourage d'un sourire.

— Elle travaille très dur, elle est peut-être seulement fatiguée. Je ne sais pas trop. Je la connais peu. Pas du tout, en vérité.

— Mais elle te plaît ? tente de comprendre Evelyn.

— Pas la peine de t'emballer, ce n'est pas réciproque… Mon magasinage de chaussures me nuit, tu vois ?

Evelyn s'esclaffe en s'appuyant sur l'épaule de son fils.

— Tu crois ? demande-t-elle, l'air d'en douter.

— Non, je le sais. D'ailleurs, je n'ai pas très envie d'en parler pour le moment.

— D'accord, se résigne-t-elle.

C'est ce qui met Jonathan le plus en rogne dans cette histoire. Hier, il est parti avec Rebecca, une personne pour qui il n'a aucun intérêt. Du moins, pas pour une relation stable. Alors pourquoi a-t-il été si faible ? Dans le but de ne pas être seul, bien sûr, sinon quoi ? Pour un peu de sexe facile… probablement pas aussi excitant qu'il se l'imaginait. Assurément pas aussi excitant. C'est ridicule. Il s'en veut tellement. En plus de ne pas passer sa soirée avec Elisabeth, il lui a prouvé, une fois de plus, qu'il ne vaut pas mieux que les autres.

L'agent chargé de dépouiller les vidéos du *Stoddard's* a identifié une femme qui correspond à peu près au profil de Katriana. Elle semble plus ronde que sur l'autre film et elle n'a pas le visage que Jonathan s'était imaginé, mais elle a bien une chevelure brun foncé et des yeux bleus. Les vêtements qu'elle portait lors de sa rencontre avec Collins étant plus ajustés et sombres que ceux qu'elle a sur la vidéo où on l'aperçoit de face, captée la semaine d'avant, expliqueraient possiblement cette illusion de minceur. Quoi qu'il en soit, Jonathan reste persuadé qu'ils la tiennent.

Jonathan et Elisabeth sont donc tous les deux en salle d'interrogatoire en compagnie de Daphnée Desjourdy, une femme de trente et un ans, bien plus jolie en personne, juge le policier. Vêtue d'un tailleur strict, elle porte un chemisier satiné qui laisse deviner ses formes généreuses et brise cette allure professionnelle qu'elle semble vouloir projeter. Comme sur la vidéo, elle incline souvent la tête et joue dans ses cheveux. Elle croise et décroise régulièrement les jambes, sans jamais lâcher Jonathan du regard.

Selon les questions préliminaires, elle est célibataire, vit seule et ne connaissait pas David Collins. Lorsque Elisabeth lui a présenté la photo, elle a cependant admis avoir déjà vu ce type quelque part, sans pouvoir confirmer l'endroit. Même si elle ne semble pas embarrassée d'user de ses charmes dans un tel contexte, la femme paraît nerveuse. Surtout depuis qu'elle a appris la mort de Collins. D'ailleurs, les battements de cils ont diminué à la suite de cette annonce. Cela dit, madame Desjourdy a un alibi pour le soir du meurtre du charpentier qui pourra être validé par des amies avec qui elle est sortie au restaurant et par un homme, un dénommé Balthazar, chez qui elle s'est rendue après sa soirée.

— Attendez! s'exclame-t-elle soudain. J'ai peut-être la facture avec moi.

La jeune femme fouille dans son sac tandis qu'Elisabeth échange un regard avec Jonathan. De toute évidence, ils font fausse route. *À moins que ce soit bien Katriana et qu'elle ait encore prévu le coup*, réfléchit le policier. Jonathan s'impatiente en examinant madame Desjourdy effectuer l'inventaire de son sac à main: clés, cartes de visite, listes d'épicerie froissées, papiers de gomme à mâcher, brosse à cheveux. Faisant écho aux pensées de l'enquêteur, elle lâche en riant:

— Un ménage s'impose.

À qui le dites-vous? voudrait répondre Jonathan en la regardant déposer des objets qu'il ne croyait pas trouver dans le sac d'une femme, notamment une agrafeuse et du ruban gommé. Madame Desjourdy esquisse l'ombre d'un sourire lorsqu'elle met trois condoms sur la table.

— Voilà! dit-elle enfin en donnant l'addition à Jonathan.

— On peut en faire une copie? s'enquiert le policier en se levant aussitôt.

— Tout ce que vous voulez, monsieur Serra, rétorque-t-elle, un sourire aguicheur sur les lèvres.

Jonathan n'en croit pas ses yeux. Comment une femme en pleine interrogation pour meurtre peut-elle trouver le moyen de flirter ? Le policier quitte la pièce pour se rendre au photocopieur. Lorsqu'il revient à peine une minute plus tard, Elisabeth l'attend devant la porte.

— On perd notre temps, soupire-t-elle en empoignant ses cheveux.

Les doigts emmêlés dans ses mèches, le front dégagé, elle dévisage son coéquipier en attente de sa réaction.

— Tu crois ? Je veux dire, c'est vrai qu'elle a un alibi, mais n'oublions pas qu'on a affaire à une femme futée, lui rappelle-t-il en lissant le bout de papier froissé de son pouce et de son index.

— Tu trouves ? Moi, j'ai plutôt l'impression qu'on a affaire à une femme désespérée. Qui flirte pendant un interrogatoire ?

— J'avoue que ça manque de retenue, mais justement, c'est un peu le profil qu'on recherche, non ?

Elisabeth ferme les yeux et soupire encore, l'air exaspéré. Jonathan réduit l'espace qui les sépare, sans toutefois comprendre son besoin de se rapprocher.

— Vas-y, si tu crois pouvoir obtenir un aveu… Sinon tu auras peut-être un rencard.

Jonathan la fixe un moment, sans ciller. Il réalise la proximité qu'il vient de créer quand il sent le souffle d'Elisabeth sur la peau de son visage.

— Tu te trouves drôle ? finit-il par dire tandis qu'il aperçoit les lèvres de sa partenaire se retrousser légèrement.

Elle hausse les épaules et se mord légèrement l'intérieur de la joue, affichant ainsi un air taquin irrésistible, de l'avis du policier. Jonathan rive ses yeux aux siens en songeant qu'il adore quand elle se moque de lui. Après quelques secondes d'observation mutuelle en silence, à une proximité de plus en plus dérangeante pour l'enquêteur, Elisabeth lui arrache la photocopie des mains.

— Finissons-en, qu'elle puisse rentrer chez elle, largue-t-elle avant de retourner dans la salle d'interrogatoire, talonnée par son collègue.

Même s'il est vrai que Daphnée Desjourdy était particulière, son alibi a été confirmé. Un court entretien avec chacune des personnes qui ont passé la soirée avec elle a permis de découvrir une femme sans histoire. Jonathan n'est pas prêt à l'exclure tout de suite de la liste des suspects, mais Elisabeth paraît convaincue qu'ils n'ont rien de plus à tirer d'elle.

Une autre soirée à passer seul, Jonathan fixe l'intérieur de son frigo vide en se demandant comment, à trente-quatre ans, il a pu se retrouver dans cette situation. Il saisit un contenant dans lequel un restant douteux semble vouloir s'enfuir. Il le jette à la poubelle, récupère une pomme dans son panier à fruits et appuie sur le bouton de son ordi. Pour compléter son repas gastronomique, il décapsule une bière. Le temps que le navigateur s'active, il remet en fonction une des vidéos du Ritz-Carlton. Maintenant qu'il cherche une femme à la chevelure noire, peut-être percevra-t-il autre chose en la visionnant. Il réfléchit au fait que même si Katriana s'avérait être la coupable, il reste à trouver le mobile. Pourquoi la femme aurait-elle voulu abattre ces hommes? Tout indique qu'il s'agissait d'une première rencontre avec chacun d'eux. Pourrait-elle avoir été payée par une tierce personne? Ça semble improbable, voire fantasque. D'un autre côté, le prénom Katriana a toutes les apparences d'un pseudonyme. Il faudrait chercher une femme que les deux hommes ont en commun. Si Collins était l'employé de Scott, ils l'ont possiblement connue au travail. Peut-être est-elle embauchée par la même société? Non. Le personnel a été rencontré et aucun membre ne correspond à la description physique que les policiers ont en main. Alors Katriana aurait-elle déjà utilisé les services de l'entrepreneur en construction par le passé? Et si, tout compte fait, Scott la connaissait bien? Jonathan note cette question sur son calepin en songeant que ça justifierait pourquoi un simple prénom marquait sa fiche d'évaluation des coûts. Il faudrait donc sortir les archives de l'entreprise, même les dossiers datant de plusieurs années. Jonathan laisse échapper un soupir de découragement en rayant tout ce qu'il a écrit sur son carnet.

Les yeux rivés sur son écran, il guette les allées et venues du hall du Ritz-Carlton. C'est le seul film disponible de l'hôtel qui n'est pas sans cesse brouillé par des parasites. L'angle permet surtout de voir les visages des clients lorsqu'ils sont à la réception, mais aucune de ces personnes n'a le profil de Katriana. Manifestement, ça ne mène à rien. Pourtant, quelqu'un, quelque part, a forcément été témoin de quelque chose. *Mais ce n'est pas ce soir que je le saurai*, songe le policier en refermant brusquement l'écran de son portable.

La nuit agitée de Jonathan est écourtée. Cette fois, son sommeil a été troublé non pas par une femme dans son lit, mais bien plusieurs dans ses rêves. D'abord, cette mystérieuse Katriana s'est immiscée sans y avoir été invitée pour déranger le calme qu'il tentait de trouver. Chaque fois qu'il essayait de voir le visage de la dame en noir, elle se détournait pour éviter d'être identifiée. Plus tard, c'est une autre femme, aussi énigmatique, qui a meublé les minutes restantes, beaucoup plus agréables que les moments précédents. Elisabeth discutait avec lui, les traits détendus, le sourire aux lèvres, pendant un rendez-vous galant.

Perdu dans ces yeux gris, Jonathan sent son cœur léger jusqu'à ce que la sonnerie de son téléphone retentisse et qu'il entende la voix de sa collègue au bout du fil.

— Hé, oh ! Tu es réveillé ? rigole Elisabeth tandis que Jonathan se frotte les yeux pour parvenir à ouvrir les paupières.

Hélas, oui !

— Ils l'ont arrêté, l'informe la policière.

— Qui, Katriana ? marmonne-t-il d'une voix âpre en regardant les chiffres lumineux sur son réveille-matin.

— Non, Steven Sage, le salaud qui a violé Leyla.

— C'est vrai ? se réjouit Jonathan sur un ton soudain beaucoup plus éveillé. J'arrive.

Les cheveux encore mouillés et la barbe non rasée, Jonathan croque dans un sandwich acheté sur son chemin lorsqu'il rejoint Elisabeth, faisant les cent pas devant le centre carcéral.

— Je pensais que tu serais rentrée, commente-t-il malgré sa bouche pleine.

— Non, j'avais peur de faire une connerie si tu n'étais pas là, avoue la jeune femme en triturant une peau entourant l'ongle de son pouce.

Jonathan catapulte son reste de déjeuner dans une poubelle à proximité. Elisabeth lui indique d'un mouvement vague de l'index qu'il est souillé sur le coin des lèvres.

— Genre, décharger ton pistolet sur ses couilles? demande-t-il en se débarbouillant sommairement du revers de la main.

Le minuscule sourire qui se dessine sur les traits d'Elisabeth le réjouit. La jeune femme subtilise ensuite la serviette de table que tient Jonathan pour lui essuyer elle-même ses lèvres enduites de mayonnaise. Étonné devant le geste machinal de sa partenaire, il se laisse faire comme un petit garçon. Jonathan la remercie d'un léger hochement de tête et, la seconde suivante, les policiers amorcent leur marche d'un pas décidé vers la cellule du violeur.

Steven Sage, un type arrogant, est assis face à l'enquêteur Serra. La mâchoire serrée, Jonathan est sur le point de s'énerver devant la nonchalance du trentenaire qui nie tout depuis son arrivée. Dans le dossier que les policiers ont consulté sommairement, il y a bien peu à se mettre sous la dent. S'il est vrai que l'homme pourrait récidiver, pour l'instant aucune offense grave ne lui a été reprochée. Rien ne figure à son dossier, outre une plainte de harcèlement, qui date d'il y a un an. La plaignante, son ex-petite amie, a demandé une ordonnance d'interdiction de l'approcher. N'acceptant pas la rupture avec une dénommée Sandrine, Sage l'aurait suivie pendant plus de six mois pour la convaincre de se remettre avec lui.

Même s'ils ont son ADN, ils savent bien qu'un aveu simplifierait le procès et, par conséquent, épargnerait Leyla. Malheureusement, ils n'en sont pas à cette étape, loin de là.

Réfugiée dans un coin de la pièce, Elisabeth a les yeux rivés sur Sage et piétine sans arrêt. Jonathan la rejoint, s'installe devant elle, dos au détenu, se penche vers son oreille et lui chuchote d'une voix douce :

— Va te reposer de l'autre côté, je m'en occupe. D'accord ?

Elisabeth pose le regard dans celui de son collègue, braqué à quelques centimètres du sien, puis hoche subtilement la tête sans dire un mot. Jonathan est à la fois surpris et soulagé qu'elle obéisse, car il craignait qu'elle se jette à la gorge de Sage à tout moment. Même lui, de nature plus calme, voudrait lui flanquer son poing en pleine gueule. À elle seule, son attitude est exaspérante. Quand en plus il s'arrête à penser à ce que Sage a fait à Leyla, à ses blessures causées par la violence cruelle avec laquelle il a commis son crime, Jonathan pourrait le tuer à mains nues.

Ainsi, installée derrière la vitre sans tain, Elisabeth laisse son partenaire prendre l'interrogatoire en charge.

— Laisse-moi te dresser le topo une dernière fois avant de te retourner dans ta cellule. Non seulement on a ton ADN, mais on détient en plus une vidéo qui a tout capté. Donc, soit tu avoues tout aujourd'hui et tu t'en sors avec une peine allégée, soit tu plaides non coupable et tu croupis dans un pénitencier pour très longtemps. Je peux déjà te confirmer que tu ne risques pas d'avoir la cote de popularité auprès du jury. Ce bout-là t'appartient et ne change pas grand-chose dans ma vie pour être honnête. Là où j'ai besoin que tu te branches vite est à savoir si tu veux qu'on règle la déposition maintenant ou plus tard. J'ai prévu emmener ma copine au resto ce soir, j'aimerais passer un appel pour réserver, lâche-t-il en jetant un œil à sa montre. Je le fais tout de suite pendant que tu réfléchis ou je m'en occupe après qu'on en a fini, tous les deux? conclut Jonathan en pianotant sur son cellulaire de manière détachée.

— Ta copine, c'est la grande aux yeux gris?

Jonathan demeure impassible, même s'il se doute vers où le truand se dirige.

— Je parie que c'est une garce… Arrives-tu à la faire jouir ou tu as besoin d'aide? largue-t-il en jetant un œil vers la vitre où il devine qu'Elisabeth se tient.

Jonathan entre une main dans sa poche pour se donner une attitude nonchalante, mais aussi pour cacher qu'il serre le poing. Il déteste l'imaginer toucher Elisabeth, mais c'est davantage pour elle qu'il s'inquiète. Espérant l'épargner de ces propos dégradants, il s'approche de l'accusé et s'incline pour murmurer à son oreille.

— Réfléchis-y bien, des filles comme elle, tu ne pourras plus jamais en baiser si tu plaides non coupable. La seule façon que tu pourras avoir une bouche comme la sienne autour de ta queue un jour, c'est en signant maintenant.

Sinon c'est toi qui seras obligé de sucer tes codétenus… Quoiqu'à bien y penser c'est peut-être ton cul qu'ils voudront. Pendant que tu te feras enculer, moi, j'irai m'occuper de Sandrine.

Jonathan s'éloigne calmement sur ces mots. Puis, reviens sur ses pas et ajoute d'une voix toujours aussi basse :

— Je te laisse y réfléchir, en attendant j'envoie le film porno écœurant qui te met en vedette au juge.

Le policier marche vers la sortie sans lui prêter un regard de plus.

— Je sais que tu bluffes ! hurle Sage tandis que Jonathan franchit le seuil de la porte.

Essoufflé de sa course, l'avocat de l'accusé se rue sur l'enquêteur dès qu'il sort.

— Vous savez très bien que c'est illégal ! peste-t-il.

— Quoi ? questionne innocemment Jonathan. J'ai simplement suggéré qu'il pourrait mieux s'en sortir en collaborant. Avez-vous entendu autre chose ?

— Ne me prenez pas pour un con.

— Relisez la déposition de la victime et, si vous vous sentez capable de laisser ce salaud courir les rues, faites votre plainte officielle. Mais dites-vous que sa prochaine victime sera peut-être votre fille.

— Vous n'avez pas de film pour ce dont vous l'accusez, argumente l'avocat pour détourner la conversation.

— Non, mais on a son ADN qui a été récupéré sur Leyla et, en plus, on a une vidéo confirmant sa présence dans le bar le soir du viol. Sur ce film, de près de deux minutes, il ne cesse de la suivre des yeux. Maintenant, faites ce que vous voulez, j'ai du travail.

Debout devant la vitre sans tain, le visage crispé, Elisabeth a le regard rivé sur le détenu.

— Il signera, j'en suis certain. Viens, on retourne au bureau, ordonne gentiment Jonathan.

Comme un zombie, Elisabeth lui emboîte le pas vers la sortie. Bien sûr, il n'a pas respecté le protocole à la lettre et ça pourrait nuire aux procédures, mais le policier demeure confiant. L'avocat suggérera de plaider coupable pour que les choses se règlent facilement, il n'y a pas de doute. Étant donné que Jonathan sait que le juriste a une fille de dix-huit ans, il est persuadé qu'il n'aura pas envie de voir Steven Sage se promener dans les rues de Boston.

9

La tendresse est plus forte que la dureté,
l'eau est plus forte que le rocher,
l'amour est plus fort que la violence.
HERMANN HESSE

Il est près de vingt heures lorsque Jonathan reçoit l'appel de l'avocat de Steven Sage. L'accusé se déclare coupable. Un poing qui fend l'air, quelques formules de politesse et d'excuses échangées, visant à conserver les bonnes relations, Jonathan saute ensuite dans son véhicule pour annoncer l'excellente nouvelle à Elisabeth. Il aurait pu la lui dire plus vite en lui téléphonant, mais égoïstement il a pensé aller la voir pour qu'elle se réjouisse devant lui quand elle l'apprendra.

Contrairement à la dernière fois, c'est sans hésitation qu'il arpente les marches qui le conduisent chez Elisabeth. C'est seulement après avoir frappé les trois petits coups à la porte qu'il réalise qu'il pourrait être accueilli par un homme ou un enfant ou…

Ouf !

Ses inquiétudes sont interrompues par une Elisabeth différente qui lui ouvre la porte. Vêtue d'un pantalon en molleton et d'un chandail qui dénude son épaule, sa partenaire paraît sortir de la douche à en juger par ses cheveux mouillés, lissés vers l'arrière. Son visage dégagé lui semble encore plus beau. Aussi, sa tenue au tissu léger, qui épouse les formes de son corps, trouble Jonathan à un tel point qu'il ne sait plus où poser les yeux.

— Nathan ! Ça va ?

La question fait réaliser au policier qu'il est un peu essoufflé. Dans son empressement à venir à sa rencontre, il a dû courir. Il ne sait plus.

— Entre. Laisse-moi me changer, dit-elle en reculant de deux pas pour ensuite l'inviter d'un geste de la main.

— Non, ça va. Je ne t'embêterai pas longtemps, répond-il en baissant les yeux sur ses pieds pour éviter de la toiser. Je voulais juste t'annoncer que Sage a plaidé coupable.

— Tu es sérieux ? s'exclame-t-elle en le tirant par le bras pour qu'il passe enfin le seuil de la porte.

L'appartement est différent de ce qu'il avait imaginé. Des bougies sont allumées, des notes jazzées résonnent dans le salon, un verre de vin repose sur la table et des arômes d'épices qu'il ne reconnaît pas embaument agréablement la pièce. L'espace de vie de sa collègue est accueillant et, d'une certaine façon, doit ressembler à la vraie Elisabeth, juge-t-il.

— Je ne veux pas interrompre ton souper. Je n'ai pas réfléchi, je suis venu sous le coup de l'excitation. J'ai pensé que tu aimerais le savoir le plus vite possible.

Et comme tu vis à quinze minutes de chez moi, j'ai cru que ce serait plus rapide que de te téléphoner, ironise-t-il, silencieusement.

— Tu as bien fait. Tu as mangé ? demande-t-elle en se dirigeant vers la cuisine.

Elisabeth le laisse entrer et elle lui propose de rester à souper ? Il doit certainement rêver. Sans attendre sa réponse, elle pivote pour se rendre vers l'armoire afin d'y récupérer une coupe.

— Tu aimes le vin ? s'enquiert la nouvelle Elisabeth.

Elle lui offrirait de l'essence à boire qu'il ne refuserait pas. Ainsi, il le lui confirme d'un léger hochement de tête. Sa collègue lui verse son verre, puis d'un sourire ensorcelant elle l'invite à s'asseoir au salon. Pendant les premières minutes, Jonathan doit s'efforcer de ne pas se laisser distraire. Un pied glissé sous elle, les vêtements flatteurs, les traits détendus, elle est souriante comme jamais auparavant. Elle paraît s'être métamorphosée. Si ce n'était qu'il est hypnotisé par ses yeux gris, il détournerait son attention de son visage, mais à bien y réfléchir son corps est encore plus déconcentrant. Tout compte fait, il aurait dû la laisser aller se changer. Pourtant, l'attraction est au-delà de la beauté. Pouvoir observer la vraie nature d'Elisabeth est un privilège qu'il ne pensait jamais obtenir. Il a beau s'en réjouir, il n'est plus certain que ce soit une bonne idée pour conserver des relations professionnelles platoniques.

Elisabeth s'est empressée de passer un coup de fil à Leyla, qui a accueilli la nouvelle en pleurant. La policière a promis de lui rendre visite demain matin. Pendant le repas, Jonathan se sent à la fois heureux et nerveux. Il craint de dire ou de faire quelque chose qui pourrait amener Elisabeth à rentrer dans sa carapace de nouveau. Mais pourquoi a-t-elle laissé tomber la garde aussi facilement ? Pourquoi conserve-t-elle habituellement ses distances ?

— Merci d'être venu, Nathan. Je passerai une meilleure nuit en sachant que Leyla pourra enfin respirer. Tu peux m'expliquer ce que tu as raconté à Sage pour le convaincre ?

— C'est sans importance, des conneries qui n'ont pas leur place hors contexte, répond-il en fuyant son regard.

La dernière chose qu'il veut, c'est tout gâcher. Pour éviter qu'elle insiste, il se lève et prend son couvert ainsi que celui de son hôtesse pour les mettre au lave-vaisselle.

— C'est moi qui devrais te remercier pour ce délicieux repas, ajoute-t-il lorsqu'elle le retrouve pour lui verser d'autre vin.

En terminant la bouteille, les collègues de travail nettoient en discutant de tout et de rien. De la famille de Jonathan, de sa vie lorsqu'il était enfant, de ses parents. Elisabeth a accepté de répondre à quelques questions, mais elle demeure très discrète. À un certain moment, elle s'est rembrunie pour quelques secondes, alors Jonathan s'est empressé de changer de sujet. Il a quand même réussi à savoir qu'elle n'est pas mariée et ne l'a jamais été. Elle aura bientôt trente-deux ans et n'a plus de famille. Aucune. Elle était enfant unique et ses parents sont décédés, sa mère d'un cancer, alors qu'elle n'avait que neuf ans. Le succulent osso buco de ce soir était justement une de ses recettes. Quand sa mère lui manque, Elisabeth concocte les plats que celle-ci préparait pour elle. Malgré la mélancolie dans ses yeux au moment de cette discussion, elle n'était pas si triste. Elle s'est de toute évidence habituée à son absence, a analysé son coéquipier.

Quand la policière se dresse sur la pointe des pieds pour ranger les assiettes, Jonathan caresse des yeux son abdomen plat qui a la teinte d'un délicieux caramel. Envoûté par le creux de ses flancs qu'il aimerait embrasser, il met un certain temps à lui venir en aide.

Ensuite, il étire le moment où il avalera sa dernière gorgée de vin. Il sait qu'il est tard, mais il craint, lorsqu'il franchira la porte, qu'il ne reverra plus jamais la Elisabeth avec qui il passe une fabuleuse soirée.

— Je te laisse te reposer, annonce-t-il lorsqu'il remarque un petit bâillement de la part de son hôtesse.

— Tu ne peux pas prendre le temps pour boire une tisane ou un café ? propose la jeune femme en récupérant la théière.

— Mais où as-tu caché ma collègue ? rigole Jonathan en terminant enfin la dernière goutte qui traîne au fond de son verre depuis longtemps.

Les reins appuyés sur le comptoir, le sourire aux lèvres, il l'observe, en attente de sa réaction. Ignorant volontairement sa remarque, Elisabeth le pousse d'un léger coup de hanches pour accéder au robinet. Il ne déplace que son torse pour pouvoir apprécier la chaleur du corps de sa partenaire à travers le tissu de son pantalon. Elle est si près de lui que la vanille de son parfum caresse son odorat.

— Je suis sérieux, reprend-il en cherchant ses yeux.

— Je n'ai pas envie d'être seule, murmure-t-elle d'une voix à peine audible, en levant enfin son regard gris vers celui azuré de son visiteur.

Son ton empreint d'une sincérité bouleversante touche Jonathan droit au cœur. Cette foutue solitude, il la comprend trop bien. Encore plus chez elle qui n'a plus de famille. Dans ses iris qu'il n'a jamais vus d'aussi près, il lit toute sa sensibilité. Elle, qui semble si forte, est en vérité fragile comme un pétale de rose. Leur proximité permet de deviner la texture de sa peau qu'il voudrait tant toucher. Les secondes s'émiettent, tandis que les battements du cœur de Jonathan se dérèglent.

— Une tisane m'aiderait sûrement à dormir, finit-il par répondre d'une voix à peine perceptible.

Il est récompensé par un cillement empreint d'une douceur indescriptible de la part d'Elisabeth.

—•—

Les boissons chaudes servies, ils sont assis sur le canapé au salon, où la musique en sourdine crée une ambiance relaxante. *Peut-être est-ce aussi ce que ressent Elisabeth*, songe Jonathan en observant sa collègue, qui a le bras replié pour appuyer sa tête contre sa main. Dans cette position, face à lui, elle l'écoute attentivement expliquer sa relation avec sa mère. Sourire aux lèvres, elle le questionne sur tous ces détails anodins aux yeux de la plupart, mais qui paraissent la réjouir.

— Tu veux me parler de ta mère? demande Jonathan presque en chuchotant, comme s'il craignait de briser ce calme qui règne dans la pièce.

Lorsqu'un voile de tristesse vient masquer le visage de sa collègue, il pense avoir fait un faux pas. Pourtant, après une gorgée de son infusion à la camomille, Elisabeth dépose sa tasse, replie ses genoux sur sa poitrine, appuie sa tête sur son coussin et commence à parler doucement.

— Ma mère était intelligente, calme et d'une gentillesse rare. Du temps où je fréquentais l'école primaire, tous les élèves espéraient l'avoir comme enseignante parce qu'elle expliquait bien et avait une patience à toute épreuve. Elle réussissait à faire comprendre toutes les matières, même aux moins doués. Elle prétendait qu'on peut tous arriver à des résultats identiques, bien que parfois le chemin pour s'y rendre diffère. Après les classes, elle recevait souvent des élèves en difficulté à la maison pour des cours particuliers. Elle préparait des petits gâteaux et les attendait avec un sourire radieux, se souvient-elle en glissant ses doigts dans ses cheveux pour les pousser vers l'arrière. L'enseignement se faisait avec des jeux et beaucoup d'éclats de rire. Le ventre plein, ils repartaient de chez moi avec le sentiment d'être aussi compétents que les autres élèves. Je l'admirais pour avoir cette faculté de faire ressentir aux gens qu'ils avaient de la valeur. Elle était une mère attentionnée et chaleureuse. Elle passait sa vie à me prendre dans ses bras et à me répéter que j'étais un cadeau du ciel.

De nouveau, pendant le récit d'Elisabeth, Jonathan remarque que, même si elle paraît regretter la présence de sa mère, elle prend plaisir à revivre ce souvenir. Par ses mots, il peut facilement imaginer la jeune Elisabeth, celle qui n'avait pas cette armure qu'elle s'est construite au fil du temps.

Un léger sourire sur les lèvres, Jonathan a imité la posture de sa coéquipière. Face à elle, tête appuyée sur son coussin, il la guette sans relâche. Le visage décontracté, elle ne parle plus et bat des paupières de plus en plus lentement. Il la sent fatiguée. Lui, malgré l'heure tardive, voudrait demeurer dans cette position toute la nuit, voire toute la vie. C'est ce qu'il est en train de penser quand il remarque que les yeux d'Elisabeth restent fermés. Il en profite pour se délecter de ses traits qu'il évite de fixer lorsqu'elle le regarde aussi. Ses jolies lèvres entrouvertes sous sa respiration devenue régulière lui confirment qu'elle dort. Il devrait partir, mais il souhaite rester encore un peu. Juste un peu.

Ce qu'il donnerait pour se blottir contre elle et s'imprégner de son odeur. Ce qu'il ferait pour être autorisé à toucher la peau de son épaule dénudée, la caresser, l'embrasser. Il voudrait repousser cette mèche de cheveux qui tombe sur son sourcil et qui nuit à la perfection de l'image qu'il a sous les yeux. Il rêve de prendre le visage de sa partenaire dans sa paume, de cajoler l'os de sa pommette, d'effleurer ses lèvres du pouce pour évaluer leur douceur avant de les goûter. Dans son imagination, Elisabeth lui rendrait son baiser avec avidité et s'enfiévrerait de leurs étreintes.

À pas feutrés, Jonathan s'est levé pour partir de chez Elisabeth autour d'une heure du matin. Pendant plus de deux heures, il est resté là à la regarder respirer paisiblement. N'importe qui le croirait fou. Lui-même ne cessait de se répéter qu'il était absurde. Il avait prévu prétendre s'être endormi si elle se réveillait. Même s'il aurait voulu l'accueillir d'un sourire au matin venu, Jonathan a pensé qu'elle préférerait qu'il soit parti. Après avoir gribouillé un message sur la table pour la remercier de la soirée, il a trouvé une couverture qu'il a déposée sur elle avant de la quitter.

Il est allongé dans son lit à revoir les moments passés avec elle. Si Elisabeth Stevens le troublait avant, ce n'était pourtant rien en comparaison de ce qu'il ressent maintenant. En laissant un filet de lumière percer sa coquille, elle l'a touché d'une manière qu'il n'est pas près d'oublier. Au-delà de la beauté qu'elle tente de camoufler, il y a plus. Sous cette carapace qu'elle s'est forgée, une âme sensible et fragile demande à être rassurée. Jonathan voudrait être celui qui aura le privilège d'y accéder.

—•—

N'ayant pas fermé l'œil de la nuit, Jonathan est arrivé tôt au bureau. Il a bien bu un double expresso pour se fouetter un peu, mais il ne se sentait pas si fatigué, juste fébrile à l'idée de revoir Elisabeth. Vu l'heure hâtive, il n'était pas surpris de ne pas la trouver assise derrière son poste de travail, mais déçu. Maintenant qu'il est passé dix heures, il s'inquiète. Il se souvient d'avoir verrouillé la porte et d'avoir bien soufflé les chandelles. *Il ne peut lui être arrivé quelque chose chez elle*, se répète-t-il comme un mantra. Il n'a pas l'habitude de s'imaginer de mauvais scénarios, mais il ne comprend pas pourquoi elle n'est pas encore là. S'étant endormie sur le canapé, Elisabeth n'a peut-être pas eu un sommeil réparateur, il en convient, mais ça ne lui ressemble pas de s'absenter. Même sans avoir dormi. Il déteste être en train de songer à elle alors qu'il a une pile de dossiers à fermer, des rapports à rédiger, des appels à retourner. *Cette fille me rendra fou*, pense-t-il en se levant brusquement pour aller s'acheter un muffin et un café chez Starbucks.

En attendant que le commis termine de préparer sa commande, Jonathan s'appuie un coude sur le comptoir et un pied sur le barreau d'un tabouret pour feuilleter le journal, surtout dans le but de s'occuper l'esprit. Lorsqu'il lève les yeux vers la fenêtre, il voit Elisabeth au téléphone, marchant très vite vers leur immeuble.

— Ajoute un deuxième café, s'il te plaît, lance-t-il à la hâte en tendant un billet, espérant ainsi accélérer le service.

L'adolescent boutonneux s'empresse de s'exécuter et de prendre l'argent. Il n'a pas le temps de lui rendre la monnaie que Jonathan court déjà vers l'extérieur. Il attrape l'ascenseur avant qu'il se referme.

— Salut ! Tu arrives à temps pour la pause-café, l'accueille Jonathan en souriant.

Comme il l'avait anticipé, la femme d'hier a disparu. Pas totalement, parce qu'elle étire les lèvres en le voyant, mais ses vêtements trop grands et ses cheveux qui couvrent son visage ne laissent pas de doute, elle a refermé l'armure.

— Je suis désolée de t'avoir faussé compagnie, je crois que j'avais du sommeil à reprendre, commente Elisabeth en appuyant sur le chiffre lumineux qui les mènera à leur étage.

Isabel qui entre à son tour dans la cage métallique l'empêche de lui fournir la réponse qu'il voudrait. Soit qu'elle n'a pas à s'excuser, qu'il a passé la plus belle soirée de sa vie et que, même endormie, sa compagnie était agréable, mais au lieu de ça, il balance subtilement la tête.

— Jo ! s'exclame Isabel. Comment vas-tu ? Je pensais justement à toi hier, j'ai essayé de te joindre. J'espérais sortir ce soir.

Il sait que c'est la vérité, car il a vu l'appel et l'a laissé entrer dans sa boîte vocale. Il n'a pas envie d'avoir cette conversation maintenant, mais il voit mal comment l'éviter. Elisabeth semble deviner son inconfort parce qu'elle lui jette un œil amusé en sortant de l'espace commun.

Après avoir remercié Isabel pour l'invitation et l'avoir déclinée poliment, Jonathan rejoint Elisabeth qui finit de s'installer à son poste.

— Alors, tu as pu te reposer ? lui demande-t-il, comme s'il n'avait jamais cessé sa discussion.

— Oui, merci pour la couverture, répond-elle sans le regarder. Je n'ai pas dormi si longtemps parce que je suis passée voir Leyla tôt ce matin.

Voilà où elle était. Elle l'avait avisé hier soir, mais il a complètement laissé cette information filer. Elisabeth prend un moment pour expliquer à son partenaire le soulagement qu'elle a lu sur le visage, beaucoup plus reposé, de Leyla. Même si tout n'est pas terminé et que rien ne pourra jamais effacer ni la mémoire ni les blessures permanentes, cette nouvelle a agi comme un baume.

La journée tire à sa fin sans qu'il y ait eu de rebondissement majeur, exception faite de l'affaire Blackburn. Après une longue interrogation, l'héritier de la victime a fini par craquer et avouer avoir trafiqué la conduite de freins. Ils pourront maintenant fermer le dossier. Jonathan est au gymnase en train de courir où Elisabeth le rejoint peu de temps après, comme promis. Bien qu'un tapis roulant fût vacant près de celui de Jonathan, sa partenaire a choisi le plus éloigné. Ce qui constitue le meilleur indicateur qu'elle souhaite avoir la paix. Ce que respecte son collègue, même si un brin de déception l'accapare. Pour passer sa frustration, il accélère la cadence. Le groupe habituel de policiers, Rick, Erik et Stefan, sont aux poids et haltères, comme à l'accoutumée, en train de discuter plus qu'ils ne s'entraînent. En les entendant rire, Elisabeth arrête de courir et se rend rapidement au vestiaire des femmes, où Rick a les yeux rivés. Jonathan a alors un mauvais pressentiment, mais le chasse vite en songeant que, même s'il est con, Rick n'oserait jamais aller la retrouver là. Pour s'en assurer, il met fin à sa course et se joint à ses coéquipiers pour une conversation futile sur les dernières filles qu'ils ont rencontrées. Étant donné que Jonathan est davantage spectateur que participant, il ne reste que le temps de laisser Elisabeth se laver tranquille. Quand il la pense sortie, il se rend dans le vestiaire des hommes.

Une serviette entourant sa taille, il n'est pas encore sous la douche lorsqu'il entend un vacarme et la vocifération de Holmes. Il revient aussitôt dans le corridor menant au gymnase où il voit Elisabeth coincée entre le mur et la main que le policier a posée sur sa poitrine. Apercevant leurs bouches sur le point de se toucher, Jonathan s'empresse de se précipiter vers eux, mais avant qu'il arrive sa collègue saisit son agresseur par les cheveux, puis d'un mouvement vif lui catapulte la tête contre le béton. Rick tente de l'agripper, mais Elisabeth est plus rapide, elle lui balance un solide coup de poing en pleine figure et s'éloigne vite.

— Merde ! gémit-il en se tenant le nez d'où s'écoule son sang. Je veux juste te connaître !

— Tu dérapes ou quoi ? crie Jonathan. C'est quoi, ton problème ?

— Mêle-toi de tes affaires, Serra.

— Merde, Rick ! Fous-lui la paix !

— C'est quoi, l'histoire ? Parce que vous êtes ensemble, on ne peut pas lui parler ?

— Tu ne lui parlais pas, tu l'agressais ! Mais qu'est-ce qui t'arrive ? Pourquoi ne peux-tu pas la laisser tranquille ?

— Tu as eu ton tour, Jo. Dégage maintenant.

— *Fuck !* marmonne Jonathan en tournant les talons.

— Justement, *FUCK HER*, c'est exactement ce que j'essaie de faire, rigole Holmes.

Jonathan fait brusquement volte-face, prêt à lui écraser le poing en pleine gueule, mais se ravise au dernier instant. Il s'approche plutôt pour river ses yeux furieux aux siens et rage entre ses dents :

— Je te jure que si tu touches à un de ses cheveux tu verras toutes les plaintes à ton dossier être activées le même jour. Ce n'est pas une menace, mais une promesse, crache-t-il.

— Relax, Jo ! Je…

Jonathan s'éloigne vers le vestiaire, le cœur battant, et le sang pulsant dans les veines de son cou. Il n'arrive pas à croire la scène irréelle qui vient de se produire. Cette ordure a largement dépassé les bornes. Négligeant de se doucher, Jonathan se rhabille et court rejoindre Elisabeth dans son espace de travail où elle est assise et agit comme s'il ne s'était rien passé. Lui se sent encore énervé.

— Elisabeth, souffle-t-il discrètement pour éviter d'être entendu par les autres.

Son estomac se noue lorsque sa collègue tourne la tête vers lui, les yeux brillants comme si des larmes menaçaient d'en jaillir. Elle esquisse néanmoins un sourire ou, du moins, tente de le faire. Il remarque ses phalanges rougies et la peau écorchée sur deux jointures. Il voudrait soigner et embrasser cette blessure, la prendre dans ses bras pour la réconforter, mais qu'un homme la touche est assurément la dernière chose qu'elle souhaite en ce moment. Il soupire sans arrêt, tripote son stylo et regarde partout, sans arriver à prononcer un seul mot.

— Bienvenue dans mon monde, Nathan.

— Je suis désolé, Elisabeth. Si tu désires porter des accusations, je te promets que je te soutiendrai.

Elisabeth laisse aller un rire sans joie.

— Mais qu'est-ce que tu t'imagines ? Tu crois vraiment que j'ajouterai une vingt et unième plainte à son dossier ? J'ai mieux à faire.

— Comment peux-tu dire une chose semblable ? Toi qui défends toutes ces femmes. Tu ne…

— Justement ! Je suis là pour elles. Moi, je n'ai besoin de personne, lance-t-elle en se levant. Je n'ai pas l'énergie pour ce genre de conneries.

Jonathan l'observe s'agiter, fermer son ordinateur et ramasser son sac. Il veut l'empêcher de partir, mais avant qu'il ait pu réagir elle arpente déjà le corridor pour s'éloigner. Il la rejoint au pas de course en jetant un œil autour, inquiet d'attirer l'attention.

— Elisabeth, je comprends que tu sois lasse de notre système de justice boiteux et je respecte ta décision de ne pas porter plainte contre Holmes, mais je n'aime pas que tu rentres chez toi dans cet état.

— Tu espères jouer au psy maintenant ? demande-t-elle en s'immobilisant.

— On peut prendre un café, poursuit-il en ignorant son sarcasme, une bière, un… n'importe quoi, je m'en fiche. Je veux juste qu'on parle. Je souhaiterais que tu me fasses confiance. Nous ne sommes pas tous des Rick Holmes…

Il soupire, penche la tête sur ses pieds à la recherche des bons mots en se grattant la nuque, mais de toute évidence les paroles intelligentes ne se ruent pas à la sortie.

— Elisabeth, reprend-il enfin, est-ce à cause des imbéciles comme lui que tu te fermes aux autres ?

Un pli soucieux s'installe entre les yeux de la policière. Une femme passe derrière eux, alors il chuchote :

— J'aimerais savoir… est-ce à force de traquer les violeurs que tu finis par détester tous les hommes ?

— C'est vrai que ça n'aide pas à rehausser l'opinion que j'ai d'eux, confirme-t-elle en fixant le mur derrière son collègue. Mais je ne vois pas ce que ça vient faire dans cette histoire.

— C'est seulement que je voudrais… je… Je n'ai pas envie que tu sois seule après ce qui est arrivé et j'aimerais…

— Garde tes belles paroles pour tes conquêtes, tu veux ? crache-t-elle sèchement.

— Arrête ! Ça n'a aucun rapport. Tu ne peux pas agir comme s'il ne s'était rien passé. On n'est pas obligés de parler si tu préfères… J'ai… juste envie d'être avec toi, finit-il par admettre du bout des lèvres.

— Tu as une invitation à sortir, tu ne l'as pas déjà oubliée ? La jolie brune sera déçue, largue-t-elle en le contournant pour appuyer sur le bouton d'appel de l'ascenseur.

— Elisabeth, tu sais très bien qu'il n'y a rien entre elle et moi.

— Rien ? répète-t-elle, le visage défait d'incrédulité. Tu me prends vraiment pour une idiote.

— Tu sais ce que je veux dire, soupire-t-il en balançant la tête.

— Justement, Nathan, c'est ce que moi, je veux dire. Avec elle, ce sera facile. Tu pourras la baiser autant de fois que tu en as envie, elle n'attend que ça. Avec moi, il n'y a rien à espérer. Je t'assure que tu perds ton temps, largue-t-elle au moment où les portes de la cage métallique s'ouvrent.

— Merde, Elisabeth, tu sais bien que…

— Qu'est-ce qui t'intéresse autant, Nathan ? demande-t-elle en pénétrant dans l'espace clos. La chasse ? La poursuite ? Dis-moi, c'est à ça qu'on est en train de jouer ; je te fuis, tu me suis ? Je te répète que tu perds ton temps, insiste-t-elle tandis que Jonathan retient la porte pour l'empêcher de se refermer. J'avoue avoir passé du bon temps hier, mais je t'assure que ça ne se reproduira plus jamais. Alors, dégage ! Fous-moi la paix !

Sur ces dernières paroles cruelles, la jeune femme pointe la porte d'un mouvement de tête pour aviser Jonathan de la lâcher. Ce qu'il s'empresse de faire. La seconde d'après, elle disparaît. La suivre ne ferait que lui prouver son hypothèse et par la même occasion démontrer qu'il n'est pas mieux que l'autre trou de cul qui a osé la toucher, rage le policier.

Découragé, Jonathan retourne à son bureau en bottant une corbeille à papier sur son chemin.

— C'est bien la première fois que j'en vois une te rejeter, le nargue Stefan en riant.

Pour seule réponse, Jonathan écrase son poing dans un classeur, laissant tout le monde interdit autour de lui.

—•—

Assis devant son écran fermé, Jonathan est seul au bureau. Ses collègues sont tous partis en passant le saluer les uns après les autres. Il est dans cette position depuis longtemps, ne sachant plus ce qu'il doit faire : casser la gueule à Rick pour avoir prouvé à Elisabeth hors de tout doute que les hommes sont tous des salauds ou tenter de l'appeler, elle, en espérant la convaincre qu'elle se trompe à son sujet. Aucune de ces solutions ne lui semble appropriée. Et pour cause.

Soudain, une idée saugrenue lui traverse l'esprit. Poussé par un élan nouveau, il saisit son téléphone et compose le numéro de son ami Adam. Il doute qu'il soit encore au bureau à cette heure, mais ça ne coûte rien.

Comme il le pensait, c'est la messagerie de son ancien collègue qui s'enclenche.

— Adam, c'est Jo. J'ai besoin que tu fasses une recherche pour moi et surtout je voudrais que tu n'en parles à personne. Cette fille qui te remplace, Elisabeth Stevens, précise-t-il en baissant la voix, j'aimerais que tu me sortes ce que tu peux trouver sur elle. Tout ce que tu as. Je ne sais pas trop, une poursuite pour harcèlement qui aurait avorté ou quelque chose du genre. Si tu as d'autres détails sur l'événement qui a occasionné son transfert, ça pourrait m'être utile. Rappelle-moi vite, s'il te plaît… Tu me manques, petit con.

N'arrivant pas à croire ce qu'il vient de faire, Jonathan saisit sa veste, éteint la lumière de son poste de travail et quitte le bureau à son tour. Il est lui-même incertain de savoir ce qu'il espère apprendre sur Elisabeth. Il se trouve ridicule de fouiller son passé de cette façon, mais pour une raison qu'il ne peut justifier, il sent que cette femme, de qui il est en train de s'éprendre, est lasse de vivre et il veut l'aider. Comment une personne qui réussit aussi bien ses études, tire son épingle du jeu dans son milieu professionnel, rend des dossiers impeccablement complétés, semble avoir toujours eu un comportement irréprochable, peut avoir pété les plombs ce jour-là à Brighton ? Il en convient, le métier de policier use. Les hommes qui lui tournent autour à eux seuls peuvent devenir un irritant majeur après autant d'années à se faire talonner. Mais justement, pourquoi fait-elle comme s'il ne s'était rien passé ? D'ailleurs, lors de l'arrestation de Steven Sage, elle a démontré une belle retenue…

À bien y penser, c'est possiblement en raison de cet événement qu'Elisabeth a appris à garder un certain contrôle. En communiquant avec Adam, Jonathan souhaite peut-être trouver une raison à ce qui s'est produit lorsqu'elle travaillait dans l'autre district. Et une explication à l'émotion qu'il lit dans ces yeux tourmentés. Pourquoi, elle qui est seule dans la vie, refuse-t-elle tout rapprochement avec ceux qui ne demandent pas mieux que de l'aider ? D'un autre côté, il comprend qu'il n'a pas une réputation pour la convaincre de sa sincérité.

Assis dans son véhicule, Jonathan observe un groupe d'adolescents qui passent sans réellement les apercevoir. Le cœur au bord des lèvres, la tête pleine d'elle, il fait démarrer sa voiture, se rend chez lui pour se changer et sort courir de nouveau pour se défouler.

L'air est froid, trop pour ce temps de l'année. Les écouteurs bien enfoncés, Jonathan court sans avoir de parcours en tête. Tantôt dans les rues de la ville, tantôt sur les sentiers moins empruntés, il garde le regard droit devant lui. Le cœur bat dans ses tempes, le sang pulse dans ses veines, la sueur le recouvre au point de brouiller sa vue par moments, mais il ne veut plus s'arrêter. Comme s'il tentait de fuir les images qui l'assaillent, il court plus vite que jamais. Pourtant, il revoit en boucle les scènes: la main de Rick Holmes qui presse la poitrine d'Elisabeth, la réaction vive et efficace de sa partenaire, suivie du nez ensanglanté de Holmes. Le sourire arrogant de celui-ci quand il a largué: «*FUCK HER*, c'est exactement ce que j'essaie de faire». Il repense aux yeux humides d'Elisabeth lorsqu'il l'a retrouvée au bureau, leur dispute et son visage à la fois triste et convaincant quand elle lui a dit de dégager et de lui foutre la paix. Les mots agissent encore comme des poignards.

Il ignore combien de temps il a couru lorsqu'il revient chez lui. Il a retiré les écouteurs de son téléphone et il laisse jouer sa *playlist* à plein régime sur le comptoir de la salle de bain, pendant qu'il se fait masser par les jets de la douche. La voix rauque et groggy du chanteur qui raconte sa peine d'amour le touche. «*And it's the worst thing there is about not being together with you*», grogne la voix blessée de l'artiste. Jonathan sent l'émotion le submerger en songeant à Elisabeth. Il se laisse glisser contre le mur froid de la douche, jusqu'à être assis au sol. La tête appuyée sur les carreaux de céramique, les yeux fermés, l'eau se mêlant à ses larmes, Jonathan reste longtemps dans cette position.

L'interruption de la musique qui annonce l'arrivée d'un texto le détourne momentanément de son abattement. Après de longues minutes à se faire marteler par les jets, le policier fait l'effort de se relever et de se laver. Quand il sort enfin de la douche, il consulte le message et découvre qu'il vient d'Elisabeth. Son cœur manque un battement.

Je suis désolée de m'être emportée, Nathan. Je sais que tu veux seulement m'aider.

xox

Jamais le message d'une femme ne lui aura fait autant plaisir que celui-ci.

10

Katriana
Axel Cohen

Metallica beugle dans les haut-parleurs de la pièce sombre où seul l'écran lance des reflets lumineux. Assis devant son ordinateur, Axel Cohen accélère la cadence de sa main sur son membre engorgé. La garce qui refuse de montrer son visage lui a envoyé une nouvelle vidéo pour le préparer à la soirée de demain. Il visionne celle-là pour la troisième fois depuis ce matin, c'est sa préférée. En cet instant, la prise de vue passe du sexe érigé sur lequel elle monte et descend à ses énormes seins qu'un autre type pétrit sans ménagement. Du bout des index et des pouces, il triture ses mamelons, encore et encore.

Yeah, make that bitch scream!

Un gémissement féminin se mêle à la voix de James Hetfield qui rugit les paroles de *Moth Into Flame* avant que l'angle change de nouveau. Au fond, Cohen se fiche de son visage, tout ce qu'il veut, c'est la baiser là où elle enfonce son doigt en ce moment. Il augmente le son du film en continuant son va-et-vient de l'autre main.

— Allez, Katriana, crie pour moi, murmure-t-il d'une voix haletante, quand il entend la femme à l'écran respirer plus bruyamment.

Il connaît exactement le moment où elle commence à jouir. C'est son segment favori, car il a en gros plan ce petit trou serré tout luisant et cette poitrine qui bouge sous l'effet des coups de bassin de celui qui la pénètre.

— Hum ! Hum ! gémit-elle de plus en plus fort.

— T'en veux encore. Allez ! Dis-le, salope ! grogne Cohen en activant son mouvement sur son organe prêt à jaillir.

— Oui ! Oui ! Encore ! réclame la voix féminine.

Arghhh !

Cette fille sera le top, songe Cohen en s'essuyant d'un mouchoir récupéré sur son bureau. Il n'a peut-être pas vu la tête de Katriana, mais il connaît tout le reste. Un rêve ! Dans la première vidéo qu'il a reçue, son cul bien relevé se fait gicler par un type qui se branle au-dessus d'elle tandis qu'elle en invite un autre exactement au même endroit. Très vite, des mains masculines empoignent fermement ses hanches et l'instant suivant elle jouit comme jamais pendant qu'il la baise à grands coups. Celle-là, il ne l'a visionnée qu'une fois, parce qu'il aurait pété la caméra pour remplacer le gars. Mais cette Katriana est une pute, alors elle peut se taper qui elle veut. Et justement, il se promet d'en avoir pour son argent quand ce sera son tour.

I'm so gonna fuck you, bitch, you won't believe it.

Il est dix-neuf heures tapant lorsque Axel Cohen entend sonner chez lui. Il est soulagé que Katriana soit ponctuelle parce qu'il se croit sur le point d'exploser. Comme elle l'a imposé, il est seul dans sa chambre, fraîchement douché. La porte s'ouvre. Il distingue le bruit des talons qui s'avancent lentement vers la pièce où il est allongé, le sexe déjà bien dressé. Il se sent plus allumé qu'avec toutes les autres prostituées qu'il a commandées. Celle-là est plus chère, mais il sait qu'elle en vaut la peine.

— Hé, *sexy* ! lui sourit la femme toute vêtue de noir qui se tient devant lui.

Oh yeah !

Katriana lui a demandé quels vêtements il espérait la voir enfiler. Il a d'abord répondu qu'il voulait qu'elle arrive nue, mais après réflexion il s'est ravisé. Il a bien fait. Son pantalon et sa veste de cuir noir sont encore mieux que dans son imagination. Pour exagérer le style motard qu'il lui a commandé, elle porte des gants de la même couleur. Sous tout ce cuir, il devrait trouver des porte-jarretelles en dentelle, mais il a exigé qu'elle n'ait aucun soutien-gorge. Il se doutait qu'il saliverait en voyant ses énormes tétons, mais maintenant qu'il a devant lui cette paire de seins délirants, qu'il malaxera d'une seconde à l'autre, il ne peut plus attendre.

Cohen comprend pourquoi certaines se font appeler « pute de luxe ». Elle mérite ce titre, juge-t-il, avec sa crinière foncée, ses yeux bleus perçants et, surtout, cette bouche rouge qui le sucera bientôt. Souriante, Katriana pivote sur elle-même pour exhiber ses attributs.

Look at that ass!

— Alors, chéri, je te la mets où ?

Après un petit froncement de sourcils, Cohen la corrige en riant.

— Tu veux dire où moi, je te la mets ? rigole-t-il en saisissant sa verge bandée, sur laquelle il commence à activer le mouvement.

Katriana faufile la main dans son manteau et fixe Cohen qui se régale déjà de ce qui l'attend. La meurtrière sort son pistolet et pointe le cœur de l'homme étendu dans son lit.

— Non, je parlais de cette balle, salaud, crache-t-elle en appuyant sur la gâchette.

Le cri étouffé de Cohen retentit en même temps que le bruit de sa tête qui heurte le mur derrière lui.

— Et de trois ! murmure Katriana.

11

L'amour ne voit pas avec les yeux,
mais avec l'âme.
WILLIAM SHAKESPEARE

La soirée chez les Serra s'achève autour d'un digestif pris sur la terrasse. Le vent doux, le ciel étoilé, le délicieux porto et la compagnie de ses parents constituent les meilleurs ingrédients pour changer les idées de Jonathan. La semaine a été difficile au bureau. Elisabeth s'est complètement recroquevillée sous son bouclier et, cette fois, elle a jeté la clé. Même si sa collègue s'est excusée après leur dispute, elle reste distante. Jonathan sait qu'il n'est pas responsable de sa froideur, mais il aimerait pouvoir retrouver la Elisabeth chez qui il a passé la soirée. Les conversations entre eux se sont limitées à des monosyllabes qui servaient les dossiers. Dans ce domaine aussi, c'est difficile. Il y a eu un autre assassinat qui pourrait avoir été commis par Katriana, si leur hypothèse est bonne. Cette fois, elle s'est rendue chez un type, accro à la pornographie, pour lui tirer une balle en plein cœur. Comme pour les derniers meurtres, elle n'a laissé aucune trace sur les lieux. Il n'y a rien de nouveau pour faire avancer les enquêtes sur la mort de Damian Scott, David Collins et Axel Cohen, la troisième victime. Sauf peut-être le fait non négligeable que les médias ont lancé l'idée qu'on pourrait avoir affaire à une tueuse en série. C'est vrai qu'il y a bien des similitudes, l'arme et les balles utilisées sont les mêmes pour les trois meurtres, mais pour l'instant rien ne montre un lien entre Axel Cohen et Katriana. En revanche, même s'il n'est pas officiellement lié à Scott et Collins, Cohen a déjà œuvré dans le domaine de la construction. Il était toutefois sans emploi depuis quelques années. En raison d'une blessure au dos, il recevait des prestations d'assurance salaire.

Cette fois, Daphnée Desjourdy, cette travailleuse sociale que les policiers soupçonnaient d'être à l'origine des deux premiers meurtres, a un alibi en béton. Elle était chez ses parents pour célébrer leur quarantième anniversaire de mariage, en compagnie d'environ cinquante invités. Ainsi, ils ont officiellement rayé son nom de la liste des tueuses potentielles.

Jonathan a laissé un message depuis un moment à Adam pour recueillir des informations sur Elisabeth, son enquête personnelle, mais il n'a toujours pas obtenu de retour d'appel. De toute façon, il a agi impulsivement et s'est trouvé con en y repensant. Il sent qu'il a dépassé les bornes. Si Adam lui disait qu'il est fou, il ne pourrait pas le nier. Il perd la carte lorsqu'il songe à sa coéquipière. Faisant écho à ses réflexions, sa mère lui demande :

— Du nouveau dans le dossier de la jolie policière ?

Jonathan esquisse un vague sourire avant de prendre une gorgée. Pierre choisit ce moment pour se retirer, sachant très bien qu'une discussion sur les histoires de cœur de son fils est davantage du domaine de sa femme. Après un baiser à Evelyn et une accolade affectueuse à Jonathan, le juge s'éloigne pour aller travailler.

— Elisabeth ne va pas très bien, je crois, répond Jonathan en astiquant l'écran de son cellulaire du revers de son tee-shirt.

Incertaine de saisir le sens des paroles de Jonathan, sa mère se rapproche pour trouver ses yeux.

— Parle-moi, Jonathan. Pourquoi parais-tu aussi triste quand il est question d'elle ?

— Justement parce qu'elle semble elle-même triste et elle n'accepte pas de m'accorder sa confiance. Elle pense que je veux seulement l'attirer dans mon lit.

— Mais ce n'est pas ce que tu désires ?

— Non ! Je me fiche de ce qu'on fait, j'espère seulement passer du temps avec elle, lui parler et la voir sourire.

— Oh, oh ! Mon fils est amoureux, rigole Evelyn.

Jonathan prend une gorgée de son porto et soupire longuement.

Ouais, ça en a tout l'air !

— Je ne t'inventerai pas d'histoire. Si les choses pouvaient être différentes, je ne rejetterais pas l'idée de la garder dans mon lit. Tu l'as vue, elle est sublime. Pourtant, ce que je voudrais vraiment, c'est juste pouvoir discuter avec elle et accéder à ce qu'elle refuse de me dévoiler.

— C'est le mystère qui te plaît ? cherche à comprendre Evelyn.

Jonathan appuie sa nuque sur un coussin pour réfléchir en fixant les étoiles ; elles sont par milliers ce soir, il aimerait qu'Elisabeth soit là pour voir ça.

Ensuite, dans un monologue ininterrompu, il explique en détail ce qu'il perçoit de sa partenaire, ce qu'il ressent, ce qu'il souhaite, ce qu'il craint. Comme c'est toujours le cas, sa mère a une fesse sur le siège de maman et une autre sur celui de psychologue pendant toute la discussion. Evelyn peut seulement amener des pistes de réflexion chez son fils, mais étant donné qu'il sait bien peu de choses sur sa collègue, ils ne sont pas plus avancés après la demi-heure qui s'est écoulée.

Au moins, Jonathan a retrouvé son sourire. Il s'apprête à partir quand l'appel qu'il n'espérait plus s'annonce enfin.

— Maman, c'est Adam. Je dois le prendre.

— Bien sûr ! De toute façon, on dîne toujours ensemble demain ? Alors on continuera notre conversation à ce moment, promet-elle en l'embrassant avec empressement en entendant la troisième sonnerie retentir.

— Tu en as mis du temps, l'accueille Jonathan en déposant sa coupe sur le comptoir, devant sa mère qui lui souffle un nouveau baiser de l'escalier qu'elle commence à monter.

— Vas-tu vraiment me dire que tu en es à traquer le passé de cette fille pour parvenir à tes fins ? rigole son ami.

— Je t'assure que ce n'est pas ce que tu crois. Allez, qu'est-ce que tu as ? demande Jonathan en sortant de chez ses parents.

— Rien du tout.

— Quoi ?

— Son dossier est impeccable, explique Adam pendant que Jonathan marche vers son véhicule. Aucune plainte, ni de sa part ni contre elle. Sauf cette affaire que tu connais, mais on peut tous comprendre comment ça peut être frustrant de voir quelqu'un nous filer sous le nez. Si les autorités ont voulu la protéger, c'est justement parce qu'elle est un modèle sur tous les plans. Elle était première de classe partout, tant au collège qu'à l'université, et avait une attitude irréprochable. J'ai discuté avec la direction du *Boston College* – c'est le plus loin que j'ai pu remonter –, et tout le monde se souvient d'Elisabeth Stevens comme d'une fille gentille, brillante, à son affaire et sans histoire. Elle avait quelques copines, mais contrairement à la plupart, elle sortait peu et passait sa vie à étudier. Vraiment, il n'y a rien à ajouter. Sauf peut-être…

Jonathan entend des bruits de feuilles au moment où il ouvre la portière de sa voiture pour s'y installer.

— Sauf quoi ? s'impatiente-t-il.

— Ben, pas grand-chose. C'est juste que c'est un peu bizarre, mais je ne crois pas que c'est le genre de choses que tu cherchais. Il n'y a qu'un nom qui figure sur sa fiche d'inscription du collège et il manque plusieurs papiers. Entre autres choses, il n'y avait pas de note de l'institution secondaire qui doit servir à l'admission au niveau collégial. Il n'y a que le nom d'une femme et, de ce que j'ai compris, elle n'est pas sa mère. Aucune adresse non plus parce qu'elle demeurait en résidence à ce moment.

— C'est normal. Elisabeth a perdu ses parents lorsqu'elle était enfant, justifie Jonathan en retirant une mousse de son jean. Le nom de la femme doit être une tante qui a obtenu la garde jusqu'à sa majorité. C'est probablement aussi pourquoi il manque d'autres papiers. Les successions sont souvent compliquées.

— Ah ! OK, ça s'explique. Je te laisse tout ce que j'ai, soit le nom de cette femme, Rachel Sullivan. Si tu apprends autre chose, fais-le-moi savoir, mais j'en doute. J'ai tout fouillé : établissements scolaires que j'ai pu trouver, ex-employeurs du temps où elle avait des emplois d'étudiante, propriétaires d'immeubles où elle a vécu, il n'y a rien à relever. Cette fille a une vie rangée. La seule chose qui revenait souvent, c'est qu'elle est foutrement jolie. Tu me diras si ce que je te raconte t'a permis de la séduire, mais personnellement je ne vois pas à quoi tout ça pourra te servir.

— Tu sais que tu es con ? l'insulte Jonathan.

Il range le calepin et le crayon qu'il vient d'utiliser pour noter le nom de la dame tout en observant un couple, marchant bras dessus bras dessous, sur le trottoir de l'autre côté de la rue.

— C'est toi qui agis comme un *stalker* et c'est moi le con ?

— D'accord. J'avoue que c'est un peu intense, mais j'ai mes raisons. Je n'ai pas envie de tout t'expliquer. En attendant, ressors les plaintes contre Rick «*douchebag*» Holmes, il faudra que quelqu'un l'arrête bientôt, celui-là, avant que je lui plante mon poing entre les deux yeux et que ça m'entraîne des ennuis.

— Qu'est-ce qu'il a encore fait?

— La même chose qui lui vaut le titre de roi des trous de cul depuis la nuit des temps, résume Jonathan.

Sur ces belles paroles, il remercie et salue gentiment son ami, puis fait démarrer sa voiture pour retourner chez lui en réfléchissant à ce qu'il vient d'apprendre, soit rien du tout. Mais, justement, ça le soulage de savoir que si Elisabeth ne va pas bien, c'est en raison d'une situation récente et peut-être pas si difficile à régler. Durant ses interminables nuits blanches de la dernière semaine, Jonathan s'était imaginé qu'elle aurait pu avoir été victime d'une agression, elle aussi. Pendant ce moment de paranoïa passagère, il songeait que ça expliquerait son entêtement à ne pas lui faire confiance. Maintenant, avec les nouvelles informations d'Adam, il a la confirmation que si ses relations avec les hommes sont compliquées, c'est parce qu'elle en a assez qu'ils lui tournent autour comme des vautours. Sinon c'est possiblement vraiment juste le travail qui pèse lourd. Le métier de policier n'est pas de tout repos. Elisabeth ne serait pas la première à se claquer un *burn-out*. Si c'est tout ce qui ne va pas, Jonathan se sent solide pour la soutenir. Il sera là pour elle, quoi qu'il arrive.

Elisabeth et Jonathan sont au bureau en train de discuter des meurtres de Scott, Collins et Cohen. Aujourd'hui, ça semble être une bonne journée pour la jeune femme. Elle est plus loquace et a même souri à Jonathan. La voix chantante d'Evelyn interrompt leur travail.

— Bonjour, vous deux !

— Bonjour ! l'accueille gentiment Elisabeth.

Comme d'habitude, Jonathan se lève pour enlacer sa mère.

— Je suis arrivée plus tôt en pensant qu'on pourrait aller faire les boutiques pour le mariage, si tu as du temps. Tu as besoin d'acheter un habit ? s'enquiert Evelyn en jetant un coup d'œil à la policière.

— J'en ai un, mais je suppose que ça ne serait pas de trop d'en avoir un de plus, répond Jonathan en refermant le couvercle de son ordinateur.

— C'est ce que je me disais. Sais-tu la couleur de la robe que portera la jolie demoiselle que tu as invitée ? demande Evelyn, les yeux railleurs braqués dans ceux de son fils.

Et là, Jonathan comprend l'objectif de sa mère. Même si l'intention est bonne, il n'y croit pas un seul instant. Elisabeth refuse de sortir prendre un verre, il ne l'attirera assurément pas dans un mariage.

— J'irai seul, annonce-t-il en récupérant ses clés.

— Mais pourquoi ? s'enquiert Evelyn, concentrée à placer les objets sur le bureau de Jonathan, sans aucun but apparent. La ville regorge de jeunes, gentilles et jolies femmes. Qu'est-ce que tu attends ? Ne prétends pas qu'elles t'ont toutes rejeté, je n'en croirai pas un mot.

— Non, je n'ai invité personne.

— Tu préfères vraiment y aller seul ? insiste Evelyn, les sourcils bien remontés par un étonnement feint.

— Pas du tout.

Jonathan saisit sa veste de cuir qui repose sur le dossier de sa chaise et annonce à sa mère d'un regard qu'il est prêt.

— Bon ! Allons faire les boutiques. On te dénichera un habit neutre, qui s'agence avec n'importe quelle robe, et on te trouvera une femme pour t'escorter, rigole-t-elle en regardant Elisabeth. Vous voulez nous accompagner ? Ça risque d'être drôle.

La policière balance négativement la tête en souriant néanmoins à la pétillante quinquagénaire. Le flic présente son bras à sa mère qui lui emboîte le pas. Elisabeth jette un œil complice à Jonathan avant de glisser une mèche derrière son oreille et de se remettre à la lecture de ses dossiers.

— Tu veux m'expliquer ce que c'était, cette pièce de théâtre absurde ? murmure-t-il à sa mère.

— J'évaluais son intérêt, chuchote la psychologue. Tu lui plais.

— Je t'assure que non.

— Je suis une femme de plus de cinquante-cinq ans, mon fils, j'ai vu neiger, se contente-t-elle de répondre.

Jonathan aimerait s'accrocher à ces paroles réconfortantes, mais il sait que sa mère essaie de lui remonter le moral. N'empêche qu'elle a réussi à lui soutirer un sourire, c'est déjà ça de gagné.

Lorsque Jonathan s'installe à son poste, Elisabeth n'est pas à son bureau. Il consulte sa boîte vocale et découvre un message troublant. Un homme prétend pouvoir expliquer les meurtres de Damian Scott, David Collins et Axel Cohen. Les propos sont légèrement décousus, mais de ce qu'il comprend, non seulement les trois victimes se connaissaient, mais elles partageaient un lourd secret datant de plusieurs années. La voix anonyme au bout du fil soutient qu'il pourrait y avoir d'autres morts. L'homme supplie d'agir vite pour arrêter le coupable.

Le policier en est à sa troisième écoute lorsque sa collègue revient de sa pause.

— J'avais hâte que tu arrives, lance-t-il dès qu'il la voit.

— Quoi ? Tu as trouvé une femme ?

Jonathan étouffe un petit rire tout en décrochant son téléphone.

— Écoute ça, exige-t-il en appuyant sur le bouton pour activer le message une nouvelle fois.

Elisabeth saisit le combiné et s'assoit. Comme Jonathan l'a fait à chaque occasion, elle se bouche l'oreille gauche pour isoler la voix de l'homme nerveux. Jonathan a les yeux rivés sur celle dont le visage se métamorphose au fil du récit.

— Tu as ciblé la provenance ?

— Non. Bien sûr que non, soupire-t-il en se laissant aller contre le dossier de sa chaise.

— Alors ça ne vaut rien. Pourquoi es-tu aussi excité ?

— Parce qu'on sait maintenant que les victimes se connaissaient, commente-t-il en saisissant un stylo.

— On savait déjà que les deux premiers travaillaient ensemble, argumente-t-elle.

— Mais on n'avait pas de confirmation qu'ils connaissaient le troisième, insiste-t-il en effectuant un gribouillis abstrait sur une feuille.

— Si c'est vrai, lâche-t-elle en déposant enfin son sac. On sait tous que ces messages anonymes ne sont, la plupart du temps, que des hurluberlus qui n'ont rien de mieux à faire. Il semblait avoir bu, en plus.

— Et si l'information était vraie ? On pourrait alors vérifier la vie de ces types, chercher quel est ce secret et découvrir qui pourrait être tué ensuite.

— S'il y a d'autres victimes prévues !

— Je t'en prie, Elisabeth. Arrête de péter ma bulle. J'en ai assez de cette enquête, lâche-t-il en catapultant son stylo.

Je veux fermer le dossier une fois pour toutes. Fais semblant que tu y crois, OK ? demande-t-il comme un garçon à qui on refuserait une glace par un beau jour d'été.

Elisabeth s'étouffe de rire devant l'air penaud de son collègue.

— Tu devrais essayer cette technique avec les femmes, elles auraient assurément du mal à te résister, ça te rend mignon comme tout.

Jonathan s'esclaffe à son tour.

— Alors je me pratique avec toi. Elisabeth, voudrais-tu m'accompagner à ce mariage ? Mes cousins ne cessent de se moquer de moi parce que je ne suis pas encore marié. S'il te plaît, accepte de me rendre ce service, l'implore-t-il, les yeux suppliants surmontant une moue triste.

Ayant fini sa prestation ridicule, Jonathan lève le regard vers sa collègue qui l'observe, un demi-sourire affiché sur les lèvres.

— C'est vrai, ce que tu dis ? Tu te fais taquiner par tes cousins ? s'enquiert-elle, l'air amusé.

— Non, pas vraiment. Mais ma grand-mère a très hâte d'avoir des arrière-petits-enfants et elle me fera assurément le commentaire… encore ! Elle m'en parle presque tous les dimanches.

La jeune femme décapsule sa bouteille d'eau et prend une gorgée. Après un moment, elle demande :

— Et tu n'en veux pas ?

— Bien sûr que oui. Mais il manque un bout de l'équation, tu vois ? Et il n'y en avait pas dans les boutiques, rigole-t-il en réduisant en confettis la feuille qu'il a barbouillée.

Elisabeth pose des yeux incroyablement doux dans les siens, au point où, pendant une fraction de seconde, Jonathan croit qu'elle acceptera.

— J'aime beaucoup ta mère, lance-t-elle soudain.

Le téléphone de la policière résonne à ce moment. Elle prend l'appel aussitôt.

— Bonjour, Rachel ! Oui. Bien sûr. Je suis contente de te parler, dit-elle en fouillant dans un dossier en même temps.

Jonathan ne peut s'empêcher d'écouter la conversation. Il se souvient que Rachel est le prénom que lui a remis Adam. Il tente de déceler qui est cette femme par rapport à elle. Leur échange semble chaleureux ; elle pourrait aussi bien être une tante qu'une amie, juge-t-il. Il se trouve indiscret d'oser épier une discussion. Il réalise à quel point il a été stupide de fouiller le passé de sa collègue. Vraiment, il devient cinglé ; soit il a besoin de vacances, davantage de loisirs ou d'une femme dans sa vie… ou dans son lit, lui souffle sa mauvaise conscience.

— Une autre femme que j'aime beaucoup, l'informe Elisabeth en braquant son cellulaire sous les yeux de son partenaire, comme pour justifier cet appel personnel.

— De qui s'agit-il ? ose-t-il tout en ramassant son monticule de papier déchiqueté pour le laisser tomber dans la corbeille.

— De ma deuxième maman, sourit la jeune femme, sans rien ajouter.

— Alors, Elisabeth, c'est oui pour le mariage ?

— Non… je dois me laver les cheveux ce jour-là, répond-elle avant de coincer sa lèvre inférieure entre ses dents pour éviter de trop sourire.

— Tu ne sais même pas quel jour c'est ! s'esclaffe-t-il.

— Oups ! rigole-t-elle.

Jonathan se doutait bien qu'aucune technique ne parviendrait à la convaincre, mais sa bonne humeur lui suffit. Elisabeth semble aller mieux, et c'est ce qui compte le plus à ses yeux.

Même si l'appel anonyme ne fournit pas de raison valable d'y croire, Jonathan et Elisabeth ont tout de même décidé de chercher des liens pouvant unir les victimes. Elle a suggéré de s'en charger de son côté, mais Jonathan a proposé de joindre leurs efforts devant des mets chinois. Comme ils sont au bureau et que ça ne ressemble pas à une invitation officielle – c'est du moins la déduction à laquelle en est venu Jonathan –, la policière a accepté son offre. Pour l'instant, ils ont appris que les deux premiers ont fréquenté la même école de niveau secondaire et qu'ils travaillaient ensemble dans le domaine de la construction. Ils ont maintenant des listes de noms de tous ceux qui allaient à cet établissement scolaire et ils devront effectuer des appels pour vérifier qui étaient leurs amis et quel pourrait être ce secret. Jonathan a relevé deux noms qui revenaient souvent avec ceux des premières victimes, Philip et Jeff Belley, deux frères qui figurent sur plusieurs clichés. De son côté, Elisabeth a pu confirmer que la troisième victime était un accro de pornographie et que bon nombre de photographies de mineures se trouvaient sur son disque dur.

— Salaud! murmure-t-elle plus pour elle-même.

— Qu'est-ce que c'est? demande Jonathan sans lever les yeux de son ordinateur.

En guise de réponse, elle tourne son écran vers son collègue. Une fille d'environ douze ans est nue et agenouillée devant un homme dont le pantalon jonche le sol. Dégoûté, Jonathan a le réflexe de détourner la tête et de délaisser les nouilles qu'il s'apprêtait à manger.

— Mais qu'est-ce qui se passe dans l'esprit de ces types? s'outre-t-il en lançant ses baguettes dans le fond du sac de restauration.

Elisabeth soupire, puis prend une chemise cartonnée pour s'éventer.

— Tu penses que c'est moi qui ai ta réponse? Si tu savais combien de fois je me suis posé la même question.

— J'ai besoin de marcher, je vais chercher une bouteille d'eau. Tu en veux une? s'enquiert Jonathan en s'éloignant déjà.

Lorsqu'il revient quelques minutes plus tard, Elisabeth est à visionner des films découverts dans l'ordinateur d'Axel Cohen. Toutes plus explicites les unes que les autres, les vidéos mettent en vedette des stars de la pornographie.

Après avoir complété ses recherches, Jonathan analyse lui aussi quelques courts-métrages de la collection de Cohen. Soudain, il croit avoir trouvé.

— Je pense que c'est elle ! lance-t-il. Oui, c'est Katriana.

Elisabeth roule sa chaise derrière son collègue. Son visage à quelques centimètres du sien, elle a les yeux rivés sur l'écran de Jonathan. Elle est assez près pour qu'il puisse respirer son parfum.

— Regarde, explique-t-il en pointant du doigt le fichier où figure le prénom de Katriana.

— Laisse-moi deviner : on ne voit pas son visage ?

— Non, mais tout le reste. Et crois-moi, quand je dis « tout le reste », c'est vraiment *tout*.

En guise de preuve, Jonathan active le bouton pour mettre la vidéo en branle. Le visage impassible, Elisabeth observe le film tandis que Jonathan la contemple. Même si ces images n'occasionnent pas chez lui le dégoût comme celles des enfants qu'il a visionnées plus tôt, et même s'il doit avouer que certaines de ces vidéos ont quelque chose d'excitant, ce qu'il voit ne s'apparente en rien à ce que lui aime quand il fait l'amour à une femme. Et surtout, aucune de ces filles ne suscite le dérèglement des battements de son cœur, comme Elisabeth le fait en se tenant si près de lui en ce moment.

— Ce sont de fausses images, remarque soudain la policière.

— Quoi ?

— J'ai déjà vu cette vidéo, annonce-t-elle en retournant derrière son ordinateur pour pianoter à une vitesse folle.

Intrigué, Jonathan l'observe s'agiter. En un temps record, elle tourne son écran vers lui.

— Tiens ! Regarde par toi-même.

Jonathan reprend le visionnement de la vidéo, dont le cadre est beaucoup plus grand. Elisabeth a raison, c'est exactement la même scène, mais le visage de la fille avait été coupé sur la précédente. Sur celle-là, elle est blonde.

— Alors peut-être que Katriana est blonde, conclut-il, toujours pas prêt à laisser tomber cette piste.

Elisabeth rigole devant la détermination de Jonathan à prouver son point.

— Que fais-tu du cheveu noir trouvé sous la chaussure de Scott ? Et de la vidéo où on la voit avec Collins ? demande-t-elle gentiment en retirant sa veste, geste qui ne passe pas inaperçu aux yeux de Jonathan.

— Une perruque, suggère-t-il après un moment à réfléchir en fixant le dessus de sa table de travail pour éviter de lorgner sa collègue qui ne porte maintenant qu'un tee-shirt ajusté. Ça expliquerait qu'il n'y avait pas de bulbe pour récupérer l'ADN.

Elisabeth balance la tête, l'air d'acquiescer, en continuant de s'éventer avec sa chemise cartonnée.

— Vous êtes très déterminé à démontrer la validité de votre théorie, monsieur Serra, plaisante-t-elle.

— C'est une qualité, la détermination, non ? rétorque-t-il en arquant un sourcil rieur.

Elisabeth s'esclaffe.

— J'admets. Mais serait-il logique qu'une fille qui souhaite tuer un homme envoie une vidéo la mettant en vedette ? demande-t-elle, toujours bien ancrée dans son rôle d'avocate du diable.

Bon point ! songe le policier. Bien sûr, le film est trafiqué, mais elle devait bien se douter que ce serait facile à trouver. Elisabeth tape encore sur son clavier. Les sourcils froncés, elle paraît soudainement très concentrée.

— Tiens, dit-elle en tournant de nouveau son écran vers Jonathan.

Elle récupère son récipient de restauration rapide tandis que son collègue active la vidéo. Il s'agit d'un autre film que Cohen avait dans son ordinateur. Comme le précédent, on voyait un plan grossi qui ne permettait pas de distinguer le visage de la *porn star*, alors que sur cette version que la policière a dénichée on aperçoit clairement les traits de la fille rousse. Donc, tous les films que Cohen visionnait en croyant être des scènes de Katriana sont en vérité tirés de plusieurs vidéos mettant en vedette des femmes à la physionomie similaire. Cette fois encore, elle a simplement utilisé ses attributs – ou ceux des autres dans le cas présent – pour attirer sa proie dans ses filets. Jonathan se tourne vers Elisabeth pour lui faire le commentaire, mais reste bouche bée. Sa collègue bataille avec une crevette coincée entre ses dents, qu'elle retient à l'aide de ses baguettes. Sa langue caresse ses lèvres pour récupérer un restant de sauce lorsqu'elle referme le récipient de plastique, le catapulte dans le sac avec les ustensiles de bois et pivote vers lui. Jonathan retrouve enfin la voix.

— Comment lui, qui passait sa vie sur Internet à visionner ce genre de film, peut-il ne pas s'en être aperçu, alors que toi, en une minute, tu as trouvé le subterfuge ?

— Facile ! Comme tous les hommes, Cohen était aveuglé par son corps et ne réfléchissait qu'avec ce qu'il avait dans le pantalon. Alors que j'utilise mon cerveau.

Jonathan voudrait répliquer que ce ne sont pas tous les hommes qui agissent ainsi, mais puisque c'est une importante majorité, il s'en abstient. D'ailleurs, vu son émoi actuel, juste en raison d'un tee-shirt moulant et d'une crevette qu'il a silencieusement jalousée, il viendrait vite à court d'arguments.

Le policier est déconcentré par l'agitation soudaine de sa collègue qui ramasse ses effets personnels, comme si elle avait décidé de rentrer. C'est vrai qu'il est près de vingt et une heures, après tout.

— Tu pars déjà ? Je pensais qu'on allait passer la nuit à travailler, lance-t-il à la blague.

— Assez de *Grosnichons.com* pour l'instant. J'ai envie de quelque chose de plus éducatif pour le reste de ma soirée.

Jonathan rigole en regardant sa partenaire s'éloigner.

— Ah oui, Nathan ?

— Quoi ? crie-t-il sans se retourner.

— Si tu ne trouves vraiment personne, je veux bien te dépanner pour ce mariage.

PARDON?

Jonathan entend la porte se refermer derrière sa collègue. Incertain d'avoir bien compris, il hésite à se réjouir trop vite. Pourtant, il ne voit pas ce qu'elle aurait pu dire d'autre. Le sourire épinglé sur ses lèvres, il éteint son ordinateur, ramasse ses clés et s'éloigne en se retenant pour ne pas gambader.

La bouteille de vin à peine entamée repose sur la table du salon, Diana Krall murmure dans les haut-parleurs et les flammes consument les chandelles qu'elle a pris soin d'allumer avant son arrivée. S'il était heureux de sa journée avec sa collègue, il se réjouit encore plus de sa soirée. Il peine à croire qu'elle s'offre à lui tout entière, le dos arqué, la tête renversée. Il parcourt l'intérieur de ses cuisses soyeuses en alternant doux baisers et légères morsures plus passionnées, alors qu'elle s'agrippe solidement à ses cheveux pour le supplier de la goûter de nouveau. Jonathan résiste à la tentation de s'assouvir de ce fruit mûr à point, sans toutefois parvenir à réprimer l'envie de le lécher tendrement au passage. Il s'efforce de s'arrêter lorsque la respiration de sa partenaire s'accentue et qu'elle ondule le bassin, prête à jouir.

— Je t'en prie, souffle-t-elle lorsque les yeux de Jonathan se rivent aux siens.

Le temps d'un sourire entendu, le jeune homme s'allonge sur elle, glisse ses doigts entre les siens et entraîne sa main au-dessus de leurs têtes. En semant un chapelet de baisers sur sa mâchoire, puis sur sa gorge, il en profite pour inhaler le parfum qui l'a déconcentré pendant la soirée. Étendue sur les draps de satin gris, elle cambre les reins pour l'inciter à toucher sa poitrine invitante. C'est d'une bouche à la fois délicate et gourmande que Jonathan la caresse, l'embrasse et la pourlèche. Il forme une coupe contre la chair généreuse de son sein, puis referme ses lèvres sur ces auréoles raffermies et les déguste tels de délicieux sucres d'orge.

Encouragé par ses ronronnements plaintifs incroyablement érotiques, il s'introduit en elle. Il la pénètre doucement, avec une ardeur contrôlée, espérant ainsi retarder le moment où elle atteindra l'orgasme. Il veut encore se régaler de ce corps qui frémit sous ses attouchements pendant qu'il se déhanche lentement. Le visage égaré, la bouche entrouverte, le souffle court, elle murmure son prénom sans arrêt.

Et lui pourrait jouir qu'en l'admirant.

Elle est si belle, si soyeuse, si chaude que Jonathan souhaiterait s'immobiliser pour vivre un instant dans l'endroit le plus confortable qui soit. Mais chaque fois qu'il s'arrête, sa compagne rive ses iris suppliants aux siens.

Au moment où il s'y attend le moins, sa partenaire le renverse pour le chevaucher à son tour. De roulements de bassin lents et sensuels, elle danse littéralement sur lui. Pour lui. Elle émet une succession de sons suaves en saisissant sa crinière à deux mains, comme si elle perdait la tête. Hypnotisé par le spectacle de la plus délicieuse de toutes les femmes qui se meut sur son membre prêt à déferler,

Jonathan laisse son plaisir l'envahir, jusqu'à se sentir défaillir. Dès lors, il redresse son torse, entoure son corps menu de ses bras et empoigne solidement sa nuque.

— Tu es magnifique, susurre-t-il d'une voix rauque à son oreille.

— Je t'aime, Nathan.

— Je t'aime aussi, Elisabeth. Je t'aime tellement, soupire-t-il.

Haletant, la peau suintante, le policier émerge subitement du sommeil.

— Merde ! grogne-t-il en découvrant son triste appartement, vide.

Il fourrage dans ses cheveux comme pour l'aider à reprendre ses esprits.

— *Fuck !* rage-t-il.

Il se tire de ses draps hargneusement et marche vers la cuisine afin d'y dénicher une bouteille d'eau. Éclairé que par la lumière du réfrigérateur dont la porte a été laissée ouverte, nu, le dos appuyé sur le comptoir, Jonathan revoit les dernières minutes de son rêve.

— Tu vas sérieusement me rendre fou, Elisabeth, murmure-t-il pour lui-même.

Néanmoins, après quelques secondes à regarder son sexe encore bien dressé, il se met à rire.

12

Skye Belley
Wells River, 1997

Skye imagine le visage de sa mère, souriant, lui souffler que tout ira bien. Mais des pas et des rires près de sa porte la sortent de ses pensées. Les voix retentissent de plus en plus fort. Si bien que la musique ne suffit plus à les enterrer. Lorsqu'elle perçoit un léger cliquetis, Skye observe la poignée qui tourne.

Non!

Son père apparaît sur le seuil de sa porte. Les cheveux en bataille, la chemise ouverte, les yeux rougis, il a l'air d'un ivrogne.

— Skye, on voulait juste s'amuser un peu, murmure-t-il en s'asseyant sur le lit.

La jeune fille détourne le regard quand elle aperçoit le pervers s'avancer. Son cœur s'accélère au point où elle le sent dans ses tempes.

— Papa, je veux qu'il sorte de ma chambre.

Son oncle Philip et les deux autres hommes entrent aussi.

— Papa, fais-les sortir ! sanglote Skye en resserrant les couvertures autour d'elle.

Jeff Belley passe sa main dans les cheveux de son enfant d'un geste affectueux. Son visage trop près oblige Skye à respirer la puanteur de l'alcool.

— Tu voudrais t'amuser à un jeu avec moi ? propose Jeff Belley.

Les hommes s'esclaffent.

— Je n'ai pas quatre ans, je suis assez grande pour m'occuper seule. Sors de ma chambre. Maintenant ! hurle-t-elle, le corps soudain pris de secousses.

Les types s'étouffent de rire de nouveau en s'approchant. Skye sent l'air se raréfier dans la pièce. Elle doit être en train de rêver. C'est impossible, son père ne lui ferait jamais une chose pareille.

— Papa, je t'en prie. Je suis fatiguée. Sors de ma chambre, chuchote Skye d'une voix chevrotante.

Jeff embrasse les gouttelettes qui ruissellent sur le visage de sa fille. La senteur de son père qu'elle aimait tant est devenue insupportable. Il empeste la bière, il la dégoûte tellement. Skye se relève brusquement, mais quatre autres hommes lui barrent la route. Elle recule vers le mur où elle se retrouve vite prise en souricière. Le dos appuyé contre son affiche des Spice Girls, elle réalise qu'elle n'a plus d'issue. Le corps terrassé par les tremblements, la respiration saccadée, elle prie silencieusement sa mère pour qu'elle lui vienne en aide.

Assise dans la douche, les jambes repliées contre son corps, Skye a perdu la notion du temps. En se rendant jusqu'ici, son corps lui faisait mal, comme si on l'avait démembrée, chaque centimètre de sa peau était sensible, comme si on l'avait brûlée. Ces sauvages ne l'ont pas que pénétrée brutalement à répétition, mais ils l'ont mordue et pincée en supposant qu'elle aimait ce genre de torture. Maintenant, son corps meurtri ressent à peine l'eau devenue froide. Pourtant, elle doit être effondrée là depuis un moment déjà, car elle grelotte et claque des dents. Elle croyait qu'en se lavant assez longtemps elle arriverait à chasser l'odeur répugnante de tous ces hommes qui se sont relayés en elle. Mais il n'en est rien. Si pendant l'agression elle fermait les yeux pour oublier qu'on se servait de son corps comme d'un vulgaire objet, si par moments leurs rires et leurs commentaires obscènes semblaient très lointains tant son âme paraissait détachée de son corps endolori, en cet instant les voix résonnent dans son crâne à la façon d'un marteau de métal sur une poutre d'acier. Les mots infâmes sont devenus des boomerangs et les portraits dégoûtants de ses agresseurs agissent comme des flashs incessants lui mitraillant l'esprit. Skye sait dorénavant que leurs visages écœurants lorsqu'ils se déversaient sur elle resteront gravés à jamais dans son esprit. Mais plus que toutes les autres, ce sont les images de son père qui la viole qu'elle ne pourra jamais oublier.

13

L'âme n'a pas de secret
que la conduite ne révèle.
PROVERBE CHINOIS

Le cerveau encore embrouillé par les images troublantes d'Elisabeth venue le hanter pendant la nuit, Jonathan ferme les yeux et respire à pleins poumons en attendant que les portes de l'ascenseur s'ouvrent. Le lieutenant Mike Besner accroche le policier dès son arrivée.

— Je veux te voir tout de suite.

Jonathan suit son supérieur qui s'éloigne à toute vitesse. En circulant près de son espace, il lance sa veste sur sa chaise et ses clés sur son bureau, tandis que Besner accoste aussi sa collègue. Elisabeth et Jonathan échangent un regard intrigué devant l'empressement de Besner.

— Ça va ? chuchote Elisabeth à son coéquipier. Tu as une drôle de tête.

— Longue nuit, marmonne-t-il.

— Une autre voluptueuse jeune femme t'a gardé éveillé, raille-t-elle en passant devant Jonathan qui tend la main pour l'inviter à le précéder.

Ouais, on peut dire ça !

— Il y a du nouveau dans le dossier Katriana, largue le policier vétéran en jetant sur la table la photo d'un homme qui, de toute évidence, est mort d'une balle dans la tête.

Elisabeth ferme les paupières pour fuir l'image du crâne éclaté. Elle détourne ensuite subtilement les yeux vers la fenêtre en écoutant la suite des détails.

— Philip Belley s'est suicidé hier. Selon les premières informations recueillies, il connaissait les trois autres gars. Scott, Collins et Cohen étaient des amis de longue date. Il a téléphoné à son ex-femme avant de s'enlever la vie. Elle pourrait avoir des renseignements importants pour vous. Je sais que vous n'aviez pas grand-chose, mais cette fois je crois qu'on a une piste sérieuse avec son témoignage. Il y a possiblement un autre homme impliqué, Jeff Belley. Il pourrait être la prochaine victime. Une vieille affaire serait à l'origine de tout ce bordel. J'ai la presse au cul, alors faites vite, conclut-il en pointant la porte du regard, invitant ainsi les partenaires à ne pas perdre une minute.

Elisabeth est la première à se lever. Son collègue la talonne sans prononcer un seul mot. Après s'être entendus que Jonathan parlera à l'ex-épouse de Philip Belley, alors qu'Elisabeth communiquera avec son frère Jeff, les deux policiers partent chacun de leur côté pour la journée.

Helen Mathison a été mariée pendant près de huit ans avec Philip Belley. Les deux garçons qu'ils ont eus durant leur vie commune, maintenant âgés de vingt-deux et vingt-quatre ans, fréquentent l'université de Northeastern dans le but d'être ingénieurs. Après le divorce, madame Mathison a conservé la garde de leurs fils, et cette requête n'a jamais été contestée ni par le père ni par les enfants. Étant devenu alcoolique et toxicomane, Philip Belley avait du mal à se gérer lui-même, semble-t-il. Il a perdu son emploi de comptable et a dû cumuler les petits boulots de commis en administration pour boucler les fins de mois. Selon les propos tenus par la dame, ce n'est pas seulement en raison de la consommation de son mari que leur relation s'est éteinte, mais aussi à cause de ses demandes de plus en plus exagérées pour mousser leur vie sexuelle. C'est avec un malaise évident que la femme a osé expliquer à Jonathan que, même si son désir s'était amenuisé après la naissance des garçons, elle n'était pas pour autant désintéressée par son époux. Elle s'est empressée d'ajouter qu'elle ne racontait pas tous ces détails par hasard et qu'il y avait un lien avec le témoignage qu'elle s'apprêtait à livrer. C'est peu après qu'elle a dévoilé la déposition troublante. Selon ses dires, il y a eu, il y a près de vingt ans, soit environ deux ans après l'arrivée de leur dernier enfant, une soirée qui pourrait être marquée d'une croix. Ce soir-là, son mari, Philip Belley, est devenu un autre homme, a-t-elle affirmé. Il était souvent égaré dans ses pensées, consommait plus d'alcool et exigeait désormais davantage d'elle sexuellement. Elle croyait qu'il avait une maîtresse, a-t-elle avoué.

— J'ai toujours pensé que cette nuit-là, où il est entré au petit matin, il arrivait de chez une femme. J'ai même vérifié s'il était bien avec son frère. Mais ces deux-là étaient comme les deux doigts de la main à l'époque. Si Philip avait une aventure, Jeff n'allait certainement pas le dénoncer, soupire-t-elle tout en triturant une petite peau relevée sur sa lèvre.

N'empêche que, voulant sauver son mariage, la femme s'est assouplie au lit en acceptant des gestes qu'elle jugeait dégradants. Pourtant, ça ne suffisait jamais. Après quelques années, Philip consommait de plus en plus, madame Mathison se sentait de moins en moins respectée dans leur relation, et le temps a eu raison de leur couple.

— Hier, j'ai su ce qui s'était passé ce soir où il est rentré saoul et que je le croyais avec une autre, dit-elle en essuyant une larme. Avec du recul, l'existence d'une maîtresse aurait été plus facile à avaler que ce qu'il a fait.

Madame Mathison se lève pour arpenter les lattes boisées du salon. Massacrant son manucure et soupirant sans arrêt, elle met un moment avant de reparler.

— Vous souhaiteriez faire une pause, madame ? suggère Jonathan.

Elle balance la tête négativement et poursuit enfin, mais son ton exprime plus que jamais son effarement.

— Je veux que vous sachiez que jamais je ne me suis doutée d'une chose pareille et que, si j'avais su, j'aurais tout dénoncé aux policiers, assure-t-elle, les yeux remplis de larmes qu'elle éponge de doigts tremblants.

Étranglée par les sanglots, de toute évidence sous le choc, elle met de longues minutes à reprendre son calme. Les yeux fermés, elle respire profondément à plusieurs reprises. Elle saisit un mouchoir, s'essuie sommairement le nez et appuie ses mains sur le dossier d'un fauteuil cuirassé, comme si ça allait l'empêcher de s'écrouler.

— La pauvre, murmure-t-elle en regardant par la fenêtre tandis que les larmes continuent de ruisseler sur ses joues. Ce que m'a raconté Philip avant de s'enlever la vie est inimaginable. Le soir où je le croyais avec une femme, il était bien chez son frère, mais trois autres types que je détestais, Damian Scott, David Collins et Axel Cohen, étaient aussi présents pour écouter un match de hockey. Ce jour-là, c'était l'anniversaire de sa nièce, Skye.

Le joli prénom se perd dans sa voix qui se brise de nouveau dans les sanglots. Ayant, lui aussi, besoin de marcher, Jonathan prend un moment pour récupérer le pichet d'eau que la dame a déposé sur la table de la cuisine. Il devine ce qu'elle s'apprête à raconter, mais il n'est pas prêt à l'entendre. Il réalise que l'homme anonyme, qui a laissé un message dans sa boîte vocale pour leur signifier que les meurtres sur lesquels ils enquêtaient étaient reliés à un lourd secret, est possiblement Philip Belley. Sinon il s'agit peut-être de son frère. Une chose est certaine, le message faisait état de cette histoire, il n'y a pas de doute pour le policier.

— Ne me demandez pas comment ils en sont venus à faire une atrocité semblable, je n'étais pas d'humeur à entendre les détails, voyez-vous ? largue-t-elle sèchement en remerciant cependant Jonathan d'un hochement de tête subtil pour le verre qu'il lui offre. Dès que j'ai su que mon ex-mari et ces ordures avaient violé cette petite, cette enfant de douze ans, je lui ai crié qu'il ne méritait pas de vivre.

Jonathan reste interdit. Ces paroles lui semblent irréelles. A-t-elle vraiment dit qu'*ils* avaient violé la jeune fille de douze ans ? Il ne veut pas demander cette clarification, pourtant c'est essentiel. Tandis que la femme est étranglée par les pleurs, le policier tripote ses doigts pour chasser sa nervosité. Il remercie le ciel qu'Elisabeth ne soit pas celle qui doit prendre cette déposition.

— Madame Mathison, je sais que c'est difficile pour vous, mais j'ai besoin d'obtenir plus d'informations sur ce que vous venez de me raconter. Vous avez affirmé qu'*ils* avaient violé la jeune fille ? Vous vouliez dire qu'*il* l'a violée ? C'est ce que votre ex-mari vous a avoué avant de s'enlever la vie, j'ai bien compris ?

— Non. Ce que j'ai dit, c'est que, comme des bêtes sauvages, ces fumiers ont volé l'innocence de cette enfant, à tour de rôle, comme si c'était un jeu. Non seulement ils étaient cinq lâches contre cette adolescente, mais en plus l'un de ces salauds était son oncle et l'autre, son père.

Jonathan s'apprête à sortir de chez Helen Mathison. Depuis quelques minutes, il est accroché à un détail. Le nom d'une des fidèles amies de Skye, étonnamment ressemblant à celui de la présumée meurtrière : Katrine. Katrine Anglehart et Isabella Gian étaient les adolescentes qui formaient un trio inséparable avec Skye, semble-t-il. En creusant son esprit pour arriver à se rappeler l'identité de ces jeunes filles, l'ex-femme de Philip Belley s'est soudain inquiétée pour elles. Elle s'est souvenue qu'elles étaient présentes le soir de l'anniversaire de Skye. Un élément banal a fait émerger cette information de sa mémoire.

— Ce jour-là, j'ai eu à me rendre au centre commercial pour acheter le CD des Spice Girls que Philip avait oublié de se procurer pour l'offrir à Skye. Je me souviens d'avoir ajouté deux rouges à lèvres dans le sac cadeau parce que notre nièce avait commencé à en porter. Elle était folle des cosmétiques. À ce moment, Philip m'a informée que les amies de Skye seraient présentes et qu'il avait eu vent que la mère de l'une d'entre elles avait consulté Jeff avant d'acheter une trousse complète, a-t-elle raconté.

Tandis que la femme cherchait à se calmer en se répétant que son ex-mari avait seulement parlé du viol de Skye, Jonathan focalisait son attention sur l'étrange ressemblance des prénoms Katrine et Katriana. Encore maintenant, il réfléchit au fait que ce n'est sûrement pas un hasard.

— Je vous remercie pour votre temps, madame Mathison. Je comprends que cette situation est difficile pour vous. Sachez que votre aide nous sera des plus précieuses, conclut-il avant de la saluer d'un mouvement de tête.

Sur ces mots, le policier sort de la maison et marche vers son véhicule en pensant à Elisabeth. Sa collègue devait rencontrer Jeff Belley, le père de l'adolescente. *Si elle apprend ce que je viens de savoir, elle le tuera*, songe-t-il. Il exagère un peu, mais pas tant que ça. Lui-même voudrait régler le compte d'un homme capable de faire vivre une telle atrocité à sa propre fille… le jour de son anniversaire ! En y réfléchissant, il doute que Belley passe aux aveux aussi facilement.

N'empêche, sans vouloir cacher les composantes de l'enquête, Jonathan souhaiterait épargner sa partenaire. À tout le moins, il aimerait être présent lorsqu'elle entendra cette histoire. Peut-être trouvera-t-il un moyen de la ménager.

Jonathan compose donc le numéro d'Elisabeth en espérant aller la rejoindre chez Jeff Belley. Son message se rend directement dans sa boîte vocale. Il lui demande de le rappeler en précisant qu'il a du nouveau, souhaitant ainsi que ça l'incite à communiquer plus vite avec lui.

Depuis une quinzaine de minutes, l'enquêteur est assis dans son véhicule devant la résidence de madame Mathison. Il prétend compléter ses notes, alors qu'il reprend ses esprits en étudiant les prochaines étapes. Il regrette de ne pas avoir noté l'adresse de Jeff Belley. Peut-être devrait-il retourner à l'intérieur pour la demander à la dame ?

Il s'apprête plutôt à téléphoner au bureau, puis revient sur sa décision en se disant qu'Elisabeth le rappellera d'une minute à l'autre de toute façon. En attendant, une des premières choses qu'il pense faire, c'est se rendre à l'ancienne école de Skye. L'ex-femme de Belley lui a remis le nom de l'institution scolaire que fréquentait l'adolescente à l'époque. Il pourrait obtenir plus de renseignements lui permettant d'établir des liens entre la jeune fille et les meurtres ayant eu lieu dernièrement. Qui sait si elle ne vit pas encore dans le quartier ?

Pour la trouver, il a son nom complet et sa date de naissance. Si elle avait douze ans au moment du viol et que ça s'est bien produit en 1997, comme l'a raconté madame Mathison, sa nièce aura trente-deux ans le 6 septembre prochain. *Ce qui correspond à l'âge que pourrait avoir la femme en noir sur la vidéo avec David Collins*, cogite Jonathan.

Le policier fait démarrer sa voiture et se met en route vers Wells River en repassant en boucle le film de la déposition, pour démêler les éléments importants. La rencontre a duré plus d'une heure, pourtant il manque trop de détails. Il est passé à côté de beaucoup d'informations, il en est conscient. Pris par les émotions, celles de madame Mathison et les siennes, il devait avoir l'air d'un débutant. La femme lui a raconté avoir appris, après cette soirée, que Skye vivait dorénavant avec des membres de sa famille du côté maternel. Jamais elle ne s'est doutée des raisons ayant poussé la jeune fille à vouloir s'éloigner de son père. Lui, en tant que flic, n'a jamais même songé à demander les noms de ces personnes chez qui elle demeurait après l'événement. Il devra lui reparler rapidement, sans quoi il aura des comptes à rendre à Mike Besner. Quand il pense que Philip Belley s'est enlevé la vie après avoir laissé un message dans sa boîte vocale, ça le met en furie. Non pas que ça lui pose un problème de conscience. Au contraire, ce qui le dégoûte le plus dans cette histoire, c'est que Belley n'a jamais appelé parce qu'il était repentant des actes commis il y a vingt ans, mais plutôt par crainte d'être le prochain sur la liste des cinq salauds à être liquidés pour avoir posé des gestes aussi atroces. C'est probablement quand il a compris que les flics ne prenaient pas son appel au sérieux qu'il a voulu en finir avant que le meurtrier le retrouve. Intrigué de savoir pourquoi cet homme qui avait gardé ce secret pendant si longtemps n'avait pas décidé de l'emporter dans sa tombe avec lui, Jonathan a demandé à madame Mathison pourquoi elle croyait que son ex-mari lui avait tout raconté. La dame n'avait pas d'explication et s'en étonnait aussi. Elle a toutefois soulevé que ça justifiait le genre de choses qu'il exigeait d'elle après cette nuit-là. Souvent, il la prenait brutalement et lui demandait de crier pendant l'acte. Au début, elle se disait qu'il aimait l'entendre jouir, mais au fil du temps il devenait de plus en plus sauvage. Ainsi, les cris de la femme n'étaient pas des gémissements de plaisir, mais bien une réelle supplication à son époux d'être plus délicat. À ce moment, il ne l'entendait plus et il semblait prendre son pied, a commenté la femme en essuyant ses larmes.

— Aujourd'hui, je n'ai plus de doute. Je comprends que cette ordure revivait la scène du viol, a-t-elle lâché sur un ton révolté.

Voilà le genre de phrase que je ne répéterai pas à Elisabeth, décrète mentalement Jonathan en repensant à ces paroles.

—•—

Jonathan attend sagement que Maxence Aubert, le directeur de l'établissement que fréquentait Skye Belley, se libère. L'homme a accepté de le rencontrer à la condition que le policier soit patient. Comme il n'a pas pris rendez-vous, Jonathan se voit mal faire autrement que de se montrer indulgent. Il observe les étudiantes qui passent en lui jetant des coups d'œil taquins. Les chuchotis et les ricanements des adolescentes ne laissent pas de doute sur ce qu'elles racontent à son sujet, mais lui n'a qu'une chose en tête en les regardant : Skye était aussi jeune qu'elles. *Ces hommes sont des détraqués*, fulmine-t-il silencieusement. Son téléphone qui retentit le sort de ses pensées amères. Il se lève pour arpenter le corridor.

— Serra, s'annonce-t-il.

— Nathan, où es-tu? demande Elisabeth.

— Wells River et toi?

— Wells River? Pourquoi? s'enquiert sa coéquipière pendant qu'il glisse un index hyperactif sur la grande poignée métallique d'une porte vitrée.

— L'ex-femme de Philip Belley m'a relaté une affaire qui semble liée aux meurtres de Scott, Collins et Cohen, et je suis venu interroger le directeur d'une école, résume-t-il, sachant très bien que sa collègue ne comprendra rien de ce qu'il raconte.

— Je suis aussi dans ce village. C'est là qu'habite Jeff Belley. Je n'ai pas pu lui parler, précise-t-elle, il est à l'extérieur de la ville pour un congrès du secteur informatique, ça devra attendre encore un peu. En apprenant le suicide de son frère, la secrétaire du bureau qui l'embauche l'a immédiatement appelé, mais il ne pourra être de retour avant dimanche ou lundi.

Voilà une très bonne nouvelle, juge le policier, étant donné qu'il y a de fortes chances pour qu'une arrestation soit prévue. D'ici là, ça permet d'amasser un maximum d'éléments contre lui. Si, bien sûr, les informations recueillies aujourd'hui s'avèrent véridiques.

— Toi, pourquoi es-tu à l'école? s'enquiert Elisabeth.

Jonathan résume alors les grandes lignes de l'affaire à sa collègue sans toutefois exprimer clairement que la jeune fille aurait été violée. Il parle d'une adolescente ayant décidé de partir vivre ailleurs en raison d'un conflit important avec son père, Jeff Belley. Il raconte ce qu'il a appris et explique qu'il espère en savoir plus sur les circonstances de l'événement qui pourrait avoir un lien avec les meurtres. Il mentionne que les victimes se connaissaient toutes et que l'homme qui s'est suicidé était le frère de Jeff Belley.

Bien qu'attentive, Elisabeth n'a pas le temps d'émettre de commentaire parce que le directeur s'amène.

— Oh ! Il est libre pour me voir maintenant. Je t'appelle en sortant. Tu veux qu'on mange ensemble… pour un *débriefing* ? s'assure-t-il d'ajouter.

Ce qui fait rire Elisabeth.

— D'accord. Mais pour le moment, je dois retourner au bureau où je serai en téléconférence avec Brighton pour un dossier que je dois fermer, l'informe-t-elle avant de rompre la communication.

Même si l'homme qui reçoit le policier est très coopératif, il y a bien peu qu'il peut faire. Comme la jeune fille a fréquenté son institution avant son entrée en fonction, il ne la connaissait pas. « Jamais même entendu parler », a-t-il affirmé. Les anciens dossiers étant envoyés aux archives de la commission scolaire, il n'avait pas non plus de détails sur ses résultats académiques. À un certain moment pendant la discussion, monsieur Aubert s'est emballé en pensant qu'il pourrait retrouver de vieilles photos de classes, car l'école les lamine et en tapisse les corridors. De nouveau, il n'a déniché aucune trace de Skye Belley. D'abord intrigués, les deux hommes sont venus à la conclusion que si l'événement, dont Jonathan n'a pas dévoilé la nature au directeur, s'est bien passé au début du mois de septembre, il était possible que le déménagement ait eu lieu avant la prise de photo qui se déroule à la fin de ce mois. Étant donné que Skye Belley avait douze ans, elle commençait sa première secondaire et était donc nouvelle dans cet établissement. Les informations sur cette élève pourraient ainsi être davantage recueillies dans son ancienne école, de niveau primaire.

— Wells River est un petit village, il n'y a qu'un seul endroit où cette jeune fille aurait pu étudier, affirme monsieur Aubert en détachant le bouton sous son nœud de cravate. Saint-Joseph est l'unique établissement avant d'accéder à l'école secondaire.

Le temps de pianoter sur son clavier, l'homme note sur un bout de papier.

— Voici les coordonnées de cette école et celles du district scolaire associé.

— Vous n'auriez pas le nom de la personne qui dirigeait votre institution en 1997 ?

— Sans aucun doute, répond-il en parcourant encore ses dossiers informatisés.

Très vite, l'information s'affiche à l'écran. Il reprend le papier à Jonathan pour ajouter les nouveaux renseignements.

— Voilà ! Kathy Borges. Elle est à la retraite depuis quelques années, mais selon les dates, c'est elle qui était en poste au moment où la jeune fille aurait fréquenté notre école.

— Je vous remercie pour votre temps, monsieur Aubert. Avant que je parte, me permettez-vous de jeter un œil à ces laminés ? Skye avait deux fidèles amies, Isabella Gian et Katrine Anglehart. Selon ce que j'ai compris, il n'y a pas de raison pour que ces adolescentes n'aient pas poursuivi leurs études ici.

— Sans problème ! Je peux faire sortir leurs dossiers par ma secrétaire, si ça peut vous être utile, propose le directeur en saisissant déjà le combiné de son téléphone.

En effet, les deux hommes ont trouvé des photos d'Isabella Gian et de Katrine Anglehart, qui, elles, ont obtenu leur diplôme à cette école à en juger par les tableaux sur lesquels elles figuraient, y compris le dernier où elles étaient affublées du mortier et de la toge aux couleurs de l'institution. Les deux jeunes filles lui sont apparues comme des adolescentes joyeuses et plutôt communes. Le regard du policier s'est attardé plus longtemps sur le visage de Katrine, qui semblait être plus réservée que son amie Isabella. Il s'est également arrêté sur les yeux et les cheveux qui ne correspondent pas au profil de Katriana.

Comme il en a l'habitude pour vider son esprit, Jonathan gribouille sur son calepin pour établir les étapes à suivre. Il a tellement à faire et il doit prendre congé pour le mariage de samedi, soit dans deux jours. Si ce n'était qu'Elisabeth l'accompagnera, il ne voudrait pas s'y rendre. Mais il rêve de passer ce moment privilégié avec elle depuis qu'elle l'a surpris en lui annonçant qu'elle l'escorterait.

Le temps ayant filé, il est trop tard pour aller au district scolaire ou à l'école Saint-Joseph. Ces visites devront attendre à demain. Entre-temps, Jonathan prévoit trouver les coordonnées d'Isabella Gian, de Katrine Anglehart et de Kathy Borges, ancienne directrice de l'école qu'il vient de quitter. En se rendant à son véhicule, il téléphone au bureau pour demander du soutien pour localiser ces trois femmes. Une fois l'appel conclut, il compose le numéro d'Elisabeth.

14

Ce qu'il y a de plus dégoûtant, c'est ça : que la violence, la souffrance et l'impuissance puissent être interchangeables.
PHILIPPE GUÉGUEN

Comme s'en doutait Jonathan, il a été impossible de parler à quiconque aujourd'hui, mais la journée de demain s'annonce occupée. Frustrée d'être reléguée au rôle de spectatrice, Elisabeth a proposé à son collègue de séparer encore une fois les tâches en attendant qu'elle puisse s'entretenir avec Jeff Belley.

— C'est toi qui devrais communiquer avec les trois femmes qui ont connu Skye, tu auras assurément plus de succès que moi auprès de la gent féminine pour obtenir des informations, s'est-elle moquée. Et qui sait si tu ne dénicheras pas une mère pour tes enfants en même temps ?

— La directrice doit être plutôt âgée, tu ne penses pas ?

— Alors il te reste deux chances de tirer un bon coup.

— Super ! Je suis déjà excité.

Après un moment de railleries, il a été décidé qu'Elisabeth fera une visite aux archives du district et à Saint-Joseph, l'école primaire de Wells River. Aussi, après moult négociations et beaucoup d'éclats de rire, les policiers se sont entendus pour se rendre chez Lucca, un restaurant pas si intime, mais où règne néanmoins une atmosphère feutrée – ce que Jonathan s'est bien gardé d'annoncer à sa partenaire –, afin de discuter de l'affaire Katriana.

Mais pour le moment, ils se sont donné rendez-vous au laboratoire où Gilbert O'Reilly est en train de prendre connaissance du rapport d'autopsie effectuée sur le corps de Philip Belley.

— Et l'arme n'était pas la même, dit-il au médecin légiste en levant les yeux vers Jonathan et Elisabeth qui entrent dans la pièce.

L'homme aux cheveux argentés balance la tête pour acquiescer au propos du technicien d'identification judiciaire.

— Salut, Jo ! l'accueille ensuite le médecin, avant de s'emparer de la main d'Elisabeth en ajoutant : Frank Cole.

— Elisabeth Stevens arrive du D-14, explique Gilbert pendant que la jeune femme salue l'homme responsable du laboratoire. Frank et moi venons de décréter que la victime est morte des suites d'un projectile qui l'a atteint à la tête.

Les trois hommes partent d'un grand éclat de rire tandis qu'Elisabeth leur jette un regard incertain.

— Je vous laisse discuter, annonce le spécialiste. Je suis à côté si vous avez d'autres questions.

Dès lors, Gilbert lève le drap qui recouvre le cadavre. Les deux policiers se détournent aussitôt. Elisabeth s'éloigne, alors que Jonathan finit par s'approcher d'un pas hésitant. Pour vérifier quoi au juste ? Il n'en sait trop rien. Il est ici pour obtenir les observations de son collègue, bien sûr, mais tout démontre que l'homme s'est suicidé, alors pourquoi venir valider qu'il s'est bien fait éclater la cervelle ?

— Une part de moi espérait que Frank puisse soulever des détails qui me feraient douter qu'il s'agisse d'un meurtre déguisé en suicide, commente Gilbert, les yeux rivés à quelques centimètres du crâne.

Pris dans le tourbillon de tout ce qu'il doit effectuer, Jonathan n'avait même pas pensé à cette hypothèse. D'ailleurs, il n'a jamais soupçonné l'ex, Helen Mathison, d'avoir réagi sous le coup de la colère et d'être allée lui faire la peau. En y songeant, ce serait plausible et justifiable. De plus, ça expliquerait l'élément toujours incompréhensible dans cette affaire, soit la raison pour laquelle Belley a avoué son crime avant de s'enlever la vie. Peut-être ne lui a-t-il pas raconté, mais l'a-t-elle plutôt découvert ?

— Quel genre de détails ? s'intrigue le policier en jetant un œil à Elisabeth qui s'est retirée dans le coin le plus éloigné de la pièce.

— Je ne sais pas trop. Puisque ce type semble relié aux autres, selon les premières informations obtenues, je me suis dit que, si Katriana s'est rendue chez lui et que quelque chose a mal tourné, elle aurait pu espérer brouiller les pistes. Imaginons un instant que Belley savait qu'elle venait pour lui et qu'il s'est rué sur elle avant qu'elle tire. Une lutte s'ensuit, elle le griffe au visage, il la saisit par les cheveux ; son ADN est partout. Tu comprends où je veux en venir ?

Jonathan hoche par l'affirmative en examinant la tête déchiquetée du cadavre.

— À ce moment, poursuit le rouquin, Katriana, qui a l'habitude de laisser les scènes impeccables, aurait pu se voir dans l'obligation de changer son *modus operandi* pour éviter qu'on traite l'affaire comme un meurtre et ainsi qu'on cherche et trouve une foule d'indices.

— Si l'histoire de la jeune Belley est véridique, Katriana sait qu'on reliera l'affaire à elle de toute façon, remarque Jonathan. Et puis, je ne vois pas Katriana comme une tueuse en série à proprement parler. Elle ne laisse pas de signature particulière. En plus, son mode opératoire, outre d'éliminer ses proies d'une seule balle en plein cœur, n'est pas si élaboré. Même au niveau des caractéristiques communes des victimes, ça achoppe, parce que, contrairement aux trois autres gars, Belley ne semblait pas aussi actif sexuellement.

— Tu as raison. Quand on y pense, c'était peut-être une autre bonne justification pour se suicider, se moque Gilbert. Pour revenir à mon point, reprend-il plus sérieusement, rien n'a été relevé sur place ou sur le corps. Alors ce n'est pas l'assassin de ses sympathiques amis qui a déguisé ce meurtre en suicide, car, de toute évidence, il s'est bien enlevé la vie. Tout concorde : la trajectoire de la balle, la poudre à canon laissée sur sa main, l'arme de chasse enregistrée à son nom… De toute façon, plus j'y réfléchis, plus je me dis qu'à ce stade-ci Katriana ne se soucie plus de ce qu'on trouve.

Elisabeth qui semble absorbée par tout ce qui l'entoure sauf cette discussion revient pourtant vers eux.

— Que croyez-vous qu'elle espère, Gilbert? demande-t-elle.

— Je pense que la meurtrière descend la liste des hommes à qui elle veut enlever la vie et que, tout ce qui compte, c'est de parvenir au dernier avant de se faire épingler. Point à la ligne. Contrairement à un tueur en série qui prend plaisir à la mise en scène et aux meurtres, je ne crois pas que ce soit son cas. Selon moi, elle n'a pas contribué à cette mort, du moins pas activement, mais elle doit s'en réjouir… Et vous, Elisabeth, vous en pensez quoi? demande-t-il en recouvrant le cadavre d'un grand geste sec.

— Je suis de votre avis, affirme-t-elle sans l'ombre d'un doute dans la voix.

— Si la liste comprend cinq hommes, comme on le croit, il nous reste peu de temps avant d'arriver au bas, cogite Jonathan en s'installant une fesse sur le coin d'une civière où est allongé un autre corps. Si on veut éviter le dernier meurtre, on doit trouver comment elle prévoit attirer sa victime. Je fouillerai un peu les habitudes de l'homme pour savoir ce que Katriana pourrait utiliser comme stratégie.

— C'est déjà fait, l'informe Elisabeth. Jeff Belley ne fréquente personne, n'est inscrit à aucun réseau de rencontres et ne surfe pas sur les sites pornos non plus. Il n'est qu'un pauvre type devenu alcoolique, sans vie sociale, qui attend la mort chez lui.

— Super ! Alors Katriana lui rendra service, plaisante Gilbert.

Même Elisabeth rigole devant l'humour noir du sympathique technicien.

— Donc, conclut Jonathan, elle le retrouvera chez lui… à moins de vouloir faire irruption sur son lieu de travail, ce dont je doute. Mais, à bien y penser, si j'étais Katriana, j'irais le rejoindre à ce congrès.

— Bien réfléchi, le félicite Gilbert. Il est peut-être déjà mort à l'heure où on se parle.

Jonathan jette un œil vers sa collègue. Incertain de comprendre ce qu'il décèle dans son regard, il décide de plier bagage et de n'émettre aucun commentaire.

— Bon ! lâche-t-il en se levant.

— Oui, ça pue ici, sortons, renchérit O'Reilly.

Jonathan est heureux d'être enfin assis en face de sa partenaire. Cette enquête l'épuise et ce moment de répit à savourer un bon repas avec Elisabeth est au-delà de ses espérances pour se détendre.

— Nous parlons travail et nous ne sommes pas du tout dans un rendez-vous galant ; deux raisons qui ne justifient pas la consommation d'alcool, commente-t-il en arquant un sourcil rieur vers sa collègue, mais cette bouteille de chardonnay me fait de l'œil.

Un éclat de rire de la jeune femme réjouit Jonathan. L'humeur d'Elisabeth est étrange aujourd'hui. Il la sent à la fois nerveuse… ou fébrile, probablement en raison de cette enquête qui commence à bouger, mais aussi détendue, comme si elle avait décidé de laisser tomber la garde. Ça lui plaît de penser qu'elle s'ouvrira peut-être un peu plus à lui dorénavant. Ce souper au restaurant qu'il a durement négocié est possiblement le premier pas vers une nouvelle relation. Il ne veut surtout pas vivre d'illusions, mais l'acceptation de l'invitation au mariage combinée à cette soirée improvisée lui donnent espoir d'un avenir différent entre eux.

Les deux coéquipiers commandent le vin et les plats, puis les échanges s'enchaînent. Très vite, ils entrent dans le vif du sujet. Elisabeth fait preuve d'ouverture, mais depuis que Jonathan a répondu à quelques questions concernant Skye Belley, son visage s'est voilé de tristesse. Le jeune homme s'y attendait.

— Qu'est-ce que l'ex-femme de Belley t'a raconté, exactement ? s'enquiert-elle avant de prendre une bouchée de lasagne.

— En vérité, pas grand-chose sur l'événement en soi. Elle a été outrée en apprenant ce qu'ils ont fait à sa nièce, lui a crié qu'il ne méritait pas de vivre et la discussion s'est terminée là, de ce que j'ai compris. Pour être honnête, je préférais ne pas trop en entendre non plus. La version courte a suffi à me mettre à l'envers, avoue Jonathan en déposant sa fourchette. N'empêche, maintenant que Philip Belley est mort, peut-être regrette-t-elle de ne pas avoir pris le temps de le questionner, conclut-il.

Jonathan récupère son verre de vin et observe la jeune femme, silencieuse, qui fait danser un morceau de pâte du bout de son couteau.

— Tu crois que Skye pourrait être devenue Katriana? demande-t-il soudain.

Visiblement troublée, Elisabeth tourne les yeux pour réfléchir.

— À moins qu'une autre personne connaissant cette histoire puisse être derrière cette affaire? renchérit Jonathan, juste avant que sa collègue dépose sa serviette de table et se lève.

— Je dois aller à la salle de bain, je reviens tout de suite.

Le policier regarde Elisabeth s'éloigner en songeant qu'il déteste se régaler d'un excellent repas, dans un restaurant qui offre un lieu calme, presque romantique, avec une femme qui occupe ses pensées le jour et hante ses nuits, et devoir parler boulot. Il est conscient que cette histoire bouleverse Elisabeth. Comment pourrait-il en être autrement? Lui-même est choqué et constamment dérangé par les questions qui se bousculent dans son esprit: où était la mère de cette jeune fille au moment de l'agression? Et où se trouve-t-elle maintenant? Pourrait-elle être devenue Katriana? Personne ne pourrait la blâmer. Même si se faire justice ne devrait pas être une option, il faut admettre que la rage au cœur d'un parent explique parfois bien des comportements. Si la mère de Skye est Katriana, pourquoi avoir attendu toutes ces années? *Possiblement qu'elle vient tout juste de l'apprendre*, cogite-t-il tout en déposant ses ustensiles dans son assiette. Sinon, cette Katriana qui paraît tout accomplir à la perfection et n'abandonne derrière elle aucune trace la faisant incriminer, pourrait-elle être une professionnelle engagée pour rendre justice à la jeune Skye Belley ?

Jonathan prend une énorme goulée de vin et ferme les yeux pour apprécier la traînée chaude que laisse l'alcool dans sa trachée. Il concentre son attention sur la voix éraillée de Lewis Capaldi qui emplit la salle : une tonalité touchante, évalue-t-il. Elisabeth qui revient à la table le ramène vite au sujet principal.

— Donc, on sait qu'au moment du viol, Skye Belley avait douze ans, aimait les Spice Girls et les cosmétiques. Elle avait deux fidèles amies, Katrine et Isabella, résume-t-elle dès qu'elle s'assoit.

Encore envoûté par la mélodie, Jonathan lui offre un battement de cils en guise de réponse. Plutôt que de relancer, il prend une nouvelle gorgée de vin et rive ses iris à ceux de sa partenaire.

— Ça va ? demande-t-elle, les sourcils froncés.

Jonathan soupire et secoue légèrement la tête en dessinant des lignes imaginaires sur la nappe blanche avec son index, l'air las.

— Sérieusement, si notre enquête nous mène à l'arrestation de Jeff Belley, je préfère ne pas être celui qui l'escortera vers le poste ; mon pistolet pourrait se dégainer mystérieusement, plaisante-t-il avec un vague sourire sur les lèvres.

Elisabeth porte son attention vers la fenêtre où des passants profitent de la soirée très clémente du mois de juin. Ses yeux gris humides brillent sous le reflet du lampion posé sur la table.

— Tu me croiras fou, mais une part de moi souhaiterait que Katriana trouve Jeff Belley avant nous, avoue-t-il en suivant le mouvement de son pouce qui caresse sa coupe.

C'est immoral d'avoir ce genre de réflexion, il en est conscient. Pourtant, c'est plus fort que lui. C'est ce qui a traversé son esprit au laboratoire en songeant que Katriana était peut-être déjà partie rejoindre Belley. Il n'a même pas eu la considération de vouloir l'aviser que sa vie était en danger. Ça lui rappelle les situations dans lesquelles s'est souvent retrouvé son père en tant que juge. Aujourd'hui, il comprend ce qu'il insinue quand il prétend que tout n'est pas noir ou blanc.

— Je sais que c'est mal d'avoir ces pensées, mais ce que cette jeune fille a subi est horrible. Comment…

Jonathan s'interrompt lorsqu'il aperçoit une fine larme couler sur la joue de sa collègue.

— Je suis désolé, Elisabeth.

— Tu n'y es pour rien. Je suis fatiguée. Épuisée, en vérité, rigole-t-elle amèrement avant de porter sa coupe à ses lèvres.

Il comprend si bien comment elle se sent. Pour la réconforter, la consoler, il voudrait l'enrouler au creux de son corps et dormir avec elle jusqu'à ce que ce dossier soit réglé

– « ou pour l'éternité », lui souffle une petite voix dans son esprit. Pris d'une impulsion soudaine, il pose la main sur celle de sa coéquipière, soyeuse et chaude.

— Tu veux entrer maintenant pour te reposer ? suggère-t-il.

— Non. Il paraît que les desserts sont exquis ici, répond-elle en faisant l'effort d'un sourire, d'abord subtil, puis plus évident.

Même si elle ne saisit pas la main de Jonathan, Elisabeth ne se dégage pas. Ce simple fait agit comme une douce caresse sur le cœur du policier, mais pour éviter de la brusquer il retire graduellement ses doigts, en ne pouvant s'empêcher de laisser traîner son pouce longtemps sur sa peau délicate. Les yeux d'Elisabeth croisent les siens à ce moment. Ils sont étoilés et pleins de tendresse.

— Alors, quel est le plan ? C'est moi qui embarque Jeff Belley après un interrogatoire épuisant ou je lui tire une balle entre les deux yeux pour accélérer le processus ? demande-t-elle très sérieusement.

Ce qui fait rigoler Jonathan.

— On pourrait y aller ensemble, propose-t-il en appuyant son coude sur la table pour soutenir sa tête qu'il installe dans sa paume. Tu sais, juste pour éviter que l'un de nous se voie contraint de visiter l'autre en prison.

Après un moment à le fixer intensément, la jeune femme passe ses dix doigts dans ses mèches et découvre son visage au passage. Pendant une seconde, Elisabeth ferme les yeux, incline légèrement la tête vers l'arrière, coince sa lèvre inférieure entre ses dents, puis laisse aller un soupir en accrochant ses mains à sa nuque. En cet instant, des souvenirs de son rêve érotique refont surface dans l'esprit de Jonathan. Troublé par ces flashs intrusifs, le policier sent soudain une chaleur l'envahir. Mal à l'aise qu'elle puisse lire en lui, il porte son attention sur le pied de son verre de vin qu'il tripote sans arrêt.

À son tour, sa collègue appuie son coude sur la table et installe sa mâchoire dans sa paume. Un demi-sourire aux lèvres, elle plante ses yeux dans les siens et murmure :

— Tu m'apporteras de ce délicieux chardonnay dans ma cellule ?

— Promis.

Chaque jour de ma vie…

De retour dans son appartement, Jonathan est allongé dans sa baignoire à revoir sa journée et inévitablement sa soirée avec Elisabeth. Pour chasser les images de sa partenaire qui se font insistantes, il a apporté les dossiers de Scott, Collins, Cohen et Belley, qu'il consulte tour à tour, en tentant de dénicher des indices pouvant le guider vers l'élément qu'ils ont en commun : Katriana. Il savait déjà que les trois premiers avaient un penchant évident pour la luxure, mais avec l'annonce du viol de cette jeune fille, ça lui semble encore plus flagrant qu'ils ont été ciblés pour cette raison. Même s'il avait été honnête en avouant à Elisabeth qu'il voudrait que Katriana règle son compte à Jeff Belley, il demeure important pour lui de trouver Skye.

Cette adolescente est sa nouvelle obsession. Il doit découvrir ce qu'elle est devenue. Il espère au plus profond de son cœur qu'elle n'est pas la meurtrière, car dans ce cas il devra l'arrêter. Bien sûr, il ne peut laisser en liberté une personne ayant commis ces crimes, mais l'idée de l'emprisonner après tout ce qu'elle a vécu lui serait insupportable. Quoi qu'il advienne, il doit retrouver Katriana et Skye.

Dépouiller les listes téléphoniques des victimes a déjà été fait, mais Jonathan s'entête à les revoir, même s'il se doute que Katriana est trop intelligente pour avoir laissé une trace. Il a commencé par analyser les appels de Philip Belley parce que la liste était bien moins exhaustive que les autres. De toute évidence, Katriana n'avait pas encore communiqué avec lui, car sauf pour les entreprises pour lesquelles il travaillait, son frère, ses enfants et la pizzeria du coin où il semblait avoir un abonnement, il n'y a rien. Pour Cohen, cet accro du porno, les numéros sur les relevés téléphoniques étaient plus nombreux, mais dans son cas les communications avec Katriana ont été faites uniquement par messagerie virtuelle. Comme pour Collins, l'adresse provenait d'un compte associé à une adresse IP d'un café Internet, sans caméra ni suivi quant à ses utilisateurs. Étant donné que tout indique que le contact avec Damian Scott a été établi par téléphone, c'est ce relevé que Jonathan fixe avec attention depuis longtemps. Si longtemps que ses yeux se referment par moments, sous l'effet de l'alcool et de l'eau chaude qui le détendent. Elisabeth avait identifié deux appels en provenance d'un téléphone public, ce qu'ils avaient associé à la meurtrière, mais qui sait si Katriana ne l'avait pas appelé d'un autre numéro à un certain moment? *Tout le monde commet des erreurs*, réfléchit-il.

Le policier est sur le point de laisser tomber pour ce soir quand son regard se pose sur un numéro pour la troisième fois. Il croit d'abord que c'est en raison des derniers chiffres particuliers – 1234 –, mais à chaque occasion une voix lui souffle qu'il le connaît. Pour en avoir le cœur net, il saisit son portable et pianote le numéro dans l'annuaire téléphonique de la région en faisant une recherche inversée sur Internet, espérant ainsi trouver un nom.

Il découvre que l'appareil est un cellulaire appartenant à une personne de Boston, sans toutefois avoir de nom associé. Chez lui, il n'a pas accès à toutes les applications du bureau, mais c'est un début. Toujours intrigué, il ouvre son propre répertoire téléphonique et tape le numéro. Il reste interloqué en voyant le nom d'Alicia Snyder apparaître.

Jonathan consulte la liste des appels de l'entrepreneur en construction et trouve le même numéro à plusieurs reprises dans le mois précédant sa mort. Il se lève d'un bond et se précipite hors de la pièce pour se rendre à son ordinateur, laissant des traînées d'eau sur le plancher de son appartement. Nu, assis devant son écran, il décortique tour à tour le relevé de Scott, l'annuaire téléphonique sur Internet ainsi que son propre répertoire. Plus de doute, les coordonnées sont les mêmes. Alicia Snyder, cette travailleuse sociale aux mœurs légères, connaissait Damian Scott. Bien sûr, cet homme cumulait les aventures, mais ce qui trouble Jonathan, c'est la description physique d'Alicia : cheveux noirs et yeux bleus. Il repense à l'attitude de la fille sur la vidéo avec David Collins, ça correspond en tout point à celle qu'adopterait Alicia. La gorge nouée, les mains moites, il compose le numéro d'Elisabeth. Sans avoir entendu la sonnerie, il rompt la communication. Il est près d'une heure du matin, il ne peut pas la réveiller, elle qui paraissait si fatiguée. Il voudrait appeler Alicia à l'instant, mais un coup de fil au milieu de la nuit lui donnerait assurément une mauvaise impression sur ses réelles intentions. Et puis, il n'est pas encore prêt à l'accuser de meurtre, après tout. Bien qu'Alicia soit le genre de femme qu'il imagine fréquenter des types comme Damian Scott, elle est une personne gentille. Jonathan et elle se sont rencontrés à l'université, ont suivi quelques cours ensemble, ont collaboré dans certains travaux d'équipe et se sont souvent retrouvés dans les mêmes bars à côtoyer le même entourage. Si elle a toujours essayé d'attirer Jonathan dans son lit, elle demeure une femme intelligente, sensible et sensée, somme toute. Il voit en elle une personne en quête d'attention masculine, sans plus. Selon lui, Alicia n'a rien du profil d'une tueuse en série. Mais connaît-on réellement les gens ?

Il est à peine sept heures du matin que Jonathan est déjà attablé chez Starbucks avec Elisabeth à qui il a donné rendez-vous. Il a résisté à la tentation de lui téléphoner en pleine nuit, mais quand six heures trente ont sonné, il s'est empressé de l'appeler, sachant qu'elle était toujours au bureau très tôt de toute façon. En effet, elle était déjà en route lorsqu'ils se sont parlé.

— Qu'est-ce que tu prévois exactement ? s'enquiert-elle, avant de mordre dans son sandwich déjeuner.

— Vérifier son lien avec Scott. Je me doute qu'ils couchaient ensemble, je ne vois pas comment il pourrait en être autrement, connaissant le profil de chacun, explique-t-il pendant qu'Elisabeth lui indique d'un subtil geste que de la nourriture souille ses lèvres.

Après deux coups de langue infructueux pour se débarbouiller, il y parvient du revers de la main et obtient enfin l'approbation de sa partenaire.

— D'accord, et après ? Tu lui demanderas si elle a un alibi pour les meurtres ? dit-elle en retroussant son nez, l'air pas convaincu.

— J'avoue que c'est délicat parce qu'elle est une collègue, en quelque sorte, mais justement elle comprendra qu'on fait seulement notre travail. Je dirai que j'ai découvert qu'ils se connaissaient et que j'ai besoin de savoir si elle peut m'informer sur quoi que ce soit pouvant justifier sa mort.

Elisabeth soupire à pleins poumons et s'adosse à sa chaise en lâchant sa serviette de table d'un coup sec.

— Pourquoi tu ne sembles pas y croire ? s'énerve Jonathan, persuadé qu'il tient enfin quelque chose.

Elle fuit son regard et écarquille ses yeux quand elle se tourne vers l'entrée.

— Tiens, donc. Couple intéressant, commente-t-elle en jetant un œil vers Rick Holmes et Alicia Snyder qui passent le seuil de la porte.

La proximité du policier et de la travailleuse sociale pendant qu'ils discutent ne laisse pas de doute sur les liens qu'ils entretiennent.

— Voilà un signe. Je voulais la voir et justement elle est là, se réjouit Jonathan en reculant sa chaise, prêt à se lever.

— Ce n'est pas un signe, la moitié des gens du bureau viennent chercher leur café ici, se moque Elisabeth.

— Bon point, admet Jonathan en riant. Je m'en fiche, je saute sur l'occasion.

Sur ces mots, il se dirige vers eux. Elisabeth demeure assise et observe la scène, toujours aussi perplexe.

— Salut ! dit-il simplement en récupérant une pile de serviettes de papier sur le comptoir près d'eux.

— Jo ! s'exclame aussitôt la plantureuse jeune femme en se jetant dans ses bras.

Comme d'habitude, Jonathan lui rend son étreinte, mais cette fois c'est sous le visage mécontent de Holmes.

— Rick, dit-il néanmoins en hochant la tête vers lui. Je suis heureux de te croiser ici, j'avais justement besoin de te parler, ajoute-t-il à l'intention de la travailleuse sociale.

— Tu veux rire ? lâche Rick sur un ton acerbe, qu'il appuie d'un regard incendiaire.

— C'est pour un dossier sur lequel je travaille, s'empresse de l'informer Jonathan. Je ne veux pas en discuter ici, tu pourrais venir nous rencontrer ? Elisabeth et moi, précise-t-il en montrant l'endroit où sa coéquipière est assise. Plus tard aujourd'hui si tu as du temps.

— Je suis à la cour toute la journée, mais je suis disponible ce soir, propose-t-elle pendant que Rick jette un œil courroucé vers la table que Jonathan vient d'indiquer.

— Peut-être plutôt demain ? suggère Jonathan.

Le commis qui arrive pour prendre leur commande interrompt momentanément leur conversation. Alicia pivote vers le comptoir, alors que Rick avance d'un pas vers Jonathan et lui souffle à l'oreille :

— Tu ne veux pas que j'empiète sur ton territoire, alors tiens-toi loin du mien, menace-t-il, le torse bombé comme un coq dans la basse-cour.

— Crois-moi, Rick, ça n'a rien à voir, se contente-t-il de rétorquer avant de tourner les talons calmement.

— Je t'appelle sans faute en avant-midi pour fixer un rendez-vous, crie Alicia pendant que Jonathan rejoint Elisabeth.

— Voilà une fille excitée ! le nargue sa collègue. Tu ne lui as certainement pas annoncé la raison de ton désir de t'entretenir avec elle. C'est très vilain de créer de faux espoirs chez une pauvre jeune femme.

— Qui aime bien châtie bien, répète souvent ma mère. Je pense que tu m'aimes. Beaucoup même.

Elisabeth rigole avant de se mettre le nez dans sa tasse de café.

En route vers Wells River pour rencontrer l'ancienne directrice de Skye, Jonathan réfléchit à la conversation qu'il vient d'avoir avec Katrine Anglehart, une des copines de Skye. Devenue notaire et mère de deux petits garçons, la femme d'affaires très articulée lui est apparue comme une personne très sérieuse et loin du profil de tueuse en série, même si, bien sûr, ce n'est garant de rien. Elle était bouleversée que le policier communique avec elle pour lui parler d'une amie qui a mystérieusement disparu de sa vie, il y a près de vingt ans. Selon elle, il s'est passé quelque chose ce soir du 6 septembre 1997. Jonathan ne lui a rien dévoilé de l'histoire, il a seulement mentionné être à la recherche de Skye pour des raisons qu'il ne pouvait lui révéler. La notaire a affirmé que ce soir du début de septembre l'adolescente était pétillante, heureuse et drôle comme elle l'a toujours connue. Par la suite, Skye a manqué deux jours de classe consécutifs sans même appeler ses amies pour leur expliquer la cause de son absence. Lorsque Katrine a téléphoné chez Skye, son père l'aurait informée qu'elle était malade et dans l'impossibilité de prendre son appel. C'était étrange, mais pas nécessairement inquiétant. C'est à son retour à l'école qu'elle a compris qu'un événement dramatique s'était produit. Devenue l'ombre d'elle-même, Skye pleurait sans arrêt et ne parlait plus. Elle n'a pas dit un seul mot ni à ses copines, ni aux enseignants, ni au personnel de la direction quand ils ont voulu savoir ce qui n'allait pas. La semaine a passé et le scénario se répétait chaque jour. Le lundi suivant, son petit ami de l'époque, un prénommé Patrick, aurait essayé de la consoler. Il aurait d'abord saisi sa main et, lorsqu'il n'a obtenu aucune réaction, il s'est risqué à la prendre dans ses bras pour la réconforter. À ce moment, Skye l'aurait sauvagement agressé. Elle l'a frappé jusqu'à ce que le jeune garçon se roule au sol, le nez et une côte fracturés. Skye s'est ensuite enfuie de l'école et Katrine ne l'a jamais revue.

De toute évidence, le viol se confirme.

Pris dans ses pensées, Jonathan vient de passer sur le feu de circulation rouge.

— *Fuck!* grogne-t-il en jetant un œil dans son rétroviseur pour s'assurer qu'il n'a pas occasionné de casse derrière lui.

La notaire a promis de fouiller dans ses albums pour trouver une photo de Skye. Les appareils électroniques n'étant pas à l'époque ce qu'ils sont aujourd'hui, il ne suffit pas d'un clic pour dénicher de vieux clichés. Katrine pense néanmoins avoir conservé des images des folies que les trois amies avaient partagées. Comme elle était au bureau au moment de la discussion et que la boîte à souvenirs est rangée dans le grenier à la maison, elle a demandé au policier d'être patient. Elle l'a assuré qu'elle ne manquerait pas de lui revenir le plus tôt possible.

En attendant, Jonathan a pris rendez-vous avec Kathy Borges, la directrice retraitée de l'institution scolaire qui a accueilli l'adolescente à la rentrée de 1997. Au téléphone, elle n'a mis qu'une seconde à se rappeler l'agression que Katrine Anglehart a relatée.

Lorsque Jonathan arrive dans le quartier où vit madame Borges, il repère vite l'accueillante demeure. La femme l'attend déjà, assise sur le balcon, quand il gare son véhicule devant la résidence. Elle délaisse son roman, offre à boire au policier, puis se réinstalle sur le porche avec son invité pour discuter calmement.

— Vous savez, chaque intervenant scolaire rencontrera un jour un enfant qui le touche profondément. Dans mon cas, c'était la jolie Skye Belley. Pourtant, je l'ai connue à la fin du mois d'août et quelques jours plus tard je l'excluais de mon école, dit-elle en caressant sa chatte blanche qui ronronne à plein régime.

Jonathan dépose sa tasse de café pour noter les informations qu'elle lui dévoilera.

— Vous avez dû l'expulser en raison de cette agression ? devine-t-il.

— Oui, mais seulement parce que je n'avais pas le choix. Vous comprendrez qu'un geste d'une telle violence ne pouvait rester impuni. Ce qui me déchirait le cœur dans cette affaire, c'était l'évidence que cette enfant était en mode survie. Un jour, une adolescente est souriante, articulée, radieuse et, le jour suivant, elle se plonge dans un mutisme inexplicable et agresse un garçon aussi gentil qu'elle, ça ne tenait pas la route. D'ailleurs, si ma mémoire ne fait pas défaut, il était son petit amoureux. Je ne connaissais pas la jeune fille avant l'événement, mais je l'avais remarquée. Elle avait des yeux incroyablement pétillants d'intelligence et elle était particulièrement jolie. Je voyais en elle un futur mannequin, se souvient-elle. C'est après l'avoir renvoyée que je l'ai connue davantage, de manière indirecte. Comme je n'arrivais pas à m'enlever cette histoire de la tête, je suis allée voir la direction de son ancienne école. On m'a dépeint une enfant modèle à tout point de vue. C'est à ce moment que j'ai rencontré Katrine et Isabella, ses fidèles complices. Les adolescentes étaient consternées par ce qui se passait avec leur amie et m'ont avoué craindre ce qui avait pu se produire chez elle.

— Vous ont-elles raconté quelque chose de particulier les menant à cette hypothèse ? Vivait-elle de la violence à la maison ?

— Pas selon ce qu'elles m'ont dit. Il semble même que son père était plutôt gentil, mais il consommait beaucoup d'alcool depuis le décès de sa femme. C'est principalement ce qui inquiétait les filles.

— Sa mère était décédée à cette époque ? s'enquiert le policier.

— C'est ce qu'indiquait son dossier et ça m'a été confirmé plus tard.

À ces mots, Jonathan rature mentalement la mère de Skye comme justicière. Pour une raison qu'il ne s'explique pas, il avait présumé que la mère était simplement absente ce soir-là.

— Quelque chose sentait très mauvais, reprend la dame, j'ai donc eu l'idée de faire un appel à la protection de la jeunesse. Après tout, j'avais affaire à une adolescente devenue muette et agressive, de toute évidence après un événement survenu récemment. D'ailleurs, en consultant son parcours scolaire, j'ai su qu'elle n'avait jamais manqué un seul jour d'école depuis le début de sa scolarisation, alors que sur les cinq ou six premiers jours de sa première secondaire elle cumulait déjà deux absences. Cela dit, j'ignore ce qu'ils ont trouvé dans cette maison, parce que ça reste confidentiel, mais mon signalement a été retenu et Skye a été retirée de sa famille.

C'est donc à ce moment qu'elle est allée vivre avec des membres de la famille de sa mère, songe Jonathan en prenant une nouvelle gorgée de son café.

— Vous ne sauriez pas à quel endroit elle a été envoyée ? s'enquiert le policier pendant que la chatte décide d'élire domicile sur lui.

— Au *Boston Children's Hospital*, après quoi elle a été admise dans un centre de protection des jeunes sur la rue Dudley, répond-elle sans hésitation. Elle vous embête ? demande madame Borges.

— Pas du tout, la rassure Jonathan en caressant le poil étonnamment doux de l'animal, tout en réfléchissant à la déclaration que l'ancienne directrice vient de lui faire.

La femme de Philip Belley a prétendu que Skye était allée habiter chez des parents de sa mère.

— Vous êtes certaine que c'est là-bas qu'ils l'ont amenée ?

— Absolument, confirme-t-elle, s'aidant d'un grand mouvement de tête affirmatif. Je le sais parce que j'ai voulu lui rendre visite. Cette adolescente m'avait bouleversée et je n'arrivais pas à me départir de cette image, ces yeux égarés et empreints d'une souffrance indescriptible. Le lendemain d'une nuit d'insomnie, je me suis rendue à Boston. Elle refusait de voir et de parler à qui que ce soit. Je me suis donc entretenue un moment avec une intervenante qui semblait dépassée par la situation. Skye était là depuis plus de deux semaines et elle n'avait toujours pas prononcé un seul mot. Elle était vue par une psychologue, mais même elle, très expérimentée, n'arrivait à rien. J'y suis retournée, un mois plus tard, mais comme c'est souvent le cas, la personne que j'ai rencontrée n'était pas la même qu'à l'occasion précédente. Vous savez, les intervenants changent sans arrêt dans ces endroits, explique l'ex-directrice. Et celle que j'ai vue ce jour-là était un peu moins… sympathique ! Disons les choses de cette façon. Elle m'a demandé si j'étais de la famille ou une tutrice légale. Devant mon infirmation, elle m'a montré la sortie.

Même si tout ce qu'entend Jonathan paraît confirmer que quelque chose de tragique est bien arrivé à la jeune Skye, rien ne peut le guider concrètement. Après avoir discuté encore un moment avec cette gentille dame, Jonathan lui laisse sa carte de visite et lui demande de lui téléphoner si une information qu'elle juge importante lui revient.

— Monsieur Serra ! l'interpelle-t-elle tandis qu'il marche vers son véhicule.

La dame caresse sa chatte dans l'attente d'avoir sa totale attention avant de parler de nouveau.

— Si vous la retrouvez, vous voudriez bien me donner de ses nouvelles ? J'aimerais savoir qu'elle a réussi à s'en sortir.

Le policier confirme d'un léger mouvement de tête, même s'il craint que ces nouvelles ne soient pas si bonnes. Pas besoin d'être psychologue pour évaluer que, à moins que la jeune fille ait une capacité de résilience exceptionnelle, le pronostic n'était pas réjouissant.

15

Certains secrets sont comme des fossiles,
la pierre est devenue trop lourde pour la retourner.
DELPHINE DE VIGAN

Avant de se diriger vers le centre de protection, Jonathan prend un instant pour téléphoner à Elisabeth afin de vérifier où elle en est de son côté. Les dirigeants de l'école primaire ont gentiment répondu à ses questions, mais tout comme les recherches de son collègue, rien d'important n'en est ressorti. La direction a confirmé le profil académique de la jeune fille, sa personnalité joyeuse et sociable, à l'exception d'une période de deuil au moment du décès de sa mère. Sinon des détails anodins qui ne servent pas à l'enquête. Comme personne n'a entendu parler de Skye Belley après cet événement, Elisabeth espère découvrir une piste pour la retrouver. Ainsi, installée dans un café, elle s'affaire à dépouiller le dossier complet de l'adolescente.

— Je me rends dans un centre de protection des jeunes sur la rue Dudley pour essayer de discuter avec quelqu'un qui l'aurait connue, l'informe Jonathan en s'immobilisant au feu de circulation. Avec un peu de chance, je pourrai obtenir le nom de la psychologue qui la suivait. Elle a bien dû finir par raconter ce qui s'est produit.

— Je connais une femme qui travaillait là-bas. Je peux l'appeler, suggère Elisabeth.

Jonathan hésite un court moment, mais songe que, tout compte fait, ça pourrait accélérer le processus. Lui risque de se buter à des complications procédurales s'il passe directement au centre sans s'être d'abord annoncé.

— D'accord. Je suis près de l'école où travaille Isabella Gian, elle est devenue enseignante, semble-t-il. Je vais me risquer à aller lui parler, l'informe Jonathan en actionnant son clignotant pour changer sa trajectoire.

— Sans rendez-vous ?

— Oui, je sais que ce n'est pas gagné d'avance, mais j'userai de mes charmes, plaisante-t-il. De toute façon, c'est sur ma route, alors je ne perds pas grand-chose.

— Très bien. On se reparle ensuite, finit par dire Elisabeth après un court moment de flottement.

Le policier se gare dans le stationnement du personnel un peu passé quinze heures quinze. Il réalise que les classes sont presque terminées et que madame Gian pourrait devoir partir rapidement, surtout si elle a des enfants. Il pense se rappeler que c'est le cas.

La gentille dame qui l'accueille informe l'enseignante, au moyen d'un interphone datant de l'après-guerre, qu'il y a un code 33 pour elle. Jonathan s'amuse de la manière d'annoncer un visiteur, alors il n'entend pas ce que répond Isabella Gian, mais l'instant suivant il perçoit des éclats de rire joyeux.

— Mais qu'est-ce que tu attends ? Fais-le monter, lui ordonne la professeure sur un ton enjoué.

— D'accord ! chantonne la secrétaire avant de se tourner vers le policier. Madame Gian est dans le local B-222, c'est le premier que vous verrez en arrivant en haut de l'escalier qui se trouve à votre gauche.

En attendant que retentisse la cloche annonçant la fin de la journée, Jonathan prend un moment pour étudier les œuvres artistiques accrochées dans le corridor. Illustrant les vacances d'été qui approchent, les élèves ont assurément dû respecter quelques consignes au niveau du matériel utilisé et des proportions. *Quoi qu'il en soit, ils sont tous, sans l'ombre d'un doute, plus doués que moi*, décrète-t-il silencieusement. Dès que le bruit infernal de la vieille cloche se fait entendre, Jonathan s'invite dans l'embrasure de la porte déjà ouverte. Un garçon s'empresse de prévenir l'enseignante de son arrivée.

— Isabella, il y a quelqu'un pour toi, l'informe un jeune qui paraît excité de recevoir un visiteur.

— Oui, c'est mon mari, lance la jolie institutrice en souriant au policier.

— Mais non ! dit une fillette dont le petit nez est tout plissé d'incompréhension. Ton mari a les cheveux blonds.

— Je t'assure que c'est mon mari, c'est seulement que j'en ai deux, riposte madame Gian en s'approchant de Jonathan. Un blond et un brun. Voilà tout !

Les élèves rigolent à gorge déployée avant de saluer leur professeure tour à tour et de sortir de la classe. Jonathan sourit encore lorsqu'il se retrouve seul avec Isabella Gian.

— Jonathan Serra, enquêteur, se présente-t-il officiellement. J'ai quelques questions à vous poser. Auriez-vous quelques minutes à m'accorder ?

— J'ai beaucoup de temps, assure l'enseignante. Vous voulez me passer les menottes pour m'interroger ? demande-t-elle en montrant ses poignets tout en lui jetant un regard séducteur.

Jonathan n'a pas le temps pour ce genre de flirt, mais si elle est assez aimable pour l'accueillir sans avis, il ne l'éconduira pas aussi rudement. Après avoir expliqué gentiment à la femme qu'elle n'est accusée de rien, il revient au sujet de sa visite.

— Je suis à la recherche d'une personne que vous avez connue il y a plusieurs années, à Wells River, Skye Belley.

Isabella Gian perd aussitôt son sourire et ressent le besoin de s'asseoir. Vraisemblablement, elle s'en souvient bien. Ainsi, Jonathan l'informe qu'il aimerait en savoir davantage sur les dernières fois qu'elle l'a vue, sans toutefois lui parler de sa conversation avec leur amie Katrine. Isabella répète, presque mot pour mot, ce qu'ont raconté Katrine Anglehart et madame Borges. Elle prend un long moment pour expliquer tout ce qu'elle se rappelle de la soirée d'anniversaire de Skye. De beaux souvenirs, semble-t-il. Les filles se sont maquillées et ont dansé en discutant des garçons qui leur plaisaient. Elle dépeint une Skye enjouée, drôle et heureuse. Elle confirme aussi que jamais, au grand jamais, la Skye qu'elle connaissait n'aurait frappé Patrick – ni personne d'autre, d'ailleurs – si elle avait été dans son état normal.

— Nous avions justement parlé de *french kiss*, ce soir-là, se souvient-elle, un léger sourire affiché sur les lèvres. Skye avait prévu essayer d'embrasser avec la langue. Vous savez, nous avions douze ans ; embrasser avec la langue, c'était toute une histoire à cette époque, rigole-t-elle en replaçant sa longue crinière brune derrière son épaule. Nous avions eu cette discussion ridicule sur le sujet. Katrine disait que sa cousine prétendait que c'était dégoûtant. Skye, elle, s'en fichait. Elle avait envie de tenter le coup avec Patrick, se rappelle-t-elle, les yeux égarés sur le tableau devant elle.

Jonathan ne peut s'empêcher de se réjouir devant les propos de l'enseignante. Si Skye a vécu un événement atroce, elle a été une adolescente tout à fait normale avant cette soirée. Mais comme les autres, Isabella sait qu'un drame s'est produit lorsqu'elles sont parties.

— J'ai toujours pensé que c'était ce gros pervers qui lui avait fait quelque chose, lance-t-elle entre ses dents serrées.

— Son père ? cherche à comprendre Jonathan, qui s'est appuyé une fesse sur le bureau d'un élève.

— Non, l'autre. J'ignore son nom, mais on l'appelait le gros pervers parce qu'il était un homme vulgaire qui passait son temps à émettre des commentaires déplacés sur les femmes.

Même si Isabella Gian lui alloue beaucoup de temps et paraît réellement vouloir l'aider, Jonathan constate que rien de nouveau sort de son entretien avec elle.

— Vous savez si Skye avait une personne qui se prénomme Katriana dans son entourage ?

— Autre qu'un personnage fictif, non.

— Un personnage fictif ? s'intrigue Jonathan en refermant son calepin pour accorder toute son attention aux propos de l'enseignante.

— Ouais. C'est encore une affaire d'adolescentes. De nous trois, j'étais la plus extravertie, Katrine, la plus réservée, alors que Skye était à mi-chemin entre nous deux. Elle assurait l'union de notre groupe. Il nous arrivait à toutes de faire des folies, mais étant timide Katrine était davantage spectatrice. Par contre, elle était géniale en art dramatique. Quand elle jouait, elle se transformait littéralement. Un été, nous sommes allées la voir dans une pièce présentée par la troupe de théâtre dans laquelle elle était inscrite. Katrine était méconnaissable dans le rôle d'une fille punk. Ses répliques étaient cinglantes et drôles, même son corps bougeait différemment, explique Isabella en imitant un peu la posture d'une personne confiante, dos droit et tête haute. Skye et moi étions bouche bée devant sa prestation. Nous l'avons questionnée pour comprendre comment elle arrivait à être si peu timide sur scène, alors qu'elle était le contraire dans la vie. De fil en aiguille, on s'est mises à rigoler et lui inventer un faux personnage dans la vie. Elle s'appelait Katriana et elle était incroyablement *sexy* et audacieuse. Nous l'avions imaginée avec des cheveux noirs, des yeux bleus et d'énormes seins ; une femme fatale. Vous voyez le genre ? Ça nous faisait bien rire parce que Katrine est une blonde aux yeux bruns et est tout sauf audacieuse. C'était le but du jeu, créer son opposé.

Jonathan sait qu'il tient quelque chose, mais comment poser les bonnes questions sans dévoiler les éléments de l'enquête ?

— À l'exception de vous trois, qui était au courant de ce personnage ?

— Personne… En fait, pour être honnête, je n'en ai aucune idée. Est-ce que Katrine aurait pu en parler à son prof de théâtre à un certain moment ? Je l'ignore. J'imagine qu'elle pourrait vous le confirmer. De ce que je sais, c'était notre truc à nous, une autre façon de nous amuser.

Après un moment à réfléchir, la jeune femme pose son regard devenu triste dans celui du policier.

— Katrine et moi avons longtemps voulu revoir Skye. La perdre a signifié se voir priver d'une partie de nous-mêmes. Elle incarnait la sœur que je n'ai jamais eue. Nous nous connaissions depuis la maternelle. Une amitié de plus de sept ans lorsque nous en avons douze, c'est énorme. Nous avons tenté de la trouver à d'innombrables reprises, sans succès. Puis, la vie est arrivée : les études, le travail, le mari, les enfants. Elle est tombée dans l'oubli, mais jamais tout à fait. J'y pense souvent et il m'arrive encore à l'occasion, quand je passe par Facebook, de taper son nom. Juste au cas où, vous savez ?

La femme fait une courte pause et reprend en balayant de nouveau ses cheveux vers l'arrière d'une main machinale.

— Pourquoi êtes-vous ici aujourd'hui, monsieur Serra ? Avez-vous une idée d'où elle se trouve ? Savez-vous ce qui s'est produit entre le soir de son anniversaire et le jour où nous avons revu l'enveloppe de notre amie se promener dans l'école, comme si elle était le fantôme d'elle-même ?

Cette description serre le cœur de l'enquêteur.

— Comme vous, j'espère découvrir ce qui s'est passé pour qu'une pétillante jeune fille s'éteigne de façon aussi abrupte.

De retour au bureau, Jonathan est exténué. Quelle perte de temps ! Comment un tel crime peut-il rester secret pendant aussi longtemps lorsque autant de gens se doutent qu'il s'est produit quelque chose d'anormal ? Une partie de la réponse se trouve assurément dans le dossier de la psychologue. Il sait que si sa mère ou sa grand-mère se retrouvaient devant une jeune fille muette, qui a de toute évidence vécu un drame horrible, elles mettraient leur vie entière à l'amener à se confier pour qu'elle se sente mieux. En consultant ses messages en sortant de l'école, Jonathan a découvert celui d'Elisabeth. Il a composé son numéro à la hâte en espérant enfin avoir des réponses, mais il s'est heurté à sa boîte vocale. Il se sent comme un lion dans une cage en attendant que sa collègue revienne ou l'appelle. Il a quelques nouveaux dossiers sur son bureau, en plus de tous ceux qu'il doit fermer, mais la concentration n'est pas au rendez-vous. Dans son impatience, il ne cesse de vérifier si son téléphone est bien en fonction. Il jette souvent un œil à sa boîte de réception, en espérant y trouver les photos de la jeune Skye Belley. Il y a maintenant un moment qu'il a appris le viol de cette adolescente et personne n'a encore pu lui remettre un cliché d'elle. *L'ex-femme de Philip Belley a certainement une photo*, songe-t-il. *Après tout, elle est sa nièce.* Il devrait la rappeler, mais avant il doit rassembler ses nouvelles questions.

Jonathan a la tête entre les mains et fixe sa liste vide quand Elisabeth se matérialise enfin devant lui. Les cheveux en pagaille, les yeux gonflés de fatigue, il la dévisage sans parler.

— Wow ! Tu as l'air en forme, ironise la policière.

— Pourquoi tu ne m'as pas appelé ? gronde-t-il.

— Je l'ai fait une fois, mais tu n'as pas répondu. Ensuite, mon dispositif mains libres n'avait plus de batterie.

— Alors ?

— Rien. Elle n'était pas là, alors je lui ai laissé un message, répond Elisabeth en déposant sa pile de dossiers et ses clés, avant de s'écrouler sur sa chaise devant le regard de son collègue qui paraît tout aussi découragé. À ce moment-ci, je ne peux rien faire d'autre qu'attendre l'appel du père de Skye et celui de Rachel.

— Rachel ? s'étonne son partenaire en saisissant un stylo dans le seul but de le manipuler.

— La psychologue du centre de protection des jeunes, explique-t-elle en se massant la nuque.

— Rachel Sullivan ?

— Tu la connais ? s'étonne à son tour Elisabeth.

Oups !

Oui, mais seulement parce qu'il a fouillé son passé ! Jonathan commence à barbouiller sur une feuille nerveusement.

— Euh… tu me l'as dit, non ? ment-il.

Un léger pli s'installe entre les sourcils de sa collègue.

— Non. Je ne me rappelle pas te l'avoir mentionné, cherche-t-elle à se souvenir, les yeux rivés dans le vide.

Jonathan est inquiet qu'elle devine son intrusion dans sa vie privée. Il pourrait toujours prétendre que c'est une amie de sa mère, mais si elle la connaît bien Elisabeth pourrait vérifier.

— Ce jour où tu parlais au téléphone avec une dame, se risque-t-il, tu ne me l'avais pas dit ? Tu as précisé que c'était une personne que tu aimais beaucoup. Il me semble que c'est à ce moment que tu as prononcé son nom.

Un silence s'étire pendant que les lignes entre les yeux d'Elisabeth s'accentuent. Jonathan ne voit pas comment se sortir de cette situation sans être honnête. *Quel con !* se dispute-t-il en mettant de plus en plus d'ardeur à son dessin abstrait.

— Je suppose que c'est possible, remarque-t-elle enfin. Et toi, tu as trouvé quelque chose ?

— Bof ! Tout et rien. Tout le monde sait, mais personne ne sait réellement, résume-t-il en lâchant son crayon pour installer ses mains enlacées sur le dessus de sa tête.

— Ouais, fait-elle en lui jetant un coup d'œil furtif. Comme je suis dans l'attente de toute façon, je pense que je rentrerai tôt.

— Tu veux être en forme pour le mariage, répond-il sur un ton léger, espérant ainsi changer de sujet au plus vite.

Les mains toujours bien plantées sur son crâne, il s'incline et effectue une petite torsion pour vérifier d'où provient le bruit cassant de classeur qui retentit derrière lui.

— Tu ne voudrais pas présenter une fille cernée à tes cousins, pas vrai ? rigole-t-elle en balayant des yeux le bas-ventre découvert de Jonathan.

Œillade qui ne manque pas d'être remarquée par le policier.

— Je serais content que tu m'accompagnes, même cernée jusqu'au menton. Ce n'est pas la peine de te donner du mal, tu sais.

— Je tenterai de ne pas te faire honte, répond-elle en se levant. Tu ne devais pas rencontrer Alicia aujourd'hui ?

— Oui, mais elle a demandé de reporter à ce soir. Étrangement, elle n'a que les soirées de libres, se marre-t-il.

— Laisse-moi deviner : vous vous voyez chez elle ?

— Jamais ! Ça attendra. Non, je passerai prendre une bouchée quelque part et je rentrerai tôt aussi, dit-il en observant sa collègue, espérant ainsi qu'elle capte l'invitation à se joindre à lui.

— À demain, Nathan, le salue-t-elle en lui souriant une dernière fois.

Raté, Jo !

Comme prévu, le policier est assis seul dans un pub où il se rend souvent. Il grignote une part de pizza, mais a fait l'effort de remplacer les frites par une salade pour se donner meilleure conscience. Pour éviter que l'oppression de la solitude pèse trop lourd, il s'est installé au bar et échange quelques mots de temps à autre avec le barman ou les clients à proximité tout en jetant un œil au téléviseur où les Bruins traînent les pieds. Ils ont deux buts de retard sur l'équipe adverse. *La coupe Stanley ne sera pas encore pour cette année*, songe-t-il. Même si son repas s'achève, Jonathan commande une deuxième bière pour repousser le moment de rentrer chez lui quand une visite impromptue s'amène.

— Jo ! Quel hasard de te voir ici ! s'exclame Alicia Snyder. Voilà qu'enfin notre rendez-vous pourra se concrétiser. Ailleurs que dans le cadre strict du bureau, ajoute-t-elle en s'accrochant à son biceps pour l'embrasser.

Ses lèvres s'attardent longtemps à la commissure des siennes. C'est Jonathan qui finit par se détourner légèrement pour lui indiquer le siège près de lui. Il n'avait pas envie de sa compagnie, mais à bien y penser elle détient peut-être des informations capitales. En s'installant, Alicia croise les jambes et soutient le regard de Jonathan. Ce dernier tourne la tête vers le barman pour commander à boire à la nouvelle venue. La jeune femme demande un verre de vin blanc et pivote vers le policier pour plonger ses iris bleus dans ceux, presque de la même couleur, de son interlocuteur. Puis, elle retire son veston, dévoilant ainsi un bustier de dentelle noir d'où déborde sa généreuse poitrine. Jonathan prend une gorgée de sa bière pour éviter de regarder là où elle espère de toute évidence le voir poser les yeux.

Après lui avoir brièvement expliqué qu'il bosse sur une enquête de meurtres, Jonathan use de délicatesse pour l'informer qu'il pense savoir qu'elle connaissait une des victimes, Damian Scott. C'est sans hésitation qu'Alicia admet avoir eu une liaison avec lui.

— Au fond, j'aimerais seulement savoir si tu sais quelque chose sur ses fréquentations, sur ses problèmes ou sur tout autre sujet pouvant justifier qu'il ait été tué.

— Votre question est large et on pourrait y passer la nuit, monsieur Serra, dit-elle, un sourcil rieur levé vers lui.

Jonathan ignore son flirt et s'emplit plutôt la bouche d'un morceau de croûte de pizza en attente qu'elle reprenne. La jeune femme porte ses lèvres à son verre en l'observant. *Ou elle est hésitante à dévoiler des détails sur sa liaison, ou elle organise ses pensées*, analyse Jonathan.

— Nous nous sommes vus quatre fois, tout au plus, annonce-t-elle enfin.

Alicia ferme les yeux un moment et respire profondément avant de poursuivre.

— Jonathan, dit-elle d'une voix plus basse, la main posée sur celle du policier, ça t'ennuierait qu'on s'installe à une table pour continuer cette conversation ?

Percevant un changement de ton et espérant qu'il aura droit à une confidence, Jonathan se lève sans tarder et signale au barman d'un geste vague l'endroit où ils seront. Il est toutefois loin de se douter de ce qui l'attend.

16

Les pervers n'ont jamais honte puisque, pour eux,
l'autre n'existe pas, c'est un pantin qui
n'est là que pour leur propre plaisir.
BORIS CYRULNIK

Installé dans un siège en croissant de lune et à haut dossier à l'autre extrémité du pub, Jonathan sent la nervosité grandissante d'Alicia. Après quelques secondes à caresser son verre, les yeux perdus dans le liquide comme si elle y lisait les informations, la jeune femme se lance enfin dans son récit.

— J'ai rencontré Damian dans un bar de la rue Beacon. J'étais avec des copines, et lui, avec une bande de types, des hommes d'affaires, je crois. Pour être honnête, je ne sais pas trop. Il m'a accostée, il m'a payé à boire et on a pris une chambre. Il n'y a pas grand-chose à ajouter sur le sujet, sauf que ce n'était pas si mal, sans être le nirvana, tu vois ?

Jonathan hoche la tête machinalement, connaissant précisément le genre de soirée qu'elle décrit.

— Il a demandé que l'on se voie de temps en temps, et comme je ne fréquentais personne en particulier, j'ai accepté. Il s'est écoulé une semaine avant qu'il me rappelle. À ce moment, il m'a invitée à le retrouver au restaurant

Meritage, au *Boston Harbour Hotel*, précise-t-elle en jetant un coup d'œil furtif au couple qui vient de passer près de leur table. Durant le repas, un de ses amis s'est joint à nous. David Collins était un type qu'il connaissait depuis longtemps, de ce que j'ai compris, car ils n'arrêtaient pas de se remémorer de vieilles anecdotes. Enfin, ce n'est peut-être pas si important. Nous avons bu. Beaucoup bu et… sniffé de la coke aussi. Bref, on s'est retrouvés tous les trois dans une suite, quelques étages plus hauts, l'informe Alicia en observant la réaction du policier.

Encore une fois, Jonathan hoche la tête avant de prendre une gorgée de sa bière. Jusque-là, le profil des hommes se concrétise et l'attitude d'Alicia ne le surprend pas, mais sa franchise l'étonne. Il se risque d'ailleurs à poser une question.

— Ils étaient respectueux ? Je veux dire… tu étais bien consentante ?

Alicia affiche un petit rictus avant de boire une gorgée de vin à son tour. Elle lèche sensuellement le liquide doré qui perle sur ses lèvres, mais cette fois plus par habitude que par désir de séduction, juge Jonathan.

— Il y a deux questions différentes, ici, rigole-t-elle. Oui, j'étais consentante pour un *threesome*. Des *trips* à plusieurs, j'en ai fait quelques-uns, même si, soyons honnêtes, mon jugement était altéré ce soir-là. Il m'arrive de boire un verre de trop, mais je n'avais jamais pris de cocaïne, l'informe la jeune femme. Pour ce qui est de l'expérience en soi, je dirais que, dans l'ensemble, ils étaient assez respectueux, mais…

Alicia détourne les yeux, paraissant chercher ses mots. Jonathan comprend son malaise et, pour être franc, il ne s'attendait pas à ce genre de détails.

— Alicia, dit-il en posant sa main sur la sienne. Je ne veux pas être voyeur dans cette histoire. Tu n'es pas obligée de me raconter ce…

— Je le sais, Jo. Je pense quand même que ça a une certaine importance pour que tu comprennes bien.

Jonathan bat des cils pour l'autoriser à continuer. Il délaisse toutefois la main de la jeune femme. Lorsqu'il voit la déception se peindre sur son visage, il saisit sa bouteille de bière pour en prendre une gorgée et par la même occasion justifier son geste.

— Résumons en disant que, considérant la nature de ces deux hommes et le but recherché, ils n'ont fait que se servir sans trop m'écorcher. Par moments, j'ai même éprouvé un certain plaisir. Je ne suis pas sûre que sans la coke et l'alcool ça aurait été le cas, mais c'est la vérité. L'autre gars, David, est parti assez vite après avoir eu ce qu'il voulait. Je suis demeurée avec Damian pour le restant de la nuit. C'est après cette soirée-là qu'il a commencé à être plus insistant. Il m'a rappelée deux fois, mais je n'étais pas libre. Le travail était prenant et en plus j'avais rencontré un type avec qui j'espérais que ça devienne sérieux, explique-t-elle avec une lueur de déception bien apparente dans les yeux. Quand j'ai vu que le gars ne voulait pas de moi à plus long terme, j'ai accepté de revoir Damian. Cette fois, il est venu chez moi. J'avais préparé un repas gastronomique en souhaitant une soirée et une nuit plus conventionnelles, tu comprends ?

Jonathan esquisse un sourire entendu, surmonté d'un doux battement de cils.

— Au début, ça en avait un peu les apparences. Il est arrivé avec du vin, des fleurs et même des boucles d'oreilles. Pendant que je finissais de cuisiner, il était excité, alors pour le calmer je lui ai fait la pipe qu'il réclamait. J'en avais aussi envie. Ensuite, durant le souper, il a commencé à faire des projets pour nous. Il m'a raconté qu'il prévoyait laisser sa femme. Il était en train de se construire une nouvelle maison et attendait qu'elle soit prête avant d'entamer les procédures de divorce. Il a demandé si je voulais la visiter, en me souriant. Je suis vraiment la pire des idiotes, mais j'ai vraiment cru qu'il pouvait m'aimer, lâche Alicia en fuyant les yeux de Jonathan, de toute évidence très embarrassée de s'être fait berner.

Jonathan souhaiterait la consoler, la prendre dans ses bras pour lui dire qu'elle mérite mieux. Mais craignant qu'elle interprète mal son geste, il pose simplement sa main sur celle d'Alicia. Cette dernière le remercie de son soutien d'un sourire timide.

— La soirée s'est poursuivie sur la même lancée, mais bien sûr, avant qu'il parte, on a couché ensemble. Il était un peu plus brutal que les fois précédentes, mais comme on avait parlé de sexe sans arrêt, j'ai mis ça sur le compte de l'excitation. Même les petites insultes qu'il gémissait ne me paraissaient pas malsaines parce que je le voyais comme une forme de jeu de rôle, rien de plus.

Jonathan comprend, même s'il est de plus en plus désolé par son récit.

— Enfin ! lance-t-elle en balançant la tête comme pour chasser les émotions qui semblent s'emparer d'elle à ce moment.

Le policier ouvre la bouche pour parler, mais Alicia l'interrompt.

— Je viens à l'essentiel, assure-t-elle. J'ai accepté d'aller visiter la maison qu'il a construite. Tu dois savoir qu'il était entrepreneur ?

— Oui, acquiesce Jonathan d'une voix posée.

— Donc, il y avait bien une maison à voir, mais je ne saurai jamais si c'était celle qu'il prévoyait habiter ou si elle était pour un client à qui il ne l'avait pas encore livrée. Je suis montée dans sa voiture et nous nous sommes rendus dans une luxueuse résidence en flanc de montagne qui surplombait un lac. Un endroit splendide, se souvient-elle. J'étais très impressionnée par les immenses fenêtres et la vue qu'elles offraient. La résidence n'était que partiellement meublée, mais Damian m'a expliqué que sa décoratrice n'avait pas terminé. C'était peut-être la vérité. Il a ouvert un jéroboam de champagne que nous avons entamé en visitant chaque pièce. Il m'a demandé si j'aimerais vivre dans un endroit comme celui-là en émettant des allusions à ce que nous pourrions faire, sexuellement parlant, sans être vus par les voisins, en raison de l'intimité du site. Nous étions à notre deuxième verre de mousseux quand on a sonné à la porte. C'était deux hommes que Damian connaissait. J'ai d'abord pensé qu'ils travaillaient avec lui, sinon je ne saisissais pas ce qu'ils venaient faire là, mais finalement je ne crois pas qu'ils étaient associés par le boulot. J'ai compris que ces deux types étaient d'un autre pays, mais j'ignore d'où. L'accent de l'un d'eux avait des sonorités australiennes. Nous parlions surtout de banalités, alors je ne saurais dire dans quel domaine ils évoluaient ou s'ils étaient des clients. Bref, j'en ai déduit qu'ils étaient des amis ou des connaissances seulement. Tout ce que je sais, c'est leur prénom: John et Daniel. Ils ont bu un verre avec nous. Très vite, ils ont sniffé quelques lignes de poudre. Cette fois, j'ai refusé, mais avec le recul je me dis que j'aurais dû en prendre, soupire-t-elle d'une voix soudain chevrotante.

Jonathan devine ce qu'elle s'apprête à raconter.

— Alicia, souffle-t-il, tu n'es pas obligée…

— Damian m'a embrassée en m'empoignant la poitrine, reprend-elle comme si Jonathan n'avait pas parlé. Je l'ai repoussé gentiment, en lui disant qu'il devait rester sage devant ses amis. Ce qui a fait rire tout le monde. Damian a répondu qu'il voulait les rendre jaloux en détachant mon chemisier. Je l'ai poussé de nouveau, me suis levée pour m'éloigner et rattacher mon vêtement. Il m'a rejointe près de l'îlot dans la cuisine où je m'étais réfugiée, prétextant vouloir un verre d'eau. J'ai compris ce qui m'attendait seulement quand il s'est installé derrière moi et a parlé dans mon oreille. «Allons, ne joue pas les vierges effarouchées. Je leur ai raconté la petite salope que tu es, ils vont croire que j'ai menti.» Ensuite, il m'a plaquée contre le comptoir, il a relevé ma jupe et a pétri rudement mes fesses en lançant aux autres: «*Who wants to fuck her first?*» Les choses se bousculaient dans ma tête. Je me suis demandé si ce serait plus difficile de résister et de me faire violer par ces trois hommes ou de tout simplement embarquer dans la partouse escomptée. Après tout, même si je me doutais qu'il n'en serait rien, il y avait un mince espoir pour que ce soit un *foursome* comme un autre. Ainsi, j'ai choisi de jouer la pute de service en souhaitant m'épargner au moins les coups. Pour l'essentiel, je crois encore que j'ai bien fait, sauf que Damian et ses amis ne voyaient pas les choses du même œil. J'aurais dû m'en douter.

— Je suis tellement désolé, Alicia, murmure Jonathan sur un ton qu'il espère apaisant.

De nouveau, comme s'il n'avait rien dit, la jeune femme poursuit son récit, l'air perdu dans ses pensées, une larme qui menace de couler.

— Damian m'a retiré mon chemisier et ma jupe en me touchant vulgairement comme s'il présentait la marchandise. Sans tarder, il m'a invitée à m'agenouiller devant un des types qui venait de détacher sa braguette. C'était humiliant, mais honnêtement ce n'était pas si pénible. En fermant les yeux, j'arrivais à m'imaginer seul avec lui, même s'il était un pur étranger et qu'il était loin d'avoir ta tête, crois-moi, lâche-t-elle en émettant un rire amer. Les choses ont commencé à se gâter quand les deux autres se sont impatientés. Je n'ai pas réagi à leurs insultes et j'ai adapté ma position pour chevaucher Damian en même temps et… enfin, pour que tout le monde puisse se servir, tu vois ? L'un d'eux me triturait tellement la poitrine que j'étais convaincue qu'il me pelait la peau. Pourtant, même si ce n'était pas la soirée que j'avais imaginée, loin de là, c'était encore endurable. Je me disais que plus je m'appliquais à mes tâches, plus vite ce serait fini et je pourrais rentrer à la maison. Mais je me trompais parce que l'objectif n'était pas tant le sexe que la domination et le désir d'avilissement. Et je l'ai rapidement compris par leurs commentaires et leurs façons dégradantes de me traiter. À un certain moment, l'un d'eux m'a prise par-derrière brutalement, très sauvagement, raconte-t-elle tandis qu'une larme ruisselle sur sa joue. J'ai perdu l'équilibre et je me suis pratiquement écroulée. Ils m'ont tirée par les cheveux pour me redresser et j'ai eu droit à mes deux premières gifles. Ça faisait bien rire Damian. Là, ça commençait à leur plaire. Beaucoup plus.

Jonathan ne peut s'empêcher de se déplacer pour aller s'asseoir à ses côtés. Il l'entoure de son bras et l'attire contre lui.

— Alicia, chuchote-t-il. Je suis désolé… Je suis désolé… répète-t-il en la berçant.

— Plus tard, bien plus tard, j'avais perdu la notion du temps, je les entendais rire en sourdine comme si mon corps était détaché de mon esprit, poursuit-elle, déterminée à terminer son récit. Damian était installé sur le canapé avec un des types qui venait tout juste de me lâcher. Ils étaient maintenant en train de trinquer, en spectateurs, si je peux dire, largue-t-elle dans un soupir teinté d'amertume. J'étais encore à quatre pattes au milieu du salon et j'arrivais à peine à me tenir sur mes genoux, car l'Australien me prenait par-derrière et il n'était pas le plus délicat des trois. Je priais pour qu'il en finisse au plus vite. Pendant ce temps, Damian n'arrêtait pas de crier : « *Put it in her ass. Come on, do it. In her ass.* » Je ne comprenais rien à ce qu'il racontait parce que c'était déjà ce qu'il faisait. Même si j'étais sur le point de m'évanouir, je savais encore d'où provenait la douleur. En plus, ils avaient tous passé par là à un moment ou un autre, plusieurs fois plutôt qu'une, alors je ne voyais pas pourquoi Damian faisait une obsession d'une sodomie. J'avais envie de lui crier de fermer sa gueule ou de le traiter de con, mais je ne me trouvais pas en position d'insulter qui que ce soit, tu comprends ?

Jonathan se contente d'émettre un énorme soupir. Il secoue la tête, comme si un tel geste pouvait effacer les images horribles qu'Alicia s'acharne à mettre dans son esprit.

— Puis, reprend-elle, j'ai finalement compris la demande de Damian quand la douleur a augmenté au point de devenir insupportable. Ma vision s'est brouillée et l'air m'a manqué. J'ai vite deviné par la dureté et le craquement de mes os que ce n'était plus un homme qui était à l'intérieur de moi. J'ignore ce qu'il enfonçait à grand coup : quelque chose de drôle et d'excitant pour eux, forcément ! Plus je criais, plus ils jubilaient, plus je pleurais, plus ils riaient.

Prise de soubresauts, elle resserre ses bras autour de la taille de Jonathan, qui, lui, ne sait plus comment réagir.

— Quand j'ai repris connaissance, les deux hommes étaient partis. J'étais allongée sur le plancher du salon, souillée de la tête aux pieds, de champagne, entre autres choses. Je pense qu'ils m'ont nettoyée en m'aspergeant de mousseux. J'avais aussi du sang partout, mais j'ignore d'où il provenait. Ma poitrine et mes cuisses étaient particulièrement blessées, alors j'ai supposé que c'était le mien. Damian était au téléphone avec David Collins. Il racontait sa soirée en riant du fait qu'ils avaient bien failli me tuer.

Jonathan caresse les cheveux d'Alicia, sèche ses larmes, se surprend à embrasser le dessus de sa tête et son front, mais n'arrive plus à souffler un mot. C'est à ce moment qu'il lève les yeux et voit debout près de l'entrée Rick Holmes, qui les observe.

Fuck !

Dès que Holmes s'aperçoit que Jonathan l'a remarqué, il pivote et sort du pub. Aller à sa poursuite pour lui expliquer que ce n'est pas ce qu'il croit est inutile. Et puis, comment justifier qu'Alicia pleure sans dévoiler la confidence qu'elle vient de lui faire ? Jonathan délaisse doucement la jeune femme et plonge ses iris dans les siens. Il prend son visage entre ses mains et essuie une larme d'un pouce glissé sur sa joue.

— Est-ce que quelqu'un d'autre est au courant ? demande-t-il.

— Bien sûr que non, Jo. Comment penses-tu que les gens percevraient les choses si je leur racontais que j'ai été violée ?

— De la même façon que moi, comme un crime immonde.

Alicia émet un rire sans joie en balançant la tête.

— Non, Jo, s'oppose-t-elle en essuyant ses larmes du bout des doigts. Ils diraient que je l'ai cherché parce qu'ils voient de moi une fille qui écarte les jambes facilement… et c'est ce que je suis !

— Non, Alicia, tu es une femme en quête d'affection et d'amour, comme nous tous.

— Ce que ça peut me faire suer de t'entendre dire une chose pareille !

Perplexe, Jonathan fronce les sourcils.

— Jonathan Serra, soupire-t-elle en fermant les yeux, les lèvres grimaçant par l'émotion. Je t'aime tellement que je te déteste à force que tu me rejettes. Je t'ai raconté cette histoire parce que je savais que tu ne me jugerais pas, mais surtout pour que tu comprennes qui était Damian Scott. Si je veux être honnête, je t'avouerai que, lorsque j'ai appris qu'il avait été tué, ça m'a réjouie. Au début, ça m'a ébranlée un peu, mais ensuite je me suis dit qu'il avait eu ce qu'il méritait. Même que sa mort me paraissait trop douce. Plus tard, quand j'ai entendu aux nouvelles que son ami, David Collins, avait été abattu, lui aussi, j'ai su que c'était une personne qui avait souhaité se venger de ces deux types. J'ai supposé que c'était peut-être une femme qui a été leur victime. J'ignore où en est ton enquête exactement, mais j'ai la certitude de ce que j'avance : je n'étais pas la première ni la dernière. J'ai suivi la médiatisation de cette affaire, mais je n'ai pas voulu aller t'en parler parce que je craignais que ma relation avec lui soit connue. J'avais honte de ce qui s'était passé.

— Honte ? Alicia, ce n'est pas ta faute ! Ces gars-là sont des sauvages.

— Une part de la responsabilité me revient, riposte-t-elle. Bien sûr, je n'ai jamais souhaité ce qu'ils m'ont fait, mais je sais que j'attire ce genre de types. J'aimerais savoir m'y prendre autrement, mais utiliser mes courbes, c'est tout ce que je sais faire, Jo.

— C'est faux, Alicia. Tu es une fille brillante, compétente et sensible. Un jour, tu rencontreras un homme qui te traitera comme tu le mérites, répond-il en observant les yeux de son amie s'emplir de larmes. Tu ne devrais jamais cesser d'espérer.

— Alors explique-moi comment tu aurais pu m'aimer, Jonathan. Qu'est-ce que j'aurais pu dire pour que tu te décides à me voir autrement ?

— Ce n'est pas une question de choix, Alicia. L'amour ne se décide pas…

— Je le sais ! soupire-t-elle. Je t'aime tant et j'ai pourtant essayé de t'oublier.

Jonathan détourne les yeux des siens.

— Tu sais que je suis amoureuse de toi depuis l'université, n'est-ce pas ? demande-t-elle en caressant sa joue.

Non, il n'en avait pas la moindre idée. Alicia se met soudain à rire.

— Je suppose que, quand toutes les femmes de la ville sont folles de toi, tu finis par perdre le compte.

Une image d'Elisabeth s'immisce alors dans son esprit. *Toutes, sauf une*, songe-t-il. Faisant écho à ses pensées, Alicia ajoute :

— Tu n'as pas à répondre quoi que ce soit. Je sais qu'il est trop tard et que tu es amoureux de cette fille, ta nouvelle collègue. Ça crève les yeux… Mais comme ça prend un équilibre dans la vie, certaines personnes te détestent ; Rick en particulier, rigole-t-elle.

Jonathan ne peut s'empêcher d'étouffer un rire.

— Justement, sa cote d'amour pour moi connaît actuellement son plus bas niveau. Il était ici, il y a quelques minutes, l'informe-t-il en balançant la tête comme si c'était la pire chose du monde.

— Pourquoi ne l'as-tu pas dit ?

— Il est arrivé pendant que je te tenais contre moi. Il est sorti dès qu'il nous a vus, et puis je trouvais que ce n'était pas le moment de te laisser.

— Tu as raison, c'était l'instant le plus confortable depuis fort longtemps, murmure-t-elle en caressant le beau visage du policier.

La jeune femme réduit l'espace qui les sépare et, après avoir cajolé ses lèvres d'un pouce délicat, elle les embrasse tendrement.

— Je ne suis pas responsable de ces meurtres sur lesquels tu enquêtes, Jonathan. Je t'ai dit tout ce que je savais, mais si je peux t'aider pour quoi que ce soit, n'hésite jamais à m'appeler.

Elle remet son veston et attrape son sac. Jonathan pose sa main sur la sienne.

— Ça ira ? s'enquiert-il, un regard inquiet rivé sur elle.

— Oui. Mais je dois aller retrouver Rick avec qui j'avais rendez-vous.

— Il risque d'être de mauvais poil.

— Je saurai bien l'amener à changer d'humeur, sourcille-t-elle en esquissant un vague sourire.

— Merci, Alicia… de m'avoir fait confiance.

— Non, merci à toi, Jonathan, dit-elle en semant un autre délicat baiser sur les lèvres du policier. Merci de me donner de l'espoir.

Sur ces mots, la travailleuse sociale se lève et s'éloigne pour sortir du pub.

Maintenant seul sur sa banquette, Jonathan se repasse la conversation qu'il vient d'avoir avec Alicia Snyder. Encore sous le choc, il peine à croire que l'un de ces hommes, Damian Scott, est aussi celui qui a peut-être – probablement – agressé l'adolescente. Cette simple évocation lui pèse au creux de l'estomac.

Il n'est pas plus avancé pour trouver l'identité de la meurtrière, mais il a lu la sincérité dans les yeux d'Alicia, elle n'est pas Katriana. Il doit chercher ailleurs.

17

Au-delà des mots, quelque chose parfois nous propulse vers la solitude de l'autre, vers son désespoir, son impuissance ou sa colère, cela même qui ne se partage pas et que l'on croit pourtant reconnaître.

DELPHINE DE VIGAN

Jonathan se sent nerveux comme s'il se rendait à son propre mariage. Par chance, même si la journée est splendide avec un ciel parfaitement dégagé, la température n'est pas trop élevée. Ça lui évitera peut-être de se retrouver avec une chemise cernée par la sueur.

— Relaxe ! se répète-t-il pendant tout le trajet le menant chez sa collègue de travail.

Il ouvre la fenêtre, la referme, fait les mêmes gestes avec la climatisation. Il ignore s'il a vraiment chaud ou si c'est davantage pour s'occuper qu'il tripote tout ce qui l'entoure. Probablement la deuxième option. Pour sécher ses mains humides, il saisit des mouchoirs qu'il froisse dans ses paumes et, à d'autres moments, il sort tour à tour les bras à l'extérieur en espérant que le vent asséchera la moiteur. La musique aussi mauvaise à toutes les stations justifie qu'il pianote sans arrêt sur les boutons du tableau de bord.

Durant la route, il a observé trois fois dans le rétroviseur le nœud de sa cravate qu'il a pourtant mis une éternité à exécuter. Une fois garé devant l'immeuble, il jette un dernier coup d'œil dans le miroir et respire profondément.

— Tu es ridicule. Calme-toi, Jo, murmure-t-il pour lui-même.

Lorsque sa coéquipière ouvre la porte, il se rappelle pourquoi il se retrouve dans cet état. Il s'était juré de ne pas décrocher ses yeux du visage d'Elisabeth si elle portait un vêtement plus moulant que d'habitude. Il se doutait qu'elle enfilerait peut-être un pantalon plus propre que son usuel jean, avec un veston ou une tunique, ou encore aurait-elle pu choisir une robe ample comme celles de sa grand-mère. Mais jamais il n'a pensé que sa collègue, qui cache constamment son corps, se retrouverait un jour vêtue de cette façon devant lui.

— Tu crois que ça ira ? demande-t-elle en cherchant l'approbation dans les yeux de son partenaire.

— C'est une blague ?

Elisabeth porte une sublime robe argent qui paraît avoir été taillée dans les paillettes de ses yeux. Déjà ce détail est époustouflant, mais c'est aussi – surtout – la silhouette qu'elle dévoile qui trouble Jonathan. Le tissu coupé au-dessus du genou est ajusté sur tout le corps. Sans manches, la robe est munie d'un col haut. D'un point de vue objectif, le vêtement est élégant et de très bon goût, mais sur elle il est spectaculaire. Comme lorsque Jonathan a passé la soirée chez elle, les cheveux d'Elisabeth sont repoussés vers l'arrière. Afin de rendre sa coiffure plus féminine, elle a ajouté une pince scintillante pour retenir quelques mèches.

— Tu es vraiment magnifique, Elisabeth. Je ne voulais pas que tu te donnes tout ce mal.

Mais je ne m'en plaindrai pas !

— Alors on peut y aller, sourit-elle.

Jonathan se retire pour la laisser passer devant lui en s'efforçant de contrôler les battements de son cœur.

Appuyé sur le bar, un verre de champagne à la main, Jonathan observe Elisabeth avec curiosité. Elle lui semble plus détendue qu'elle ne l'a jamais été. Affichant un sourire radieux en permanence, elle est pieds nus et cueille des fleurs sauvages avec un trio de fillettes. Le bouquet est si bien garni que Malory, la fille de sa cousine, a du mal à le contenir de ses minuscules mains. Elisabeth le récupère, sélectionne un œillet arméria et s'accroupit pour le glisser dans le chignon de la petite. Une fois sa tâche accomplie, elle caresse le visage de la gamine, qui a toutes les apparences d'une princesse dans sa jolie robe rose. Dès lors, Malory s'agrippe à son cou pour lui offrir le plus attendrissant des câlins, puis court rattraper les autres. Elisabeth retrouve alors la mère et la grand-mère de Jonathan, avec qui elle a beaucoup discuté aujourd'hui. Son père le rejoint à ce moment.

— Tu l'as enfin trouvée, commente-t-il en joignant son regard à celui de son fils.

— Ce n'est pas ce que tu crois, papa. Elisabeth est une collègue de travail.

— Je ne me souviens pas de t'avoir vu admirer Adam de cette façon, se moque-t-il, un sourire bien dessiné sur les lèvres.

Jonathan sent ses joues s'empourprer.

— Je n'ai pas dit que je n'aimerais pas qu'elle me fasse une place dans sa vie, mais ce n'est pas aussi simple.

— Dommage, rétorque-t-il. Elles paraissent bien s'entendre, toutes les trois.

C'est vrai. Elisabeth a beaucoup ri en leur compagnie.

— Prépare-toi mentalement à recevoir des commentaires de mamie sur les beaux enfants qu'elle pourrait te donner. Je ne serais pas étonné qu'elle soit déjà en train de choisir des prénoms.

— Tu as raison. Je ferais mieux d'intervenir, acquiesce Jonathan en gratifiant son père d'une petite tape dans le dos.

Après avoir avalé sa dernière gorgée de champagne, Jonathan marche vers les trois femmes. Il est intercepté par Marcus, le fils de son cousin. Jonathan l'agrippe par le fond de culotte et le balance sur son épaule, la tête à l'envers. Les jambes du garçon gigotent pendant que Jonathan le chatouille dans les côtes.

— Tu es censé te déprendre. Qu'est-ce que tu attends ? le taquine-t-il en le laissant tomber derrière lui tout en le retenant par les chevilles.

— Je ne peux pas, tu es trop fort, se plaint Marcus en tapant le dos du policier de ses petits poings serrés.

Jonathan le saisit solidement par le bras, le fait culbuter devant lui et le remet sur ses pieds. Aussitôt les étourdissements passés, Marcus l'attaque. La dernière fois qu'ils se sont vus, Jonathan lui a enseigné quelques notions d'autodéfense. Le flic prend donc un moment pour vérifier si Marcus s'en souvient. Il l'agrippe par le poignet, par le coude, puis par le cou, et chaque fois l'enfant réussit à se dégager. Elisabeth qui les observe sourit à Jonathan, qui fait la vie dure à son jeune adversaire.

— Tu es le meilleur ! le félicite Jonathan.

Il ferme son poing pour frapper doucement celui de Marcus, beaucoup plus petit, avant de poursuivre sa marche vers Elisabeth. Le garçon le suit.

— C'est ta femme ? demande-t-il juste au moment où il arrive aux côtés de sa collègue qui est en train de rechausser ses escarpins.

— Tu vois une alliance à son doigt ? répond Jonathan.

— Non.

— Alors ce n'est pas ma femme, conclut-il.

Elisabeth rigole, tout comme la mère et la grand-mère du policier.

— Quand allez-vous vous marier ? insiste le garçon.

— Tu aimes les mariages ? s'enquiert Jonathan, éludant de nouveau la question de Marcus.

— Oui. Il y a des tas de trucs délicieux à manger.

Jonathan sourit à Evelyn et à Joan en pensant être libéré, mais Marcus n'a pas encore fini.

— Tu n'as pas répondu, Jo, lui fait-il remarquer tout en tirant le bas de son veston.

— Je sais que tu aimes les mariages, alors je t'inviterai au mien, dit le policier.

— *Yes!* lâche le gamin en fendant l'air de son poing. Jo va se marier et il va m'inviter, chantonne-t-il en retournant vers sa sœur.

Jonathan lève les yeux au ciel, penche la tête, se gratte la nuque, puis échappe un rire gêné.

— Bon ! On vous laisse trouver la date. Pendant ce temps, Evelyn et moi allons chercher à boire, annonce la grand-mère en agrippant sa fille par le bras.

— Je suis désolé, s'excuse le policier à Elisabeth qui n'arrête plus de sourire. Tu sembles t'amuser, malgré tout.

— Vraiment ! confirme-t-elle simplement, avant de prendre une gorgée de champagne et perdre son regard vers un vieux couple.

Jonathan se réjouit du tableau qui s'offre à lui. Elisabeth, sublime dans cette robe argentée, champagne à la main, le visage détendu, souriant de cette bouche si parfaite. En toile de fond, le lac, les fleurs colorées et le ciel bleu, agrémenté de quelques nuages décoratifs. Le policier ressent la folle envie de s'approcher d'elle, mais Elisabeth est déjà si généreuse d'être là, il ne doit rien gâcher.

Le rythme enjoué fait place à des notes de piano beaucoup plus lentes. Les couples se rendent sur le plancher de danse. S'il était avec une autre, Jonathan offrirait à son escorte de se joindre à eux, mais Elisabeth qui se détourne des couples semble un peu mal à l'aise. Le silence s'épaissit pendant qu'il tente de trouver comment agir.

— Tu voudrais danser? le surprend-elle d'une voix hésitante.

Incertain d'avoir bien entendu, Jonathan secoue néanmoins la tête pour confirmer.

— Mais on n'est pas obligés. Ils savent déjà qu'on se marie, il n'y a pas lieu d'en rajouter, blague-t-il, espérant alléger l'atmosphère étrange qui s'est installée entre eux.

Elisabeth le gratifie d'un sourire, puis dépose son sac sur la table avant de s'accrocher au bras de son collègue. Jonathan se revoit à seize ans, à la danse de l'école où il a demandé à une fille de sortir avec lui pour la première fois. Il était moins stressé qu'aujourd'hui. Mais comme ce jour-là, il réfléchit à l'endroit où il posera ses mains. L'état dans lequel cette femme le met est à peine croyable, s'étonne-t-il encore. Il se rappelle ce qui jouait lors de cette danse de fin d'année scolaire, *I Will Remember You* de Sarah McLachlan. Et justement, il s'en souvient. Aujourd'hui, c'est *A Thousand Years* de Christina Perri qui les accompagne et il n'est pas près de l'oublier non plus.

Arrivée sur le plancher de danse, Elisabeth enroule ses bras autour du cou de son partenaire, l'enveloppant par le fait même de son parfum vanillé. Jonathan ignore les effluves caressants, se concentrant plutôt pour poser délicatement les mains sur la fine taille de sa collègue, s'efforçant de ne pas franchir une ligne imaginaire qu'il a tracée au-dessus de ses fesses. En silence, ils bougent lentement. Si sa nervosité s'estompe peu à peu, il sent qu'Elisabeth devient fébrile, car elle tremble littéralement sous ses doigts.

— Tu as froid ? murmure-t-il d'une voix étranglée.

Elle balance la tête pour dire non. Il s'en doutait parce que lui-même a soudain très chaud.

— Je suis nerveuse, avoue-t-elle après un moment.

Jonathan éloigne subtilement la tête pour la regarder en face. Il voudrait lui demander pourquoi, mais il se contente de planter ses yeux dans ceux d'Elisabeth et transmet sa question par l'entremise d'un léger froncement de sourcils. Pour seule réponse, Elisabeth resserre son étreinte.

Il y a quelques instants, il avait l'impression qu'ils se tenaient raides comme deux soldats et à une distance absurde, mais maintenant que le corps de la jeune femme est appuyé contre le sien, son cœur s'emballe au point où il pourrait s'arrêter. Mais ça ne l'empêche pas de l'enlacer un peu plus solidement. Jonathan se réjouit d'entendre Elisabeth chantonner d'une voix à peine perceptible à son oreille les paroles de la douce mélodie.

— *I have died every day waiting for you*, souffle-t-elle.

And I was waiting for you, songe Jonathan.

Il lui jette un œil et lui sourit tout en s'assurant de conserver son corps contre le sien. Ainsi, leur visage se touchant presque, ils s'observent silencieusement longtemps. Très longtemps. La respiration chaude de sa collègue chatouille gentiment son imagination au point où il bat des cils lentement pour fuir la proximité qui fait grandir son trouble. À cet instant, elle reprend d'une voix encore plus faible :

— *And all along I believed I would find you.*

Les battements du cœur de Jonathan s'accélèrent de nouveau lorsqu'en chantant les lèvres d'Elisabeth frôlent subtilement la commissure des siennes. Il sait que ce n'est pas un baiser, mais il se délecte tout de même du précieux contact. Il est conscient qu'il prend encore ses rêves pour la réalité, mais dans cette position, avec Elisabeth dans ses bras, il se permet néanmoins de croire que les choses pourraient être autrement entre eux.

Jonathan est assis avec sa mère et sa grand-mère, alors qu'Elisabeth vient de s'éloigner pour répondre à un appel. Il n'en est pas certain, mais il pense avoir vu le nom de Rachel Sullivan s'afficher sur l'écran du téléphone. Il se doute qu'elle obtiendra les réponses à certaines questions. Il aimerait qu'elle s'accorde cette journée de congé, mais il sait que, comme lui, elle a hâte de classer cette affaire.

— Je comprends mieux pourquoi tu as mis autant de temps à nous en ramener une. Tu l'as sélectionnée avec soin, commente Joan, l'air coquin.

Jonathan se contente d'esquisser un vague sourire en perdant son regard dans les remous du lac. Sa mère lui jette un œil compatissant.

— Tu sais, Jonathan, je ne crois pas que ton but soit aussi inaccessible que ce que tu penses. Ce qu'Elisabeth nous a dit à ton sujet est loin d'être défavorable.

— Elle est ici, c'est déjà énorme, rétorque-t-il sur un ton néanmoins déçu.

— C'est vrai qu'elle prétend que votre relation n'est que professionnelle, reprend sa grand-mère, mais tu sais, à deux psys, on en a entendu, des histoires de cœur avant aujourd'hui. D'abord, son regard lorsqu'elle pose les yeux sur toi contredit entièrement ce propos. Ensuite, il fallait vous voir sur ce plancher de danse. Ouf ! fait Joan en s'éventant le visage de sa main.

Ce qui fait rigoler Jonathan. *Je n'ai pas vu, mais j'ai senti*, songe-t-il.

— Mais, en plus, poursuit-elle, Elisabeth a dit qu'elle aurait souhaité te connaître avant.

— Avant ? s'étonne Jonathan. Pourquoi ?

— Je ne sais pas, mon chéri. Nous avons, toutes les deux, perçu son malaise, alors nous n'avons pas osé la questionner davantage. Elle n'est pas mariée ? demande sa mère.

— Pas que je sache, répond Jonathan en dénouant sa cravate.

— Fiancée ?

— Elle a dit que non et, si c'est le cas, elle retire sa bague.

Et à bien y réfléchir, ce serait plutôt surprenant qu'elle cherche à cacher qu'elle est mariée. Avec tous les hommes qui tournent autour d'elle, ce serait déjà une astuce pour en éliminer quelques-uns.

— Tu crois qu'elle pourrait souffrir d'une maladie incurable ? se risque sa grand-mère.

— Pourquoi pensez-vous une chose semblable ? s'étonne Jonathan, un regard ahuri braqué sur la femme aux cheveux argentés.

Evelyn sent l'impatience de Jonathan, alors elle ose lui avouer ce qu'elle a perçu en s'entretenant avec la policière.

— Jonathan, souffle-t-elle en prenant sa main. Elisabeth me semble très éprise de toi. Peut-être même amoureuse. Pourtant, quelque chose l'empêche de t'ouvrir son cœur. Ça pourrait être un chemin compliqué puisqu'on ne connaît pas sa raison, mais si c'est cette femme que tu veux, bats-toi pour elle.

Jonathan est à la fois réjoui et démoli par cette confidence. Il observe Evelyn et Joan en cherchant la moquerie sur leur visage. Il n'en trouve aucune. Il voit seulement un réel désir de le soutenir.

— Merci ! murmure-t-il en se penchant pour embrasser sa mère.

— Eille ! Et moi, je suis un coton ? se plaint sa mamie.

— Loin de là, rigole-t-il en s'étirant pour la prendre aussi dans ses bras.

— Maintenant, parlons de choses sérieuses. Non, mais, as-tu pensé aux beaux yeux que pourraient avoir mes arrière-petits-enfants ?

Jonathan balance la tête en riant, puis annonce qu'il va se chercher à boire. Il trouve Elisabeth, assise près du bar, les yeux rivés au liquide dans son verre. Il espère que ce ne sont pas les détails du viol de Skye qui sont responsables de son visage attristé.

— Hé ! dit-il en guise de salutation.

Elisabeth se compose un sourire, mais Jonathan n'est pas dupe.

— Tu voudrais y aller ? s'enquiert le jeune homme.

Elle secoue la tête pour faire non, pourtant il sent que c'est le moment de quitter.

— Tu sais, certains ont déjà commencé à partir. Je pense que tu as largement joué ton rôle pour aujourd'hui.

Elisabeth soupire, se tourne vers lui, bat des cils et dit d'une voix douce :

— Tu es vraiment un homme gentil, Nathan. Je suis heureuse de t'avoir connu.

— Pourquoi ça sonne comme si nous n'allions plus nous revoir ?

— Je suis heureuse de te connaître, rectifie-t-elle en souriant, fuyant néanmoins son regard.

— Ouf ! J'ai cru un moment que tu demanderais une nouvelle mutation.

Puis, le voile de chagrin passe de nouveau sur son visage.

— Allez, viens, je te raccompagne, insiste-t-il encore.

Dans la voiture, Elisabeth ne semble ni triste ni heureuse, juste ailleurs. Jonathan fait la conversation sur le ton de la blague et elle rit chaque fois. À un certain moment, elle a même posé sa main sur la sienne en rigolant. Pourtant, il sent que quelque chose dans cette discussion téléphonique l'a dérangée.

— C'était un appel pour le travail que tu as dû prendre ? tente-t-il après avoir baissé le volume de la radio.

— Oui, c'était Rachel. Elle n'a pas entendu parler de cette affaire, répond-elle aussitôt.

— Oh ! La conversation a duré un certain temps, j'espérais que tu aies eu droit à des détails, commente-t-il en faisant un geste de la main pour inviter un piéton à circuler.

— Non. Rachel Sullivan est une psychologue que j'ai consultée dans le passé. Elle est devenue une très bonne amie. C'était de moi que nous parlions, avoue-t-elle.

— Tout va bien ? ose Jonathan.

À ces mots, Elisabeth se tourne vers lui, mais ne répond pas. Comme il est en train de se garer, il met un moment avant de la regarder.

— Ça ira, finit-elle par murmurer.

Elle détache sa ceinture, alors Jonathan s'empresse de sortir et d'aller lui ouvrir. La marche jusqu'à l'appartement se déroule en silence. Il la sent nerveuse de nouveau. Il voudrait la rassurer en lui disant qu'il n'a pas l'intention de lui demander un dernier verre si c'est ce qui l'inquiète, mais il juge que ce serait inapproprié si ce n'est pas ce qui la tracasse. Dans un cas comme dans l'autre, ça entraînerait un malaise, décrète-t-il.

Elisabeth déverrouille la porte toujours sans dire un mot, puis se tourne vers lui. Jonathan cherche une réplique cocasse pour désamorcer cette tension, mais rien ne lui vient.

— Demain, j'irai voir Jeff Belley, annonce-t-elle soudain en déposant son sac sur la table près de l'entrée.

— Tu veux qu'on s'y rende ensemble ? Tu sais, juste pour éviter un gâchis, lui rappelle-t-il en souriant.

— Non. Tu auras beaucoup à faire toi-même. D'ailleurs, tu n'as pas reçu de photo de la part de Katrine Anglehart ?

Jonathan balance la tête pour confirmer que non. La seconde suivante, il aperçoit une fine gouttelette dans le coin des yeux d'Elisabeth. Aussitôt, sa collègue se tourne.

— Merci pour cette belle journée, Nathan. J'ai vraiment passé un bon moment.

— Merci d'être venue. J'ai maintenant une dette envers toi. Je peux jouer ton mari quand tu veux.

Il l'entend réprimer un rire, mais il n'est pas certain si ce n'est pas plutôt un sanglot. Comme elle est encore de dos et qu'elle ne répond rien, Jonathan fait la seule chose logique dans le contexte, il se prépare à sortir.

— Bonne nuit! souffle-t-il en ouvrant la porte, tout en priant pour qu'elle se retourne.

Toujours rien.

— Elisabeth?

— Bonne nuit, Nathan.

Le policier soupire, franchit le seuil de l'appartement et referme derrière lui. Ne sachant plus quoi penser de cette fin de soirée, il marche lentement vers sa voiture en cherchant ce qu'il aurait pu dire pour l'aider sans qu'il semble vouloir s'immiscer dans sa vie et, surtout, dans son lit. Il n'arrive pas à concevoir que cette superbe journée se termine de cette façon. Il aimerait retourner sur le plancher de danse pour être autorisé à l'enlacer à nouveau.

Déboussolé, il lève les yeux vers la fenêtre en espérant l'apercevoir une dernière fois, mais ce qu'il voit le fait paniquer. Elisabeth lance un objet avec force, puis un autre et encore un autre. Elle marche vite vers un coin opposé, l'air de fuir quelqu'un.

Sans plus réfléchir, Jonathan se précipite à une vitesse folle dans l'escalier. Sans tarder, dès qu'il accède à la porte, il l'ouvre sans ménagement. Elisabeth est là, au milieu de la pièce, seule, le visage en larmes, un vase brisé en éclats à ses pieds. Il court vers elle sans se soucier qu'elle le repoussera, et justement, ça ne se produit pas. Elle s'accroche à lui et pleure sans retenue. Contrairement à plus tôt dans la journée, elle se laisse fondre dans ses bras, le nez enfoui dans son cou.

— Je suis désolée. Je suis désolée, gémit-elle en cadenassant ses mains au dos de son collègue.

— Parle-moi, Elisabeth. Je t'en prie.

Étranglée par les sanglots, elle ne fait que secouer la tête pour refuser. Jonathan se contente alors de la tenir contre lui, de caresser ses cheveux et d'embrasser le dessus de son crâne. Elisabeth ne semble pas contrariée par ces gestes affectueux.

Ainsi, sans dire un mot, le couple reste debout au milieu de la pièce à s'étreindre.

Lentement, la jeune femme cesse de trembler, mais Jonathan continue de la bercer. Après un long moment, elle sèche ses larmes d'une main encore nerveuse et lève son visage vers son partenaire.

— Parle-moi, Elisabeth.

— C'est impossible, réfute-t-elle en demeurant néanmoins blottie contre Jonathan, pressant son corps si fortement contre le sien qu'elle paraît vouloir entrer sous sa peau.

— Peut-être que si on est deux à supporter ce qui te fait souffrir…

Lorsque Elisabeth se met à sangloter de plus belle, Jonathan s'interrompt et resserre son étreinte. Impuissant, il caresse son dos délicat en cherchant comment la convaincre de se confier à lui.

— Elisabeth, souffle-t-il en prenant son visage couvert de larmes entre ses paumes, j'aimerais seulement que tu me dises ce qui te rend aussi malheureuse.

— Rien ne peut changer ce qui s'est passé.

L'idée qu'elle puisse avoir été victime d'une agression s'immisce de nouveau dans son esprit. Il a toujours cru qu'elle en avait assez de tous ces hommes qui lui tournaient autour et de ceux qu'elle traquait pour que justice soit rendue aux yeux des victimes. Mais elle a affirmé à sa mère qu'elle aurait voulu le connaître avant. Peut-être n'a-t-elle plus confiance en personne ? Peut-être ne peut-elle pas avoir d'enfant ? Peut-être ne souhaite-t-elle pas s'investir dans une relation pour ces raisons ? Comment lui dire qu'il s'en fout ?

Il n'avait certainement pas prévu lui avouer ses sentiments maintenant et il ne croit pas que ça changerait quoi que ce soit. Pourtant, c'est la seule chose qu'il voudrait qu'elle sache.

— Elisabeth…

Il n'arrive pas à trouver les mots. Si elle a vraiment été victime d'abus, il comprend que ça peut être difficile d'en parler. Surtout à un autre homme. Pendant qu'il réfléchit à la façon de s'exprimer, Elisabeth le surprend en tirant sur ma main pour l'emmener vers sa chambre.

— Tu voudrais rester auprès de moi, juste pour cette nuit ? demande-t-elle, le regard rempli d'espoir.

Sans attendre la confirmation et sans se déshabiller, elle s'allonge sur les couvertures. Bien que confus, Jonathan s'assoit près d'elle sans tarder et tire les draps pour la border.

— J'aimerais que tu me prennes encore dans tes bras, souffle-t-elle en essuyant une nouvelle larme.

Jonathan retire ses chaussures et s'installe près d'Elisabeth, qui glisse une jambe délicatement entre les siennes pour se rapprocher. Le nez dans le cou de Jonathan, un bras accroché à son dos, l'autre qui retient sa chemise comme un bébé tient son doudou, la policière garde les paupières fermées. Soudé à elle, Jonathan caresse ses cheveux sans relâche. Il songe encore à une façon de lui faire comprendre qu'il se fiche de ce qu'elle croit être un obstacle entre eux. Si elle ne peut avoir d'enfant, ils adopteront, décrète-t-il mentalement, réalisant au même moment qu'il est absurde de trouver des solutions sans même avoir la certitude de ce qui ne va pas.

Il sent par le souffle d'Elisabeth, qui chatouille sa gorge, que sa respiration ralentit. Il aime croire que c'est sa présence qui la calme. Ainsi, lorsqu'il devine que des sanglots reviennent, il resserre son étreinte pour lui signifier qu'il ne partira pas. Quelques fois, il se permet d'embrasser son front.

Après de longues minutes, Elisabeth finit par s'endormir dans ses bras.

18

Il y a des circonstances où le mensonge
est le plus saint des devoirs.
EUGÈNE LABICHE

Jonathan n'a pas fermé l'œil de la nuit. Espérant comprendre à tout prix, il a réfléchi à ce qui s'est produit, mais rien ne lui paraît logique. Il veut savoir, il doit savoir, ce qui la met dans cet état. Il est persuadé de pouvoir l'aider. Si elle refuse de se confier, la seule solution à laquelle il pense, c'est de communiquer avec Rachel Sullivan. Il ignore comment convaincre la psychologue de lui parler, mais il trouvera une façon de lui prouver qu'il ne souhaite que le bien d'Elisabeth.

La lueur de l'aube qui filtre à travers les rideaux tire lentement Elisabeth de son sommeil. Sous ses paupières, Jonathan perçoit des mouvements oculaires de plus en plus fréquents. Lorsqu'elle ouvre enfin les yeux, c'est un regard doux qu'il rencontre. Il caresse ses cheveux comme il l'a fait sans cesse pendant la nuit. Et de nouveau, il écrase ses lèvres tendrement sur son front, sans savoir comment elle l'accueillera ce matin.

— Merci, murmure-t-elle d'une voix ensommeillée.

Jonathan se contente de la fixer sans parler.

— Tu peux partir maintenant, chuchote-t-elle en lui souriant gentiment. Ça ira.

Même s'il souhaiterait rester encore longtemps, il comprend qu'elle a besoin de se retrouver seule pour réfléchir.

— Elisabeth, souffle-t-il en cajolant sa joue du revers de la main. Je conçois que ce n'est peut-être pas à moi que tu as envie de te confier, mais je veux que tu saches que je serai toujours là si tu changes d'idée.

— Merci, Nathan, mais je ne peux pas. Je… Je ne suis pas celle que tu crois. Je… J'ai…

Sur ces balbutiements, elle se remet à pleurer.

— Je suis désolé. Je suis désolé, s'excuse-t-il en resserrant son étreinte.

— Ce n'est pas ta faute, sanglote-t-elle. Je te jure que tu n'y es pour rien. Et si…

Jonathan glisse son index sous son menton, espérant qu'elle lève la tête. Sans succès.

— Elisabeth, je me fiche éperdument de ce que tu crois être un obstacle. Je t'assure qu'il y a une solution et je ne te laisserai pas seule pour la trouver.

Sa partenaire pleure de plus belle en resserrant ses bras autour de Jonathan. Après quelques soubresauts passés, elle dirige enfin ses yeux humides vers lui, caresse son visage et dit :

— Nathan, je ne suis pas celle que tu crois.

Jonathan se permet d'embrasser une larme salée qui glisse sur sa joue, puis souffle :

— Je ne suis pas celui que tu penses non plus.

Lorsque Elisabeth ouvre la bouche pour répliquer, Jonathan la fait taire d'un index posé sur ses lèvres.

— Chut ! Tu devrais prendre congé pour la semaine, suggère-t-il en continuant de toucher son visage, doux comme de la soie. Je vais aller me doucher, mais je repasserai te voir avant de me rendre au bureau, si tu veux… Seulement si tu veux.

— Tu peux te laver ici, propose-t-elle en guettant sa réaction. Tu as des vêtements dans ta voiture, non ?

Jonathan ne veut pas s'imposer, mais il meurt d'envie de rester. Peut-être réussira-t-il à en apprendre davantage ce matin. *Mais si elle n'est pas prête à se confier, je patienterai*, se promet-il. Le policier hoche la tête en guise d'approbation. Cette douche sera la bienvenue après sa nuit blanche. Aussitôt, il se lève pour se rendre à son véhicule et revient dans la salle de bain.

Jonathan se détend sous le jet réconfortant depuis environ cinq minutes lorsqu'il ressent une présence derrière lui. Il hésite à se retourner en songeant qu'Elisabeth a peut-être besoin d'un article pour sa propre toilette. Appuyé sur le carrelage, la tête penchée vers l'avant, il focalise son attention sur l'eau qui ruisselle sur son corps et qui dénoue ses muscles tendus. Quand il entend le roulement de la porte de douche, il ouvre les yeux brusquement, déstabilisé. Malgré la présence d'Elisabeth derrière lui, il reste immobile. L'instant suivant, la jeune femme s'avance, pose une main sur son épaule, puis s'approche jusqu'à enrouler ses bras autour de son torse. La simple idée qu'elle puisse être nue le rend fou. Il ne comprend plus rien, mais ce qu'il sait, c'est qu'il ne fera pas ce que n'importe quel homme ferait dans les circonstances. Il saisit la main d'Elisabeth qui est agrippée à ses pectoraux et la porte à ses lèvres. Elle resserre alors son étreinte. Jonathan referme les paupières pour se délecter du corps brûlant de la jeune femme contre le sien. Quand elle parcourt son dos de tendres baisers, il s'efforce d'ignorer les frissons qui le traversent. Après un moment d'hésitation, il se tourne lentement et glisse ses doigts sur la nuque d'Elisabeth pour l'attirer contre lui. Il savoure ce corps sublime qui se liquéfie dans ses bras. La sensation est la plus merveilleuse qu'il ait connue. Cette femme, à la fois sauvage et fragile, qui lui accorde sa confiance, le chamboule. Ses iris azur rivés à ceux de la policière, il reste silencieux à la contempler. Elle dessine les traits de son collègue d'un index curieux. Le cœur galopant, la bouche entrouverte, Jonathan la laisse explorer en continuant de l'observer. Lentement, elle réduit l'espace qui sépare leurs visages. Pendant longtemps, leurs bouches s'effleurent, leurs souffles se mêlent, créant un moment délicieux et sensuel. Graduellement, leurs lèvres se caressent, leurs langues se découvrent, rendant ce baiser le plus délicat, le plus érotique et le plus troublant que Jonathan ait jamais échangé. Il est à la fois confus, heureux et enivré par les sensations qui lui dévorent le corps. Après quelques secondes à le goûter, Elisabeth saisit la nuque humide de Jonathan et devient plus gourmande. Malgré sa fougue naissante, son corps qui tremble indique sans l'ombre d'un doute qu'elle est nerveuse. Ce qui rend son coéquipier encore plus confus. Ainsi, même si la bouche d'Elisabeth est veloutée, suave et délicieuse, Jonathan la repousse gentiment. Il encadre son visage entre ses paumes et plonge ses iris dans les siens dans le but de lui transmettre que ce qu'il ressent est bien au-delà de l'envie charnelle. C'est à ce moment que sans jamais arrêter de le fixer elle saisit la main de Jonathan et la pose sur le galbe de son sein. Il en a tant rêvé, il l'a tant voulu. Pourtant, même s'il se sent devenir fou de désir pour la plus divine femme du monde, il libère sa poitrine, faufile plutôt ses deux bras dans le dos de sa partenaire pour l'attirer de nouveau contre lui, espérant ainsi l'amener à comprendre qu'ils ne franchiront pas cette frontière. Pas maintenant. Pendant qu'Elisabeth incline la tête vers lui, Jonathan effleure son magnifique visage du bout des lèvres en lui soufflant à l'oreille qu'il est amoureux d'elle.

Encore ébranlé par l'étrange rapprochement avec Elisabeth, Jonathan est parti de chez elle avec pour seule envie de revenir au plus vite. Après être resté longtemps sous les jets d'eau devenue froide, il a répété à Elisabeth de prendre congé. Elle a peu parlé durant leur longue étreinte, mais chaque fois elle répétait qu'elle était désolée et qu'elle n'était pas celle qu'il croyait. Il a bien essayé de lui démontrer que, peu importe ce qui n'allait pas, il refusait de la laisser seule pour vivre cette épreuve. Il pensait que rejeter ses avances aurait suffi à la convaincre de ses réelles intentions, mais si la façon d'agir de Jonathan a paru plaire à Elisabeth rien ne semblait la rassurer.

Son esprit étant partagé entre cette enquête sur la jeune Skye Belley et l'état d'Elisabeth, Jonathan a fait ce à quoi il a songé durant la nuit : il a téléphoné à Adam pour obtenir le numéro et l'adresse de Rachel Sullivan. Non seulement cette femme a travaillé pour le centre qui a accueilli Skye, mais en plus elle connaît Elisabeth. Il espère pouvoir s'entretenir avec elle sur les deux sujets. Plutôt que d'annoncer son arrivée, il a opté pour se rendre directement là-bas, souhaitant ainsi qu'elle lui accorde au moins un peu de temps.

Hélas, pendant la route, il a reçu un appel de Mike Besner lui demandant de le rejoindre au bureau. Étant donné que le ton sous-entendait une certaine urgence, il s'y est rendu sans tarder.

Le policier s'installe sur la chaise sous le regard soutenu de son lieutenant. Par chance, c'est sans préambule que ce dernier exprime sa raison d'exiger cette rencontre un dimanche.

— J'ai reçu une plainte, l'informe l'homme en déplaçant une agrafeuse sans raison apparente.

Jonathan en déduit qu'il est nerveux. Pour sa part, le stress vient de descendre d'un cran.

— À quel sujet ? demande-t-il, même s'il se doute que c'est relié à son interrogatoire de Steven Sage.

En attente de la réponse, il s'appuie les reins contre son siège en préparant ses arguments.

— Une plainte contre Elisabeth.

— Elisabeth ? s'étonne le jeune homme, tandis que la panique le submerge sans avertissement.

Voilà ce qui angoisse Elisabeth, décode-t-il aussitôt.

— Elle le sait depuis quand ?

— Elle l'ignore pour le moment.

Fuck !

— Qu'est-ce qu'on lui reproche ? s'enquiert Jonathan, s'attendant au pire.

— Voie de fait contre Rick Holmes, largue Besner sans détour.

Pardon ?

Le policier ne met qu'un instant à comprendre ce qui se passe.

— Trou du cul ! s'exclame Jonathan en se dressant d'un bond sur ses jambes.

— Calme-toi, Jo ! l'intime son supérieur en se levant lui aussi, comme s'il s'apprêtait à devoir intervenir physiquement.

Vieux réflexe de flic, songe Besner. Ainsi, il se réinstalle vite, mais pas avant d'avoir refermé un classeur pour justifier son geste machinal.

— Mike, dis-moi que tu sais que ça ne tient pas la route, exige le policier en arpentant le bureau comme un lion dans une cage.

— Je me doute que si Elisabeth lui a cassé le nez, comme il le prétend, ça devait être mérité.

Jonathan serre la mâchoire si fortement qu'il pourrait se briser les dents. Il se passe les mains dans les cheveux à répétition et termine ses gestes nerveux en se massant les tempes, espérant se réveiller d'un mauvais rêve.

— Jo, j'ai besoin que tu me dises ce que tu sais. Est-ce que tu as vu Elisabeth le frapper ? Holmes prétend que oui.

— Sale con ! fulmine-t-il, avant de se mettre à rire amèrement.

— D'autres affirment avoir aperçu Elisabeth en compagnie de Rick dans le gymnase. Selon leurs dépositions, elle aurait pu être en train de flirter avec lui.

— Bien sûr ! Elle flirtait avec lui, c'est n'importe quoi ! largue-t-il plus fort qu'il l'avait prévu.

Ne voulant pas confirmer qu'il a bien vu Elisabeth frapper son collègue, Jonathan continue de faire les cent pas en riant.

— Rick s'est rendu dans le vestiaire. Quand les autres ont voulu savoir ce qui s'était passé, reprend Besner, il a dit qu'elle a pété les plombs et s'est ruée sur lui sans raison.

— Et tu le crois ? s'étonne Jonathan. Après toutes les plaintes de harcèlement sexuel contre lui, tu le crois ?

— Malgré le nombre important de plaintes, elles sont toutes mortes dans l'œuf, faute de preuves, lui fait remarquer son supérieur. En revanche, Elisabeth a avoué avoir tiré sur le type qui a violé sa nièce à Brighton… ce qui confirme son tempérament impétueux.

— Merde, Mike ! Il avait les mains sur elle, alors qu'elle a refusé à maintes reprises ses avances, sous mes yeux. Oui, elle l'a cogné, et il l'a cherché. J'ai bien failli le faire moi aussi quand je l'ai vu l'agresser.

— Mais tu ne l'as pas fait… et elle, oui.

Jonathan n'arrive pas à croire ce qu'il entend. Elisabeth ne mérite pas une sanction, au contraire. Il sait qu'elle s'en sortirait indemne, mais elle n'a pas besoin de ces complications. Surtout pas maintenant. Déjà fragile, ça l'anéantirait.

— Mike, je te jure qu'elle n'a fait que se défendre. Ce jour-là, je lui ai promis que si elle espérait porter des accusations, je la soutiendrais. Elle a refusé parce qu'elle connaît le fonctionnement et elle sait qu'il s'en est toujours sorti. Dieu sait comment !

— Holmes a affirmé qu'Elisabeth et toi êtes ensemble et que tu la défendrais. Il a cependant pensé que ton sens de l'éthique l'emporterait peut-être.

Pour seule réponse, Jonathan ne trouve qu'à rire comme si c'était la chose la plus drôle du monde, alors qu'il voudrait tuer Holmes s'il l'avait sous les yeux.

— Ce type est vraiment le pire trou de cul que la Terre ait jamais porté, s'esclaffe-t-il en ne pouvant plus s'empêcher de rigoler.

En continuant de marcher d'un côté à l'autre de la pièce, il réfléchit. Au fond, c'est le seul moyen qu'Holmes a trouvé pour se venger de Jonathan. Se venger de quoi ? Il n'en sait trop rien. D'avoir consolé Alicia ? C'est vraiment absurde. Sinon quoi ? Il est jaloux du temps que Jonathan passe avec Elisabeth et il cherche à semer la pagaille ? Possible, considérant qu'il n'est qu'un pauvre imbécile. Quoi qu'il en soit, jamais il ne pourrait gagner cette cause. D'ailleurs, le risque que toutes les accusations contre lui soient soulevées est beaucoup trop grand. Même le roi des cons peut en venir à cette déduction. Plus Jonathan y pense, plus il se dit que tout ça n'est qu'une forme de menace, rien de plus. Il s'immobilise, pivote vers Besner et s'installe les deux mains sur le bureau pour le fixer droit dans les yeux :

— Je te jure que si cette accusation contre Elisabeth sort d'ici, je remets ma démission parce que ce sera la preuve indéniable qu'il n'y a plus de justice dans ce monde de merde.

Sur ces mots lâchés entre ses dents, Jonathan fait volte-face.

— Jo !

Jonathan s'arrête, soupire, puis se retourne lentement vers son lieutenant.

— Je ferai tout mon possible pour épargner Elisabeth, assure-t-il en appuyant sa promesse d'un regard franc.

Le jeune homme balance la tête subtilement en guise de remerciement avant de quitter le bureau de son supérieur.

Depuis son entretien avec Mike Besner, Jonathan tente de se calmer en analysant la situation sous un œil plus objectif. Le manque de sommeil et ses sentiments à l'égard d'Elisabeth ont sans contredit influencé sa capacité à conserver son sang-froid. Il est convaincu que, même si Holmes est le roi des cons, son collègue est conscient qu'il ne peut rien contre Elisabeth. N'empêche, il a beau essayer de se tempérer, l'idée qu'il puisse lui causer des ennuis le met dans tous ses états. Durant la route qui le mène chez Rachel Sullivan, Jonathan inspire et expire tellement qu'au moment de tourner dans la rue qu'il cherche il se sent plus étourdi qu'apaisé.

La maison se trouvant à l'adresse que lui a dictée son ami est modeste, mais bien entretenue. Une dame d'environ soixante ans est justement en train de désherber et de couper des fleurs lorsqu'il se gare. Il se réjouit qu'elle ne puisse pas prétexter être trop occupée pour lui parler. *Les plates-bandes attendront*, décrète-t-il.

Dès qu'il referme la portière de son véhicule, la femme se déplie en se frictionnant le dos. Elle s'éponge le front tout en lui jetant un œil incertain pendant qu'il marche vers elle.

— Madame Sullivan ? Jonathan Serra, enquêteur au *BPD*. Auriez-vous quelques minutes à m'accorder ?

La dame au visage gentil, mais au regard suspicieux, retire ses gants pour saisir le badge du flic. Elle observe tour à tour le cliché et le policier en esquissant un sourire.

— Ça vous ressemble, mais la photo ne vous rend pas justice, dit-elle en le lui remettant.

Tout de suite après, elle enfile ses gants et se penche de nouveau sur ses magnolias.

— Qu'est-ce que vous me voulez ? demande-t-elle, l'air pas du tout intéressé de lui parler.

— Je travaille sur l'enquête du meurtre de plusieurs hommes, lesquels pourraient être reliés à une vieille histoire, dont vous pourriez avoir eu vent, en raison de vos fonctions de psychologue dans un centre de protection des jeunes, largue-t-il d'un seul souffle.

— Vous devez savoir que nos dossiers sont confidentiels et que j'ai besoin de bien plus qu'un badge de policier pour trahir les confidences de ces pauvres enfants.

— Oui, je comprends. J'espérais seulement vérifier si vous aviez connu Skye Belley.

— Vous savez que j'ai parlé à Elisabeth Stevens, non ? demande-t-elle en déposant son sécateur.

— Oui.

— Et qu'est-ce qu'elle vous a dit ? s'enquiert la dame.

— Que vous ne saviez rien de cette histoire.

— Alors qu'est-ce que vous me voulez ? répète-t-elle en tirant avec vigueur sur une herbe récalcitrante.

De toute évidence, il perd son temps. Lui parler d'Elisabeth ne sera pas mieux accueilli. *Aussi bien rebrousser chemin tout de suite*, songe-t-il. Mais savoir ce qui ne va pas chez sa partenaire est la seule façon qu'il pourra l'aider. Devant le silence du policier, la dame se retourne.

— Vous êtes encore là ?

— Vous connaissez Elisabeth depuis longtemps ?

— Pour quelle enquête, cette fois ? Celle du gars amoureux et désespéré ?

Jonathan ne peut s'empêcher de sourire. De toute évidence, elle aussi a vu neiger. La femme bataille de nouveau avec une racine coriace, ainsi Jonathan se permet-il de s'approcher pour l'arracher.

— Elisabeth ne va pas bien et j'aimerais l'aider, dit-il simplement en jetant l'herbe nuisible avec les autres.

Sur ces mots, la psychologue se redresse en grimaçant, se tortille le bas des reins, puis retire encore ses gants. Elle s'assoit sur le muret au-dessus duquel elle était accroupie. Elle décapsule sa bouteille d'eau, en prend une grosse gorgée, puis soupire longuement.

Ensuite, contre toute attente, madame Sullivan explique à Jonathan qu'elle a connu Elisabeth il y a plusieurs années, lorsque ses parents sont décédés et qu'elle a été envoyée au centre où elle travaillait. Elisabeth n'ayant aucune famille et ne voulant pas être adoptée, elle a grandi jusqu'à sa majorité dans cette institution. Elle dépeint une jeune fille studieuse et désireuse de réussir sa vie. Elle avait tout pour y arriver, car elle excellait dans toutes les matières. Comme elles s'étaient liées d'amitié, c'est Rachel qui aidait souvent Elisabeth dans ses études plutôt que les autres intervenantes du centre. Ensemble, elles ont réfléchi à son projet de vie et au parcours scolaire nécessaire pour y accéder. C'est aussi madame Sullivan qui a complété les inscriptions pour le collège.

Jusque-là, tout ce que lui a raconté Adam est confirmé par les propos de cette psychologue, réfléchit Jonathan en observant la dame nettoyer ses cisailles.

— Je connais Elisabeth depuis peu, mais de ce que je comprends, elle s'est assez bien remise du décès de ses parents, même si je me doute qu'il doit bien y avoir des moments où c'est moins facile.

— J'entends une question derrière cette affirmation, monsieur Serra.

Jonathan ramasse un brin d'herbe qu'il fait rouler entre son pouce et son index.

— Qu'est-ce que vous voudriez savoir ? reprend la dame en plantant ses yeux marron dans ceux de son visiteur.

— Vous êtes son amie, vous pourriez m'indiquer comment la soutenir. Je sais que vous lui avez parlé hier… Le travail est prenant ces jours-ci, et avec son déménagement, c'est peut-être trop. Elle est possiblement seulement fatiguée… mais je me demandais s'il n'y a pas autre chose… A-t-elle un passé de dépression ? hasarde-t-il.

— Non. J'ai connu une adolescente forte et déterminée, ensuite une adulte travaillante et accomplie. Elle a bien eu un moment de faiblesse avant sa mutation, mais ce n'est certainement pas moi qui la condamnerai pour avoir tiré sur cette ordure, marmonne-t-elle en balançant la tête. Si vous voulez mon opinion, il ne méritait pas mieux.

— On est tous du même avis, mais justement, c'est possiblement ce qui rend le boulot difficile. C'est toujours ardu de demeurer insensible devant ces victimes d'agression sexuelle, et je crois savoir que, pour Elisabeth, ce l'est encore plus. Elle pense que les hommes sont tous des monstres.

— Je vous ai dit tout ce que je savais, monsieur Serra, riposte-t-elle sèchement en se levant. Si vous voulez l'aider, continuez d'être celui que vous êtes. C'est de ça qu'elle a besoin, d'un homme gentil avec elle.

Le policier comprend que la conversation est close et qu'il devra amener Elisabeth à parler à force de patience. Après avoir remercié la dame pour son temps, Jonathan chausse ses verres fumés et marche lentement vers le camelot qui arpente le trottoir. Il l'intercepte pour prendre le journal et le remettre lui-même à madame Sullivan. À la une, il y a une photo des trois hommes qui ont été tués, Scott, Collins et Cohen, en plus de celle de Philip Belley. « Ces quatre décès pourraient être reliés », titre le quotidien.

Fuck!

Il remet néanmoins le journal à la psychologue, laquelle pointe vaguement la couverture du menton.

— Vous avez une piste ?

— J'espérais en trouver une ici, avoue Jonathan. Vous avez connu un de ces hommes ?

— Non, Dieu merci… pas personnellement, ajoute-t-elle en marmonnant, au moment où il tourne les talons.

Jonathan aussi est heureux de ne pas les avoir rencontrés.

Assis dans son véhicule, Jonathan se risque à téléphoner à Elisabeth. Il obtient sa boîte vocale. Il souhaite que ce soit parce qu'elle a décidé de rester au lit et de ne pas prendre ses appels. Il consulte ensuite sa messagerie et trouve enfin un courriel de Katrine Anglehart.

> Voici la seule photo que j'ai pu dénicher permettant de voir le visage de Skye. La résolution n'est pas géniale, mais je la conserve pour vous, si vous voulez la récupérer. Je continue à fouiller...

L'image met un temps fou à télécharger sur son téléphone. En attendant, il observe la psychologue qui lui jette des coups d'œil occasionnels. Il sent que la femme lui cache des informations, mais comme elle souhaite protéger la vie privée d'Elisabeth, il n'arrive pas à être fâché. Il repense au titre du journal. Il ferait mieux de s'attarder à cette enquête au plus vite. Il devrait sûrement aller trouver Jeff Belley lui-même. Elisabeth n'est pas en état de rencontrer ce type. Déjà ébranlée, il lui serait normal de s'énerver encore.

Lorsque l'image s'affiche finalement sur son écran, Jonathan sent une pointe de déception le gagner. La photo a été prise de loin et on distingue mal les traits de la jeune fille. On voit néanmoins que l'adolescente a de longs cheveux châtains et paraît grande pour son âge. *À moins que ce soit les deux autres qui soient petites*, réfléchit-il en cherchant un point de repère pour le confirmer. Sur ce cliché, Skye est souriante et semble heureuse. En l'agrandissant, il perd la résolution et son visage devient flou. Pourtant, il croit reconnaître des yeux familiers.

Assez, Jo! Pourquoi ne peux-tu rien faire sans avoir sans cesse l'image d'Elisabeth qui s'immisce partout? se dispute silencieusement le policier. Soudain, il repense à ce que madame Sullivan lui a dit au sujet des hommes sur le journal, elle a prétendu ne pas les connaître «personnellement». Ainsi, elle les connaissait ou, du moins, elle a entendu parler de cette histoire. Il jette une autre œillade à la dame qui continue de nettoyer ses plates-bandes en songeant qu'il devrait peut-être insister. Il sent qu'il pourrait obtenir quelque chose d'elle. Un nouveau message entre sur son téléphone. Il est encore de Katrine Anglehart.

Celle-ci est beaucoup plus claire.

Excité, Jonathan ouvre le fichier qui met à nouveau un temps anormalement long à télécharger. Il pianote avec impatience sur son volant en attente de l'image. Lorsque le cliché apparaît enfin, son cœur s'arrête.

FUCK! Je le savais! Je le savais! Fuck! Fuck! Fuck! rage-t-il en écrasant son poing sur le tableau de bord.

Cette idée a bien effleuré son esprit, mais il l'a repoussée, jugeant que c'était irrationnel et digne d'un homme obsédé. Paniqué, Jonathan active la touche permettant de recomposer le numéro d'Elisabeth. La boîte vocale s'enclenche encore.

— Je t'en prie, rappelle-moi vite. Jeff Belley a été arrêté, inutile d'aller chez lui, ment-il.

Après avoir rompu la communication, il est pris de nausée. Il ignore ce qu'il devrait faire, se rendre à la rencontre d'Elisabeth pour la serrer dans ses bras ou aller chez Jeff Belley pour lui éclater la cervelle.

19

Si le juge était juste, peut-être que le criminel
ne serait pas coupable.
FIODOR DOSTOÏEVSKI

Armé de son téléphone, les mains tremblantes, la vision embrouillée par la colère, Jonathan sort de son véhicule et se précipite vers Rachel Sullivan. Sans préambule, il tourne son cellulaire vers elle et largue bêtement :

— Vous pouvez m'expliquer ça ?

Après avoir vaguement levé les yeux vers l'écran, sans lui répondre ni lui prêter un regard, la dame retire ses gants et marche vers la maison calmement en l'invitant à la suivre d'un mouvement de tête.

— Vous aimez le café ? demande-t-elle dès qu'ils accèdent à l'intérieur de la résidence.

La maisonnée est accueillante et tout aussi bien entretenue que l'extérieur. Jonathan jette un œil vers une bibliothèque de bois clair et bien garnie au salon. Son attention bifurque rapidement vers les cadres qui tapissent un mur.

Il observe un cliché d'Elisabeth lorsque la psychologue revient vers lui les mains chargées d'un plateau de service.

Sur cette photo, sa coéquipière doit avoir environ vingt et un ans, selon son évaluation. Elle discute avec des gens plus âgés, assis autour d'un copieux repas. Ses cheveux sont beaucoup plus longs, elle est souriante et radieuse. Magnifique, en vérité.

— C'était lors d'un souper pour mon anniversaire, explique Rachel Sullivan en déposant les boissons chaudes sur la table basse.

Sur l'image suivante, Elisabeth porte sa toge ainsi que son mortier et tient le diplôme qui en a fait la policière qu'elle est devenue. La psychologue le sort de sa contemplation.

— Je savais que vous viendriez me voir, commence-t-elle en s'asseyant sur une bergère devant le canapé sur lequel elle invite Jonathan à s'installer. Elisabeth m'a beaucoup parlé de vous. Elle a prétendu que vous étiez l'exception à la règle, sourit-elle. Je suis heureuse qu'elle vous ait trouvé.

Intrigué, Jonathan lève les yeux vers la dame en quête d'explications.

— Elisabeth demandait rarement de l'aide pour ses devoirs, sauf en français. En grammaire, devrais-je dire. Vous savez, toutes ses règles à retenir ? Ça la faisait rire lorsque je lui répondais : « Tu as raison, mais cette fois, c'est l'exception qui confirme la règle, ma chérie. » C'est devenu une blague entre nous. Elle observait sa phrase et lâchait : «Je suppose que c'est l'exception à la règle ? » Vous avez soulevé plus tôt qu'Elisabeth croit que tous les hommes sont des monstres. C'est vrai, mais peu de temps après vous avoir rencontré elle a affirmé qu'elle avait trouvé l'exception à la règle des hommes.

Jonathan fixe la psychologue, incertain de savoir s'il doit être heureux ou enragé par cette déclaration. Cherchant ses mots, il joue avec le bracelet de sa montre.

— Madame Sullivan, s'il vous plaît, expliquez-moi comment Skye Belley est devenue Elisabeth Stevens, exige-t-il en massant sa paume moite d'un pouce hyperactif.

La femme tourne les yeux vers la fenêtre d'où filtre la lumière du jour. Jonathan patiente en observant les particules de poussière qui dansent dans le faisceau blanc. Une éternité paraît s'être écoulée lorsque la psychologue parle enfin.

— Skye venait d'avoir douze ans lorsqu'on l'a amenée au centre. Elle a été retirée de chez son père après avoir agressé un garçon à l'école. Personne n'avait d'explication à son comportement, qui ne ressemblait en rien à l'adolescente joyeuse, intelligente et aimée de tous qu'elle était. Une chose ne laissait aucun doute, un événement déterminant l'avait transformée. Une enfant ne sombre pas dans un mutisme complet du jour au lendemain sans raison. Son père n'avait aucune justification à nous fournir quant à l'état de sa fille. Il a prétendu qu'elle s'était réveillée un matin avec des maux de ventre, en suggérant qu'elle avait peut-être ses menstruations. Il a excusé ses absences à l'école, mais l'a forcée à y retourner après deux jours. Il a reçu des appels d'une enseignante inquiète de la nouvelle attitude de Skye, mais Jeff Belley a juré ne pas savoir ce qui avait pu se produire. Je vous épargne les détails inutiles, mais de fil en aiguille nous avons décidé de nous rendre sur les lieux. L'état de Skye le justifiait, vous comprenez? Lorsqu'une intervenante s'est entretenue avec elle, Skye refusait de parler, mais quand la travailleuse sociale lui a proposé d'aller vivre ailleurs, son visage s'est illuminé et une larme a glissé sur sa joue. Nous n'avions aucun doute qu'on devait la sortir de là, sans pour autant savoir pourquoi.

Jonathan a du mal à se concentrer sur ce que madame Sullivan lui explique si calmement. Il a la gorge sèche et les poings serrés, et la rage lui écrase le cœur.

— Skye ressemblait à une bête sauvage la première fois que je l'ai vue, reprend la psychologue. Elle était aussi belle que sur la photo que vous m'avez montrée, mais de toute évidence elle était brisée. Elle n'avait pas mangé depuis plusieurs jours quand je lui ai parlé et je ne suis pas certaine qu'elle avait dormi non plus. Pendant trois longs mois, elle n'a plus parlé. Pas un seul mot.

La psychologue observe le policier en retirant la petite cuillère de sa tasse à café. Elle remarque le trouble qu'il n'arrive plus à cacher.

— J'ai besoin d'un verre d'eau, dit-elle soudain. Vous en voudriez un ?

Jonathan hoche par l'affirmative, même s'il sait qu'elle espère seulement lui laisser le temps de se ressaisir. Mais pendant la minute qu'elle est absente, il imagine Elisabeth, adolescente, toute menue, comme sur la photo, se faire violer par cinq brutes. C'est impensable. Insoutenable. Il tente de chasser de son esprit les images toujours présentes de ce qu'Alicia a subi par Damian Scott. Sa sauvagerie lui paraît encore plus insupportable lorsqu'il pense que ce salaud s'en est pris à Elisabeth qui n'avait que douze ans ! Comment a-t-elle pu survivre à une telle agression ? Quand madame Sullivan revient, Jonathan l'autorise à continuer d'un battement de cils qui fait rouler une fine gouttelette sur sa joue. Elle pose un regard doux empli de compassion dans celui du jeune homme avant de poursuivre.

— J'ai épuisé toutes les techniques possibles pour l'amener à s'ouvrir. En vain. Un jour, découragée, sans trop y croire, je me suis mise à lui expliquer que la seule façon de se sentir mieux était de s'exprimer. Je lui ai répété que ce n'était pas nécessaire que ce soit à moi qu'elle révèle l'objet de sa souffrance et que ça ne devait pas obligatoirement se faire verbalement. Je lui ai alors soumis la possibilité d'écrire dans un journal. En guise d'exemple, j'ai soulevé les vétérans de la guerre qui reviennent avec des troubles de stress post-traumatique. Je lui ai cité des tas de cas dont j'avais entendu parler. J'espérais ainsi qu'elle comprenne que c'était réellement important de se libérer. La seule façon de se sentir mieux était d'extérioriser l'événement, ai-je insisté à maintes reprises. Dans un ultime argument, j'ai juré que, si elle acceptait de se confier, jamais je ne dévoilerais son secret. Et c'est à ce moment, après trois mois de silence, que Skye a murmuré ses premiers mots: « Ils étaient cinq. »

Rachel Sullivan termine son récit pendant lequel elle a raconté à Jonathan la version horrible à laquelle elle a eu droit de la bouche de Skye Belley, maintenant devenue Elisabeth. Sa Elisabeth. Sans trop s'attarder sur les détails, la psychologue a expliqué comment elle a vécu le viol de ces cinq hommes, qui lui ont volé sa vie.

— Même si j'étais révoltée et que j'aurais voulu traîner ces ordures devant les tribunaux et les enfermer pour le restant de leurs jours, j'avais promis.

— Mais vous auriez pu, vous auriez dû les dénoncer !

Jonathan fait les cent pas dans le salon, soupire sans arrêt et tire ses cheveux à deux mains. Il y a longtemps qu'il a cessé de se soucier de son manque de professionnalisme.

— Dites-moi, monsieur Serra, si vous aviez eu devant vous une enfant d'à peine douze ans, brisée, qui n'a personne dans la vie, ni frère, ni sœur, ni mère, ni famille du côté maternel ou paternel, sauf bien sûr son père et son oncle qui l'ont trahie de la pire façon qui soit, auriez-vous dévoilé à quiconque le lourd secret qu'elle venait de vous raconter ? Auriez-vous trahi cette confiance qu'elle vous accordait ?

Jonathan se laisse choir sur le canapé sans confirmer ce que la psychologue sait de toute façon.

— N'empêche qu'un autre problème se posait, continue la dame. Je craignais qu'elle soit enceinte ou que l'un de ces monstres lui ait refilé une cochonnerie. Alors je l'ai convaincue de me laisser prendre des prélèvements sanguins en expliquant que sa santé en dépendait. Elle a affirmé qu'elle avait vu plusieurs préservatifs souillés dans sa chambre quand elle a rangé le lendemain. Par ailleurs, son père aurait intimé les hommes, je le cite, « de ne pas la foutre enceinte ». Bref, Skye a accepté les prélèvements à la condition que je garde son secret. Dieu merci, tous les tests se sont révélés négatifs. J'ai aussi voulu savoir si elle avait été blessée pendant l'agression. Vous comprendrez que trois mois s'étaient écoulés et que, même si elle a avoué avoir eu des déchirures qui ont guéri au cours des semaines, son utérus aurait pu être endommagé sans nécessairement la faire souffrir. Outre les séquelles psychologiques, elle paraissait se porter assez bien physiquement, mais j'avais besoin de savoir si elle pourrait avoir des enfants un jour, même si je me doutais bien qu'on n'en était pas là... et que ce jour ne viendrait possiblement jamais. Enfin ! Pour la convaincre, je lui ai mentionné qu'elle pourrait être vue par une infirmière en prétextant vouloir prendre la pilule contraceptive parce qu'elle avait maintenant des relations sexuelles. Je suis encore surprise aujourd'hui qu'elle m'ait de nouveau fait confiance.

Jonathan fixe ses pouces qui font des mouvements circulaires sur ses paumes sans autre but que de passer sa nervosité qui ne cesse de grandir. Il repense à la réaction d'Elisabeth lors du témoignage de Leyla, puis son visage défait en apprenant qu'elle ne pourrait jamais avoir d'enfant. L'intensité mise dans la recherche du violeur de cette jeune fille prend tout son sens. Sa réaction face à l'homme de Brighton qui a violé sa nièce de quinze ans aussi. Et l'accueil qu'elle a fait aux avances de Rick Holmes ou encore la rapidité et la précision de ses gestes quand il s'en est pris à elle physiquement.

— Dites-moi ce qui est à l'origine de son changement d'identité, reprend Jonathan d'une voix qui lui semble extérieure à la sienne.

— Pendant son séjour au centre, Skye et moi avons parlé de ce qu'elle voulait faire dans la vie. Son objectif était clair : venir en aide à des gens ayant vécu des événements semblables. Elle avait tout le potentiel pour pratiquer n'importe quel métier, alors il n'en revenait qu'à elle de choisir. Elle a longtemps hésité entre le travail d'avocate et celui de policière. Elle a exercé le droit un moment, mais trouvait frustrant de demeurer en arrière-scène. Elle a donc opté pour l'action. Je me doutais que ce serait difficile, mais d'un autre côté elle allait bien et elle était si forte et déterminée, explique la psychologue, que j'ai pensé que ça irait. Ainsi, je l'ai encouragée vers ce qu'elle espérait. Cela dit, elle et moi avions tissé des liens serrés pendant son long séjour au centre. Un jour, quelques mois avant son départ, elle m'a demandé comment j'aurais nommé ma fille si la vie m'avait offert ce cadeau. Sans hésitation, j'ai répondu qu'elle se serait prénommée Elisabeth. Plus tard, au moment de son inscription au collège, Skye m'a annoncé vouloir changer d'identité pour l'aider à tourner la page officiellement sur son passé. Elle m'a demandé si elle pensait qu'Elisabeth Stevens serait un bon choix, Stevens étant le nom de fille de sa mère.

À ces mots, la psychologue saisit un mouchoir pour éponger une larme qui s'est échappée.

— Bien sûr, Skye était la fille que je n'avais jamais eue et moi, la seule personne dans sa vie, alors inutile de préciser que sa décision me touchait. Plus que vous l'imaginez. Vous devinez la suite, j'ai préparé tous les documents nécessaires pour procéder légalement à son changement de nom. Ce n'est pas une procédure si simple, mais j'ai utilisé mes relations, admet-elle. Tout s'est conclu le 1er août. Depuis, nous célébrons l'anniversaire d'Elisabeth ce jour-là. Comme vous vous en doutez, le 6 septembre n'est plus une journée de réjouissance pour elle.

— Est-ce que…

Le policier s'interrompt un moment, le temps de replacer ses pensées.

— Vous me décrivez une jeune fille qui s'en est assez bien sorti dans les circonstances. Aujourd'hui, je vois une femme forte, mais fragile à la fois. Je devine facilement qu'elle n'a jamais eu d'hommes dans sa vie, mais qu'en est-il du reste ? Que s'est-il passé entre hier et maintenant ?

La psychologue prend une gorgée de café et réfléchit longtemps avant de répondre.

— Je crois que, d'un point de vue extérieur, la plupart des gens ne pouvaient savoir l'abus qu'elle a vécu. Elle a poursuivi ses études en se concentrant sur la réussite, évidemment, mais elle avait des copines. Et contrairement à ce que vous pensez, Elisabeth s'est risquée à fréquenter des hommes ; deux, précise-t-elle. Du moins, pour ce qu'elle m'en a dit. Le premier lorsqu'elle avait dix-neuf ans. Vous comprendrez que les rapprochements intimes représentaient un défi important pour elle. Et un garçon de cet âge ne raisonne pas toujours avec sa cervelle, rigole-t-elle. Ainsi, après deux occasions un peu bâclées, Elisabeth a fait avorter la relation, annonce-t-elle en prenant une autre gorgée de café. Plus tard, du temps qu'elle pratiquait le droit, elle a rencontré un type qui était amoureux d'elle. C'était un homme moins populaire auprès de la gent féminine, pas nécessairement séduisant, mais il était délicat. Même si Elisabeth n'en était pas follement amoureuse, elle l'admirait pour ses qualités professionnelles et, surtout, elle se savait respectée. Ils sont sortis ensemble pendant près d'un an. Elle ne m'a jamais raconté tous les détails, mais je sais qu'ils avaient des rapprochements intimes et que, aussi étonnant que ça puisse sembler, elle vivait ces contacts de manière satisfaisante pour l'essentiel. Un jour, elle a décidé de rompre parce qu'elle se sentait malhonnête de ne pas partager les mêmes sentiments.

Jonathan se sent soudain mal à l'aise d'entendre ces confidences, mais une part de lui est rassurée d'apprendre qu'elle a eu un temps de normalité relative dans le chaos de sa vie. Sous les jets de la douche ce matin, il savait instinctivement qu'il ne fallait pas céder, qu'il devait étouffer son désir pour préserver le moment de leur premier rapprochement, mais c'était sans savoir. Jamais autant qu'aujourd'hui il n'a été aussi heureux de ne pas s'être laissé emporter par ses pulsions primaires.

Jonathan en connaît plus que nécessaire sur le passé de celle dont il s'est épris au cours des dernières semaines, mais le plus important reste à venir. Même s'il déteste aborder le sujet, il le doit.

— Madame Sullivan, vous savez comme moi que les noms de tous ces hommes, dit-il en pointant le journal de la main, sont reliés à Skye, et donc à Elisabeth. Que vous en a-t-elle raconté? s'enquiert-il d'un regard empreint d'inquiétude.

— Honnêtement, rien. Mais je ne suis pas aveugle, je vois qu'elle ne va pas bien.

— Vous en pensez quoi? demande-t-il sans oser poser la question fatidique.

— Probablement que, comme vous, je refuse d'y croire. Ça me paraît impossible, Elisabeth est une âme pure, un ange descendu du ciel. Pourtant, je ne vois pas qui d'autre pourrait avoir commis ces meurtres sans y laisser d'indices. D'autant plus que personne n'était au courant.

Jonathan ferme les yeux, comme si ces mots pouvaient disparaître, comme si ignorer ces paroles pouvait ne pas incriminer la seule femme qu'il n'ait jamais voulue pour partenaire de vie. Pour chasser l'émotion qui s'empare de lui, il respire profondément. N'arrivant plus à cacher son désarroi, il se lève d'un bond, décrétant du même coup qu'il en a assez entendu. Son hôtesse comprend alors que le policier doit maintenant procéder à l'arrestation de celle qu'elle a tant souhaité protéger.

— Monsieur Serra, dit madame Sullivan en marchant vers la sortie. Vous pourriez me promettre une chose ?

L'enquêteur lève les yeux vers la psychologue pour l'inviter à poursuivre.

— Je suis consciente que vous devez effectuer votre travail et je sais que cette affaire est médiatisée, mais je sais aussi que vous êtes un homme bon... Alors je me risque à demander : au moment de procéder à son arrestation, serait-il possible de l'épargner ? Elle a déjà subi beaucoup et, malgré ses gestes, je ne crois pas qu'elle mérite d'être humiliée plus qu'elle l'a été.

Jonathan prend un instant pour organiser ses idées. Il plonge son regard azuré dans celui inquiet de la femme avant de répondre.

— Qui a parlé d'arrestation ? Vous avez conservé son secret pendant vingt longues années. J'assurerai la relève pour le restant de sa vie.

20

Les souvenirs en général ne sont jamais exempts de souffrance.
GAO XINGJIAN

Bien qu'il ne soit pas midi, Jeff Belley en est déjà aux trois quarts de son flacon de whisky. Les yeux rougis, il fixe l'écran de son téléviseur depuis une trentaine de minutes sans l'apercevoir. Depuis la mort de sa femme, rien n'a plus jamais été pareil. Lorsqu'il avait encore une famille, il ouvrait une bonne bouteille de vin le samedi soir pour faire plaisir à son épouse. Assis devant un repas savoureux, il se délectait de son image en songeant qu'il était l'homme le plus choyé de la Terre. Puis, tout a basculé quand le cancer l'a emportée presque du jour au lendemain. Les premiers temps, il est demeuré fort pour leur fille unique. Mais la journée des funérailles, une fois que tout le monde a été parti, il a débouché une bouteille de vin en espérant revivre, à sa manière, les doux moments passés avec sa désormais défunte épouse. Les jours difficiles se sont cumulés, puis les semaines et les mois. Avant longtemps, Jeff Belley buvait une, deux, parfois trois bières avant le souper. Ensuite, il ouvrait sa bouteille de vin pour accompagner son repas. Il percevait dans les yeux de Skye qu'elle n'aimait pas le voir ainsi. C'était elle la plus forte des deux ; elle rangeait derrière lui et trouvait le bonheur dans les petits moments quotidiens, même si sa mère lui manquait beaucoup, à elle aussi. Il n'était plus le père qu'il avait été, mais faisait des efforts pour sa belle Skye, le centre de son univers, le rayon de soleil dans sa triste vie.

Or, un soir de beuverie, il a fallu qu'il commette l'impardonnable, l'irréparable. Il est fautif, il le sait, mais il n'a jamais cessé d'en vouloir à Damian Scott pour l'avoir incité à agir comme un animal. Il songe souvent que, sans la coke, il n'aurait pas cédé aux pressions. Il a flanché par crainte de passer pour un lâche et, pourtant, c'est exactement ce qu'il a été, un lâche de la pire espèce. Quel homme est incapable de se tenir debout pour défendre son enfant, pour protéger son bébé, sa seule raison de vivre ? Pas une journée ne s'est écoulée sans qu'il revoie le visage terrorisé qu'affichait sa fille pendant l'agression. Il lui arrive souvent durant son sommeil d'entendre les supplications et les pleurs de désarroi de Skye, qui ne comprenait pas comment son propre père pouvait faire une chose semblable. Lui-même n'arrive toujours pas à concevoir ce qui a pu se passer dans son esprit. Chaque jour, il s'enlise un peu plus dans son alcoolisme et, chaque nuit, il revit cette horrible soirée par les images qui lui reviennent avec de plus en plus de force, malgré ses efforts pour les chasser.

Quand son frère Philip lui a téléphoné pour lui annoncer que Damian Scott s'était fait buter, il a ouvert une bonne bouteille de whisky pour célébrer l'événement. Peu de temps après, il a su que David Collins avait connu le même sort dans des circonstances un peu similaires. C'est à ce moment qu'il a compris que quelqu'un savait. Plutôt que de paniquer comme son frère, il s'est à nouveau réjoui, heureux que justice soit faite. Il ignorait qui et comment cette personne savait et surtout pourquoi elle avait mis autant d'années à se manifester, mais il espérait que ces deux décès amènent un sentiment de réconfort à sa fille où qu'elle soit. Il ne l'a jamais revue et n'a jamais même eu le courage de la chercher. Mais chaque jour de sa vie, il prie pour que sa belle Skye s'en soit remise, même si dans son for intérieur il se doute qu'une chose semblable est utopique. Il songe parfois qu'il aurait été préférable de la tuer que de la laisser vivre avec ce souvenir épouvantable.

Ce n'est que lorsqu'il a appris le meurtre d'Axel Cohen, ce type qu'il n'a vu qu'une seule fois dans sa vie, le soir où le drame s'est produit, qu'il a vraiment pensé que cette personne venue se venger pouvait être sa fille. Jamais au grand jamais il n'aurait cru que sa douce et gentille Skye puisse blesser qui que ce soit, si ce n'était du prénom qui a circulé : Katriana. Ce prénom, il l'a entendu deux fois, dernièrement au bulletin télévisé, et il y a vingt ans, de la bouche d'Isabella, l'amie de Skye. Au moment où les filles s'amusaient et que les éclats de rire fusaient, il avait étiré l'oreille. Le trio d'adolescentes simulait le rôle d'une femme fatale. Il ne se souvient pas de tous les détails, mais il a la certitude de l'avoir entendu. Lorsque la lectrice de nouvelles l'a prononcé et, surtout, relié aux meurtres de ces trois hommes, il a su que ce ne pouvait pas être un hasard. Dès lors, il a compris que ses jours étaient comptés et, dès cet instant, un plan a germé dans son esprit.

Elisabeth est assise dans sa voiture, garée devant la maison familiale, dans laquelle elle n'a pas mis les pieds depuis vingt années. C'est la troisième fois qu'elle vient en une semaine, mais chaque fois le courage l'abandonne au moment d'entrer. Elle savait que Jeff Belley était à l'extérieur de la ville pour une série de conférences. C'est à cet endroit qu'elle avait prévu aller le retrouver. Elle avait élaboré une mise en scène pour attirer son père, comme elle l'avait fait pour les autres, mais les plans ont changé après le suicide de Philip Belley. Si elle veut être honnête, elle doit s'avouer qu'elle est heureuse de ne pas avoir eu à abattre son oncle, mais d'un autre côté toute cette enquête se bouscule depuis ce décès. Sa tante a dévoilé des informations à Jonathan qui lui permettront de faire les liens, s'il n'est pas déjà trop tard. Jonathan sait probablement qu'elle est ce monstre qui s'est déchaîné le jour où ce salopard a osé la narguer d'avoir violé sa nièce sans se faire prendre. Ce jour-là, elle a compris qu'elle ne pourrait ignorer plus longtemps la rage qu'elle étouffe depuis des lustres. Malgré le visage de ses agresseurs qui venaient souvent la hanter, elle a tant essayé de semer le bien autour d'elle, d'aider les victimes et de croire qu'une justice existe. Mais jour après jour elle se bute à la réalité du système judiciaire défaillant et à cette culture du viol présente partout dès qu'elle met le pied hors de chez elle.

Pendant près de vingt ans, elle a réussi à refaire sa vie. Enfin, plus ou moins, mais pour l'essentiel elle est parvenue à ressembler à une personne normale, même si elle survit plus qu'elle ne vit. Elle demeurait persuadée qu'elle s'en sortirait un jour. Elle a cru aux paroles de Rachel, qui lui répétait sans cesse qu'elle finirait par être amoureuse d'un homme bien avec qui elle voudrait avoir des enfants. Or, il a fallu qu'il se pointe trop tard. Au moment, où elle avait déjà commis des gestes irréversibles.

Au fond, elle ne se sent pas si coupable de les avoir tués. Selon elle, il ne méritait pas mieux. La seule chose qu'elle regrette vraiment, c'est de décevoir Rachel qui n'a jamais cessé de croire en elle. Cette femme si bienveillante qui a tout mis en œuvre afin qu'elle retrouve une existence normale. Et elle déplore aussi de blesser Jonathan, cet homme gentil et sensible qu'elle a attendu toute sa vie. Elle sait qu'il sera dévasté d'apprendre qu'elle est cette folle, cette meurtrière. Elle a honte qu'il découvre la vérité sur son passé, mais surtout ce qu'elle a fait. Ces dernières semaines, hier et surtout ce matin, elle essayait de s'imaginer ce que sa vie aurait pu être avec lui, si seulement elle l'avait rencontré ne serait-ce qu'une semaine plus tôt. Mais le jour où elle l'a vu arriver avec ses deux cafés, son regard tendre et sa galanterie évidente, il était déjà trop tard. Deux jours trop tard.

La vie a un sens de l'humour noir, songe-t-elle.

La sonnerie de son cellulaire retentit à nouveau. C'est encore Jonathan. Elle sait qu'il s'inquiète pour elle, il lui a téléphoné souvent et, chaque fois, elle a laissé la messagerie s'enclencher. Si ce n'était qu'elle craint que l'entendre l'incite à changer d'idée, elle écouterait sa voix pour se calmer. Jonathan a cette sonorité apaisante qui la berce. Il a cette douceur dans le regard qu'elle a tant recherchée chez un homme. Même lorsqu'elle s'est offerte à lui, il n'a pas abusé de la situation. Il l'a caressée comme si elle était une poupée de porcelaine, embrassée avec une délicatesse incspérée, réconfortée de la manière dont elle en a toujours rêvé. Pour la première fois de sa vie, elle avait réellement envie qu'un homme lui fasse l'amour, car elle savait qu'avec lui ce serait différent.

Mais maintenant, il est trop tard, se répète Elisabeth en essuyant les larmes qui ruissellent sur ses joues. D'ailleurs, elle ferait bien de s'y mettre avant que Jonathan arrive. C'est plus difficile de se retrouver dans la maison familiale ; elle aurait préféré un endroit neutre, mais l'important, c'est d'en finir au plus vite. Ainsi, sans plus réfléchir, elle saisit son flingue, sort de son véhicule et marche d'un pas lent vers la maison où elle a grandi pendant douze années. Sauf pour les arbustes maintenant matures, rien n'a réellement changé, observe-t-elle.

Son cœur bat à une vitesse jamais égalée. Elle n'était pas si nerveuse pour les autres. Peut-être un peu plus pour Damian Scott qu'elle détestait en particulier. Elle craignait tellement de ne pouvoir s'arrêter de le cribler de balles qu'elle s'était sentie stressée à son arrivée. Pourtant, tout s'était déroulé comme elle l'avait planifié. Aujourd'hui, elle n'a pas de personnage sous lequel se cacher, c'est possiblement ce qui rend l'acte plus difficile. Dès qu'il la verra, son père la reconnaîtra, ça ne fait aucun doute. Elle a grandi, mais elle n'a pas tant changé. D'ailleurs, le fait que ce soit son père qui s'apprête à recevoir cette balle y est sûrement pour quelque chose dans son agitation, réfléchit-elle en montant les marches menant à la maison.

C'est d'une main tremblante qu'Elisabeth ouvre la porte d'entrée.

Jonathan roule à une vitesse exagérément élevée. Il ne cesse de téléphoner à Elisabeth et, chaque fois, se heurte à sa boîte vocale. Il voudrait se rendre chez elle, mais il ne doit pas perdre de temps. De toute manière, il est maintenant persuadé qu'elle n'y est plus. Si son appréhension se concrétise, il la trouvera chez Jeff Belley. Il espère tellement se tromper : il rêve de s'imaginer le pire à tort. Bien sûr, elle demeurera brisée à jamais, et rien ne pourra réparer ce que ces bêtes lui ont fait, mais au moins il n'aurait pas à trouver une solution pour lui éviter la prison à vie. Elle a subi suffisamment d'épreuves sans finir ses jours de cette façon, mais… Comment cacher les gestes qu'elle a posés ? Depuis qu'il a quitté la résidence de Rachel Sullivan, il cogite à une stratégie pour que la vérité ne soit jamais connue. Bien sûr, jusqu'ici, les policiers n'ont aucune piste. Pas d'ADN, pas de témoin, rien. Mais maintenant, Jeff Belley pourra être relié à Elisabeth, puis aux autres meurtres. Il y a aussi l'ex-femme de Philip Belley ; si elle voit Elisabeth, elle la reconnaîtra et elle sait ce qu'ils lui ont fait. Tout ça lui paraît perdu d'avance.

Pourquoi, Elisabeth ? Pourquoi ?… Non !

Il s'en veut de juger, car au fond il comprend qu'elle n'en avait plus rien à faire des conséquences. Comme l'a soulevé Gilbert O'Reilly, Katriana voulait parvenir au bas de la liste, rien de plus. Tellement de choses s'éclaircissent à présent. Voilà pourquoi Elisabeth ne cessait de répéter qu'elle était désolée. Voilà pourquoi elle prétendait ne pas être celle qu'il croyait. Voilà pourquoi elle a affirmé à Evelyn qu'elle aurait voulu rencontrer Jonathan avant. Toute cette souffrance qu'il lisait en elle, il peut l'expliquer maintenant.

— *Fuck!* rage-t-il en écrasant violemment son poing sur le tableau de bord.

Tout le casse-tête se met en place, mais Jonathan souhaiterait jeter des pièces pour que personne ne découvre jamais ce que l'image renfermait.

Après un cliquetis, la porte s'ouvre dans un grincement. Les rideaux fermés et les lumières éteintes rendent la pièce sombre, mais Elisabeth reconnaît l'espace familier. Tout est identique, sauf peut-être pour le désordre et la puanteur. Dans ses nombreuses tentatives pour se rappeler les bons moments, elle s'imaginait parfois revenir à la maison et être accueillie par les émanations sucrées des petits gâteaux de sa mère. Aujourd'hui, son sourire chaleureux n'est pas au rendez-vous, ni les effluves de nourriture réconfortante. L'odeur de pourriture lui monte au nez alors qu'elle avance vers la cuisine, ce qui laisse croire que les poubelles n'ont pas été sorties depuis longtemps. Elisabeth n'est pas si étonnée de découvrir l'évier bondé de vaisselle sale et des dizaines de bouteilles de bière recouvrant le comptoir, car c'était souvent elle qui s'acquittait de ces tâches. Son père buvait déjà beaucoup à l'époque, du moins après le décès de sa mère. Avant, il était un autre homme.

La policière s'avance vers le salon où les mêmes photos qu'autrefois meublent l'étagère. Une première de ses parents à leur mariage, le sourire aux lèvres, l'air heureux. Une deuxième d'elle, le jour de sa naissance, dans les bras de ses parents qui la regardent d'un œil admiratif. Et un dernier cliché d'une journée à la plage en famille, l'année avant que sa mère les quitte. Sur celle-là, elles font un château de sable. La peau du visage rougi, les cheveux en bataille, elles sont toutes deux souriantes. Les mois qui ont suivi son décès, il arrivait souvent à Elisabeth de se réveiller la nuit pour se rendre aux toilettes et de trouver son père, assis sur le canapé, endormi, une bière à la main, avec ce cadre sur son abdomen. Dans ces cas, elle se blottissait contre lui, fixait l'image heureuse et, avec un peu d'efforts, parvenait à retrouver le sentiment d'être à nouveau réunis sur ce littoral.

Elisabeth essuie une nouvelle larme, saisit le cadre et en retire la photo. Au moment où elle la place à l'intérieur de sa veste, son téléphone retentit. L'écran affiche encore le nom de Jonathan. Un craquement dérange le silence. Dès lors, Elisabeth saisit son arme et se dirige vers la pièce où elle croit avoir entendu des pas. Plongée dans sa mémoire, elle en était presque venue à oublier sa raison d'être ici.

À pas feutrés, elle chemine vers le corridor menant à son ancienne chambre. La porte s'ouvre sur le petit espace identique à ses souvenirs. Encadrés au-dessus de sa table de travail se trouvent deux mérites d'excellence qu'Elisabeth a reçus pour ses résultats scolaires exemplaires ainsi qu'une médaille lors d'un concours oratoire qu'elle a remporté alors qu'elle n'avait que neuf ans. Sur l'autre mur, son affiche des Spice Girls. À la vue de ce *poster*, le temps bascule de nouveau. Elisabeth se revoit ce soir-là, étendue sur le lit, les yeux accrochés au mur. Elle entend ce qui résonnait dans les haut-parleurs : *Don't Speak* de No Doubt. Une voix se mêle à celle de Gwen Stefani. C'est celle de Damian Scott, le pervers, comme elle l'appelait avant de connaître son nom.

— Comment peux-tu rester là à te branler, Jeff ? Mais qu'est-ce que t'attends pour la baiser ?

Elle se rappelle avoir tenté de s'évader ailleurs, le temps qu'ils en finissent. La pièce empestait la bière, mêlée à d'autres odeurs qui lui donnaient des haut-le-cœur. Elle a encore fraîchement en mémoire la sensation de brûlure quand sa peau déchirait.

— Écoutez-la aboyer comme une petite chienne ! rigolait Cohen.

Elle revoit ses ongles, qu'elle avait peints en bleu, s'accrocher à son couvre-lit lorsque Collins la violait sauvagement en disant que c'était le summum.

La policière s'appuie sur le mur et se laisse descendre doucement jusqu'à se retrouver assise au sol, les joues inondées de larmes. *Mais comment ont-ils pu ?* songe-t-elle. Elle se revoit, affaiblie, le corps meurtri et souillé, tenter de se relever, mais tout ce qu'elle parvenait à faire, c'était de rouler sur le côté.

— Regarde ce petit cul d'enfer, Jeff. Si tu n'y vas pas, j'y retourne.

NOONNN !

Quand Elisabeth rouvre les paupières, une silhouette postée sur le seuil de la porte de sa chambre la guette. Dans un mouvement rapide, elle braque son arme vers le type qui se tient là dans l'obscurité. Elle peine à croire que c'est bien lui. L'homme suintant, aux cheveux trop longs, à la barbe hirsute, au visage bouffi par l'alcool, ne ressemble pas à l'image qu'elle avait de son père.

— Je n'ai jamais pensé que je te reverrais un jour, dit Jeff Belley d'une voix éraillée, éteinte.

Elisabeth reste figée, le flingue pointé vers lui, les jambes flageolantes. Le doigt sur la gâchette, elle tente de se convaincre de tirer, mais elle est pétrifiée. Elle n'arrive pas à se relever et ne parvient même pas à prononcer toutes ces choses qu'elle a tant rêvé de hurler.

— Je méritais de payer avant aujourd'hui. Pourquoi n'es-tu pas venue plus tôt ?

Toujours immobile, sauf pour son bras tremblant dirigé vers lui, Elisabeth se sent défaillir.

— J'ai tant de choses à te dire, ne tire pas tout de suite.

— Donne-moi une seule bonne raison de ne pas le faire, finit-elle par articuler, d'une voix devenue rauque tant l'émotion l'étrangle.

Les yeux ruisselants de larmes, elle n'arrive pas à croire que tout ce qu'elle doit faire, c'est appuyer sur la gâchette, et que ce simple geste lui paraît maintenant impossible. Pourtant, elle le déteste. Plus que jamais, elle souhaite qu'il disparaisse. Elle essuie ses joues du revers de sa veste de mouvements saccadés.

— Parce que je veux que tu saches que je suis désolé.

— Désolé ! Tu es désolé ! C'est tout ce que tu trouves à dire ? hurle-t-elle en se levant enfin.

Haletante, elle s'avance vers lui, le pistolet braqué bien droit, les dents serrées, la rage au cœur. En approchant, elle distingue mieux ses traits tirés, son teint terne, ses cernes creusés et ses yeux injectés de sang. Elle le reconnaît à peine, mais il la dégoûte autant. Des images de lui, penché sur elle, suant, puant, lui reviennent en rafale. Les rires des autres qui l'encouragent résonnent dans sa tête.

— Aucune parole, aucun geste ne pourront jamais pardonner ce que je t'ai fait. Pourtant, chaque jour, j'y réfléchis en cherchant comment je pourrais me racheter. Tu crois que je mérite de mourir, mais moi je pense que je mérite de vivre, seulement pour ressentir chaque jour la douleur de la culpabilité qui m'est insupportable.

Étrangement, Elisabeth songe qu'il n'a pas tort. L'abattre le libérerait, lui, mais pas elle. C'est elle qui croupira en prison, alors que c'est lui qui devrait s'y retrouver. Sauf que maintenant qu'elle a tué trois hommes, il n'y a plus d'issue. Soudain, elle fait la seule chose qui lui paraît logique, les yeux rivés sur ceux de son père, elle retourne son flingue contre elle.

— Non ! crie-t-il.

En voyant Jeff Belley s'approcher, Elisabeth recule et pointe de nouveau son arme vers lui. D'une voix aussi tremblante que tout son corps, elle demande :

— Pourquoi ? Pourquoi ? Explique-moi comment tu as pu faire une chose pareille ! sanglote-t-elle.

Sans parler, Belley continue d'avancer vers sa fille.

— Ne bouge plus ou je tire ! rage-t-elle en essuyant les larmes qui lui brouillent la vue.

Prise de secousses, elle n'arrive plus à bouger ni à penser. Elle doit l'abattre ; elle l'a voulu, réfléchi, planifié. Pourquoi le courage l'abandonne-t-il maintenant ?

— Réfléchis, Skye. Je t'en prie, écoute-moi. Si tu me tues, tout ça se retourne contre toi, dit-il d'une voix étonnamment calme en s'approchant de plus en plus.

De nouveau prise de vertige, Elisabeth appuie le pistolet contre sa propre tempe, mais avant qu'elle ait le temps de presser la détente Belley l'a saisi.

En tournant le coin de la rue menant chez Jeff Belley, Jonathan aperçoit le véhicule d'Elisabeth garé devant la maison de son enfance. Il prie pour qu'il ne soit pas trop tard. À peine a-t-il placé sa voiture en position d'arrêt qu'il court déjà vers la résidence et entre sans avertissement. Presque aussitôt, il entend les pleurs d'Elisabeth. S'il n'a pas fait attention au bruit en pénétrant dans la demeure, c'est maintenant à pas feutrés qu'il longe le corridor, l'arme pointée devant lui. Quand Jonathan accède à la chambre, Elisabeth est recroquevillée sur son lit, une photo dans les mains, le visage meurtri par les larmes, alors que Jeff Belley est allongé dans une mare de sang. Jonathan se précipite sur la jeune femme qui tressaille. Même s'il se penche à sa hauteur et qu'il la fixe droit dans les yeux, elle ne semble pas l'apercevoir. Le policier s'assoit, l'entoure de ses bras et la berce. Silencieux, il regarde la décoration de la chambre d'adolescente. Ce qui ramène immédiatement à son esprit l'image d'elle sur la photo de Katrine Anglehart, jeune, fragile et sans défense. Il repense au viol que lui a raconté

Rachel Sullivan, à la personnalité de Damian Scott qu'a décrite Alicia Snyder, aux témoignages des maîtresses de Collins sur son penchant évident pour la domination, et aux images d'enfants qu'avait Cohen sur son disque dur. Ça le rend fou de rage d'imaginer Elisabeth victime de chacun de ces monstres, surtout à un si jeune âge. Incapable de se contenir, il sent les sanglots l'étrangler et, très vite, il se retrouve pris de secousses, lui aussi. Accrochés l'un à l'autre, ils restent muets longtemps.

Jonathan respire profondément en se répétant sans cesse qu'il doit être fort pour elle, mais le temps s'émiette. Une seconde. Deux. Dix. Un siècle s'est écoulé quand il parvient à chuchoter :

— C'est terminé. Tout ira bien maintenant.

Elisabeth n'en croit pas un mot, même que c'est tout le contraire, mais elle s'accroche à ces paroles gentilles. Jonathan ne cesse de balancer son corps et le sien en parsemant son visage de baisers réconfortants. La jeune femme profite de son étreinte pour faire le plein de son odeur et de sa chaleur pour se les remémorer durant les jours sombres qui l'attendent. Il a promis de la visiter en prison, mais c'était avant de savoir ce qu'elle avait fait. C'était avant de connaître le monstre qu'elle est. Maintenant que Jonathan est devant elle, elle regrette de ne pas s'être enlevé la vie. Elle serait libérée de la honte qu'elle ressent en ce moment.

Jonathan plonge ses yeux dans ceux ruisselants de larmes de sa partenaire et lui murmure qu'il trouvera une solution. Elle caresse son visage inquiet du bout de ses doigts tremblants.

— J'ai tout gâché. Je suis désolée, Nathan.

— Chuut !

— Je n'avais pas le droit de me faire justice, sanglote-t-elle. Je suis désolée. Je suis tellement désolée. Je suis un monstre. Je t'ai menti sans arrêt. Nathan, je…

— Chuut ! Je te jure que nous trouverons une solution, répète-t-il en écrasant ses lèvres sur son front, ses larmes se mêlant à celles d'Elisabeth. Nous n'avons aucun indice pour les premiers meurtres.

— Non ! Tu ne peux pas risquer ta carrière, ta vie ! répond-elle en se redressant brusquement.

— Elisabeth, écoute-moi, reprend-il en coinçant sa tête entre ses paumes. Nous n'avons aucun indice pour Scott, Collins et Cohen, et nous plaiderons la légitime défense pour celui-ci.

— Je ne l'ai pas tué, rétorque-t-elle en jetant un œil vers Jeff Belley. Il m'a pris mon arme et l'a retournée contre lui.

Surpris, Jonathan se tourne pour observer le corps inerte de l'homme. Il n'avait pas analysé la scène, mais en effet le pistolet est près de la main de Belley. En quête d'explications, il questionne Elisabeth du regard.

— Je n'y suis pas arrivée. Pourtant, je le voulais tellement, mais je ne pouvais pas tirer. Il m'a arraché l'arme. Je croyais qu'il voulait me tuer, alors j'ai attendu, conclut-elle, de nouveau prise de secousses.

— Tout est terminé, souffle Jonathan en embrassant son visage mouillé. Explique-moi ce qui s'est passé, c'est important.

— Il a placé le flingue sur sa tempe, et c'est là qu'il a dit qu'il avait trouvé un moyen pour me libérer des autres meurtres. Ensuite, il a installé le canon sous son menton et a exigé que je me retourne avant d'appuyer sur la détente.

Une lueur d'espoir s'immisce alors dans l'esprit de Jonathan. Il a beau essayer de rassurer Elisabeth, il sait que la route qui se déroule devant eux en sera une parsemée de complications. Il s'en fiche, car il prévoit se battre corps et âme pour épargner celle qu'il aime. Il est cependant heureux d'apprendre que c'est trois meurtres qu'il devra camoufler plutôt que quatre.

— Mais il a tort, reprend Elisabeth. Il n'y a aucune façon d'éviter de me relier à ces meurtres, dit-elle en fermant les yeux d'où une nouvelle larme s'échappe. Nathan, je suis désolée. Je te jure que j'ai essayé d'oublier. Toute ma vie, je me suis battue, mais j'ai craqué. Je n'aurais pas dû. Je n'avais pas le droit.

Sa voix se brise dans un sanglot.

— Chuut! murmure-t-il encore en refermant ses bras autour d'elle. Tu as été forte, extrêmement forte, Elisabeth. Nous trouverons une défense, je te le promets. Je refuse de te laisser être condamnée.

À ces mots, il tourne la tête vers le corps de Jeff Belley à la recherche d'une stratégie. En réfléchissant, il pose les yeux sur un papier qui dépasse de la poche arrière du pantalon de la victime. Il délaisse Elisabeth doucement et cherche un moyen lui permettant de le récupérer sans brouiller les empreintes.

À l'aide de son tee-shirt et en prenant soin de ne pas déplacer le corps, le policier extirpe l'enveloppe du pantalon du cadavre. Il déplie la feuille où se trouve un court texte écrit de la main de Jeff Belley.

Dès les premières lignes, Jonathan comprend pourquoi l'homme a affirmé avoir une solution. Le soulagement s'affiche immédiatement sur son visage en même temps qu'un énorme soupir lui échappe. Elisabeth pose des yeux intrigués sur le document.

— Qu'est-ce que c'est?

— Le meilleur alibi qui soit, rétorque Jonathan en remettant la lettre à sa collègue.

Wells River, juin 2017

Une copie de cette lettre a été numérisée et une expédition préprogrammée sera acheminée peu après ma mort à Jonathan Serra, enquêteur au BPD. L'objectif de cette démarche est d'éviter que cette déclaration soit détruite avant d'être lue par les autorités policières.

Moi, Jeff Belley, suis le seul responsable des meurtres de Damian Scott, David Collins et Axel Cohen. Je souhaite que tout soupçon sur quiconque soit effacé par cet aveu.

Je ne suis jamais arrivé à oublier ni à me pardonner les gestes monstrueux que j'ai posés il y a vingt ans, sous les encouragements de ces hommes ainsi que ceux de mon frère, Philip Belley.

Pour qu'une forme de justice soit rendue, j'ai décidé de mettre à exécution le plan que j'ai longuement réfléchi. J'ai embauché une femme dont je tairai l'identité, car cette escorte ignorait pourquoi elle devait attirer les victimes dans un endroit en particulier. Ni elle ni personne d'autre ne savait que mon objectif était de les abattre.

Je demande pardon à tous ceux que j'ai blessés et à ceux qui seront affectés par cette déclaration.

Jeff Belley

21

Le monde ne sera pas détruit par ceux qui font le mal,
mais par ceux qui le regardent sans rien faire.
Albert Einstein

Depuis que les renforts sont arrivés, Elisabeth a respecté la consigne de Jonathan de ne pas parler. L'objectif premier étant de mettre au point leur version des faits. Il espère que son silence permettra qu'elle soit traitée pour un choc nerveux et mise en arrêt de travail immédiatement. C'est donc lui qui a rempli la déposition préliminaire sur les événements. Ce qu'il craint, c'est de devoir expliquer la raison pour laquelle Elisabeth n'a jamais soulevé que Philip Belley est son oncle et que l'homme recherché est son père, si ces faits se voyaient révélés. Pour le moment, il n'y a pas de moyens d'établir de liens, puisqu'elle a changé de nom, mais justement il doit parler à Elisabeth et à Rachel Sullivan pour connaître la justification qu'elles ont utilisée sur les documents officiels. Par ailleurs, il espère que sa collègue pourra consulter Rachel, plutôt qu'un psychologue référé par leur employeur. Sinon il prévoit l'intervention de sa mère dans le dossier. Il souhaite aussi savoir ce que Rachel a indiqué comme raison du placement d'Elisabeth au centre de protection des jeunes, ce que Jonathan n'a pas pris le temps de demander.

Elisabeth ne fait que hocher la tête pour répondre aux différentes questions de l'ambulancier qui l'examine. Voyant qu'elle pleure sans arrêt, Jonathan congédie un journaliste de manière un peu plus expéditive que ce qu'il a l'habitude et s'empresse d'aller la retrouver.

— Je suis conscient que vous devez effectuer votre travail, mais est-ce qu'on pourrait avoir un moment seuls ? demande Jonathan. Mademoiselle Stevens a été éprouvée aujourd'hui.

— Oui, j'ai fini de toute façon, répond le jeune secouriste. Elle est sous le choc, bien entendu, mais elle n'a reçu aucun coup et ne présente pas de blessure apparente, alors il n'y a pas lieu d'insister.

Jonathan entoure Elisabeth de ses bras et enfouit son nez dans ses cheveux en chuchotant :

— On peut rentrer. Tu me permets de te reconduire chez toi ?

Pour seule réponse, elle pose son regard gris, rougi, tourmenté, dans celui de Jonathan, puis appuie sa tête sur son épaule. Ainsi, sans que d'autres mots ne soient échangés, Jonathan passe un bras derrière Elisabeth et ils marchent vers son véhicule, ne prêtant aucune attention à tous ceux encore présents sur les lieux.

Dès qu'elle a mis les pieds chez elle, Elisabeth s'est écroulée sur son canapé. Le visage taché de larmes, perdue dans ses pensées, elle fixe Jonathan sans relâche.

— Je ne peux pas te laisser risquer ta vie pour moi, Nathan. Tôt ou tard, la vérité sera connue, dit-elle en lissant ses cheveux vers l'arrière.

— Tu as mangé aujourd'hui? s'enquiert-il, évitant du même coup de répondre aux propos d'Elisabeth.

Le silence gonfle un peu, mais Jonathan ne le laisse pas s'installer.

— Tu voudrais boire un verre d'eau… ou de vin?

La policière balance subtilement la tête, toujours sans un mot. Incertain si ça constitue une confirmation, Jonathan ouvre l'armoire où il se rappelle avoir aperçu des coupes et jette ensuite un œil au réfrigérateur pour dénicher une bouteille de vin, en supposant qu'il y en ait une. Elisabeth se lève pour lui venir en aide.

— Pour être honnête, j'ai juste envie de vomir, mais j'imagine qu'une coupe de chardonnay n'y changera pas grand-chose, commente-t-elle en lui remettant le vin dans les mains.

Le policier dépose la bouteille sur le comptoir, puis attire Elisabeth en la tirant délicatement par la ganse de son jean. Les choses ont évolué entre eux en vingt-quatre heures. Hier encore, cette femme était une étrangère. Aujourd'hui, il ressent une proximité jamais expérimentée; il se sent plus près d'elle qu'il ne l'a été de qui que ce soit dans toute son existence. Sa collègue se glisse contre son corps, sans la moindre résistance. Hélas, ce doux moment est vite interrompu par la sonnerie du téléphone de Jonathan. Il a complètement oublié d'aviser sa mère qu'il ne se joindrait pas à eux pour le repas ce soir.

— Bonsoir, maman ! Je suis vraiment désolé, j'ai été retenu, s'excuse-t-il dès qu'il répond.

— Ce n'est rien, mon chéri. Je t'appelle surtout parce que j'ai vu des images d'Elisabeth au bulletin télévisé de dix-huit heures. Tout va bien, vous n'êtes pas blessés ? demande Evelyn.

— Non. Mais…

Il continue de caresser le dos de sa coéquipière tout en la guettant, incertain de ce qu'il devrait confier.

— Tu n'as pas à m'expliquer. Je voulais seulement m'assurer que rien de grave ne s'était produit. Elisabeth m'est apparue affligée.

— Oui, un homme s'est enlevé la vie sous ses yeux alors qu'elle devait l'embarquer. Même si elle n'est pas blessée, elle est encore sous le choc.

— Oh ! Je suis désolée. Tu prendras bien soin d'elle ce soir et on se reparle cette semaine. D'accord ?

Le temps de conclure l'appel avec sa mère Jonathan retrouve sa collègue qui n'a pas arrêté de l'observer.

— Je ne comprends pas pourquoi je suis ici, pas plus que je saisis la raison pour laquelle tu t'occupes de moi de cette façon, mais c'est un sursis inespéré, soupire-t-elle en s'agrippant solidement au jeune homme.

Jonathan voudrait lui dire que ce n'est pas un sursis et qu'ils s'en sortiront. Qu'importe ses gestes, ils lui sont pardonnés. Il ne l'a pas décidé ou même réfléchi, pour lui, c'est une évidence indiscutable. Il l'a aimée dès le premier jour et il l'aimera jusqu'à son dernier souffle. Ce qu'Elisabeth a vécu n'a fait qu'amplifier ce qu'il ressent pour elle et les actions qu'elle a posées ne représentent même pas l'once d'un obstacle. Bien sûr, les prochains jours, les prochaines semaines et les prochains mois risquent d'être ardus, mais il s'en moque éperdument.

Jonathan s'éloigne pour mieux observer sa partenaire. D'un pouce délicat, il caresse ses joues. Elle ferme les yeux et respire profondément. Il n'arrive pas à croire tout ce qu'elle a vécu. Toujours en silence, il parcourt ses beaux traits, abîmés aujourd'hui, mais encore parfaits à ses yeux. Il cajole ses lèvres charnues qui s'ouvrent un peu à ce contact. Incapable de résister à la tentation, il s'approche pour les effleurer du bout des siennes. Elisabeth tremble encore, mais paraît apaisée par la douce sensation du baiser rempli d'émotions.

— Merci, souffle-t-elle en conservant les paupières closes.

Dieu que je l'aime ! songe-t-il.

— Demain, nous devrons parler, mais en attendant, qu'est-ce que je peux faire ? Je me sens tellement inutile, Elisabeth. Comment puis-je t'aider à te sentir mieux ?

— Ta présence est la seule chose qui compte en ce moment, murmure-t-elle. Si je peux profiter de cette soirée avant de me retrouver enfermée jusqu'à la fin de mes jours, je m'estime la femme la plus choyée du monde.

— Tu voudrais te détendre dans la baignoire ? Je préparerai quelque chose à manger en attendant, suggère-t-il. J'ai vu qu'il y avait du poulet ; une salade, ça t'irait ?

— Mais où étais-tu pendant toutes ces années? lâche-t-elle sur un ton presque furieux, malgré son regard reconnaissant.

— Viens, ordonne-t-il gentiment en tirant sur sa main pour l'attirer dans la salle de bain.

Le policier se penche sur le robinet, ajuste la température, se tourne vers elle, embrasse son front à la sauvette, puis ses lèvres plus délicatement avant d'annoncer qu'il va chercher son verre de vin et qu'il revient tout de suite. Comme prévu, il est de retour à peine une minute plus tard avec la coupe de chardonnay d'Elisabeth. Il récupère une serviette qu'il laisse près de la baignoire.

— Je dois appeler Rachel. Essaie de te reposer un peu.

— Pourquoi veux-tu lui parler? s'inquiète la jeune femme.

— J'ai seulement besoin de savoir ce qu'elle a raconté pour justifier ton changement de nom, ton placement et…

Jonathan soupire, cherchant à se remémorer tous les détails qui nécessitent des éclaircissements. Elisabeth arrête le jet de la baignoire et pivote vers son partenaire.

— J'aimerais que tu restes avec moi, je peux tout te dire.

— Tu dois te reposer, insiste-t-il en embrassant ses doigts tremblants.

— Je sais que je vais te sembler folle… plus folle, rectifie-t-elle avec l'ombre d'un sourire qui s'évapore vite, mais je me sens mieux que tu peux l'imaginer. Je sais que je pleure sans cesse et que mon corps ne veut plus arrêter de trembler, mais je ne me sens pas si mal après ce qui s'est passé aujourd'hui ni pour les meurtres des autres, explique-t-elle en observant la réaction de Jonathan. C'est par rapport à Rachel et à toi que je suis bouleversée. Si tu savais à quel point j'ai honte. Rachel sera déçue et…

Elisabeth échappe une nouvelle larme sans arriver à terminer sa phrase.

— Écoute-moi, exige Jonathan en glissant un index sous son menton pour l'obliger à lever la tête.

— Non, laisse-moi parler, Nathan. Te mentir jour après jour était la chose la plus insupportable dans toute cette affaire. Tu étais obsédé par Katriana. Je faisais tout pour brouiller les pistes qui te mèneraient à moi, mais je voulais à la fois que tu saches la vérité parce que le fardeau était insoutenable, balbutie-t-elle dans un sanglot.

Jonathan embrasse la larme qui roule sur sa joue, puis resserre son étreinte.

— Je suis désolé que tu aies eu à tout endurer seule, si seulement j'avais su… J'aurais tant aimé que tu me parles…

— Comment aurais-je pu t'avouer des meurtres ?

— Ne vois pas la mort de ces types comme des meurtres, mais comme des sentences. Ces hommes, de ce que j'ai pu en savoir, continuaient de faire des victimes, peut-être même d'autres jeunes victimes. À mon sens, justice a été rendue, rien de plus. La seule chose que je ne saisis pas, c'est comment tu as pu ne pas les tuer avant. Je ne juge *aucun* mensonge et je comprends *tous* tes gestes.

Elisabeth balance la tête et murmure sans arrêt :

— Je ne te mérite pas… Je ne te mérite pas…

Et chaque fois Jonathan resserre son étreinte sans rien ajouter.

Comme la veille, Elisabeth s'est endormie collée contre le corps de Jonathan, mais cette fois il la sentait apaisée. Plus que jamais. Elle semblait libérée après leur discussion. Ils ont longtemps parlé, allongés face à face dans le lit. Elisabeth a d'abord expliqué à Jonathan que Rachel a toujours soutenu qu'elle avait probablement été victime d'une agression dont elle ne se souvenait plus. Le mutisme des premiers mois l'aidant, l'intervenante avait pris soin d'élaborer elle-même des hypothèses pouvant servir le désir d'Elisabeth de conserver le drame secret. Étant donné que la jeune fille qu'elle était devenue allait bien, les autorités ont jugé qu'il n'y avait pas lieu de porter plainte contre qui que ce soit, d'autant plus que la procédure serait compliquée considérant qu'il n'y avait officiellement aucun fait à reprocher. Toujours en espérant préserver Elisabeth, Rachel a exigé que les interventions soient faites en fonction de son éducation, de sa scolarisation et de sa réinsertion sociale, et non dans le but d'exorciser les événements survenus. Aussi, Elisabeth a raconté que la psychologue avait justifié son désir de changement de nom en mémoire de sa mère dont elle avait un souvenir heureux. Comme son père ne l'a jamais visitée et n'a manifesté aucune opposition à quelque démarche que ce soit, cette demande n'avait pas lieu d'être rejetée. Elisabeth ne connaît cependant pas tous les détails des procédures auxquelles Rachel a dû se plier. Ce que Jonathan a retenu, c'est que les événements enfouis dans son esprit protègent aujourd'hui Elisabeth contre toute accusation d'entrave, puisqu'elle n'a soi-disant aucun souvenir ni de son père, ni de son oncle, ni de ce drame malheureux expliquant le suicide de ces deux hommes. Même sa tante, madame Mathison, si elle devait reconnaître Elisabeth, n'osera jamais refaire surgir cette histoire dans la mémoire d'une victime d'un tel crime, il en est convaincu. Par ailleurs, il n'a aucun doute que Rachel continuera de couvrir celle qu'elle considère comme sa propre fille.

— Bonjour, murmure le jeune homme dès qu'Elisabeth ouvre les yeux.

Elle bat des cils en guise de salutation et réduit à néant l'espace qui les sépare en se réfugiant dans ses bras. Elle caresse son dos du bout des ongles tandis que Jonathan se régale de la douceur de la peau de sa partenaire sur la sienne. Ensuite, elle dessine les lèvres de Jonathan tout en le scrutant comme si elle ne l'avait jamais vu de sa vie. Jonathan peine à croire la chance qu'il a d'être allongé près d'elle.

— Il ne faudrait pas trop m'habituer à ce genre d'étreintes, je pourrais y prendre goût, chuchote-t-il sur le ton de la blague.

— J'étais si jalouse des autres femmes, je n'ai pas l'intention de te laisser te défiler, rétorque-t-elle en étirant les lèvres.

— Alors c'est fichu. Je ne voudrai plus jamais aller travailler.

Elisabeth frôle son épaule et appuie sur les reins de Jonathan pour qu'il se presse contre elle. Hier, l'atmosphère était triste et certainement pas encline à des rapprochements intimes. Ce matin, il devine une lueur de désir dans les yeux de sa collègue, et ce simple fait agit comme un aphrodisiaque sur lui. Il devrait s'en réjouir, mais il n'en est rien, car il ne voit pas comment il pourra un jour franchir cette ligne avec elle, maintenant qu'il sait ce qu'elle a vécu. Il craindrait de la blesser ou même de lui manquer de respect. Pourtant, il n'a jamais eu si envie d'une femme. Comme si elle venait de lire ses pensées, Elisabeth laisse glisser ses doigts des pectoraux jusqu'à l'abdomen plat et ferme du policier en lui jetant un regard soutenu. Malgré l'émoi qui s'empare de lui, Jonathan saisit sa main pour l'empêcher de poursuivre son chemin. Il l'embrasse et la pose sur sa joue en fermant les yeux. Puis, pour éviter de froisser Elisabeth, il monte sur elle pour river ses iris aux siens.

— Merci de m'accorder ta confiance, Elisabeth. Me permettre d'être ici, avec toi, en ce moment, est un privilège inestimable, je ferai tout le nécessaire pour mériter ma présence dans ta vie.

Après avoir caressé ses cheveux, il embrasse délicatement son front, puis ses lèvres, et se lève en annonçant qu'il doit aller aux toilettes.

Si la déception se lisait sur le visage d'Elisabeth quand Jonathan a rejeté ses avances, elle lui a semblé heureuse d'apprendre qu'il passerait la voir dans la journée et la tiendrait au courant de chaque nouveau développement. Le policier s'est étonné qu'elle annonce qu'elle se rendrait chez Rachel pour tout lui raconter. Il comptait parler lui-même à la psychologue, mais bien sûr le réconfort que trouvera assurément la jeune femme auprès de sa mère adoptive est l'essentiel pour l'instant. Ainsi, Jonathan est au bureau à finaliser le rapport sur ce dossier qui a occupé ses journées dans les dernières semaines et qui continuera de le hanter pour le reste de sa vie. Si la concentration est difficile parce que son esprit s'égare sans arrêt vers Elisabeth, le temps perdu à songer à elle est largement compensé par l'empressement qu'il met à fermer le dossier pour que plus jamais personne n'ose reparler de l'affaire Katriana.

Avant de retourner chez sa coéquipière qui sera de retour un peu après treize heures, Jonathan décide de se rendre au gymnase, en espérant relâcher un peu de tension. Il tape sur un sac d'entraînement depuis une trentaine de minutes lorsque Rick Holmes s'approche de lui.

— Alors, quoi de neuf ? lance-t-il comme s'ils étaient de bons amis.

Devant le coup d'œil furtif de son collègue et l'absence de réponse claire, Holmes insiste.

— Bon ! Ne me dis pas que tu empruntes les manières de la sauvage avec qui tu fais équipe ?

En entendant cette insulte à l'endroit d'Elisabeth, Jonathan se retient pour ne pas changer de cible pour ses coups. Il sait que Rick ne cherche qu'à le provoquer et il se doute que demander de ses nouvelles est une façon de vérifier si la plainte s'est rendue jusqu'à lui. Jonathan redouble l'ardeur des *uppercuts* sur la surface où il imagine maintenant la tête du nouvel arrivant.

— Oh, là ! Calme-toi, Jo, je finirai par croire que tu es fâché contre moi, relance-t-il en se positionnant derrière le sac cuirassé qui se balance dans tous les sens. C'est vrai, ce n'est pas comme si j'avais demandé à Alicia de venir me rejoindre plutôt que de te laisser ta chance.

Quel con !

Jonathan se surprend à plisser les lèvres, malgré lui.

— Qu'est-ce qui te fait rire ? renchérit Holmes, une épaule appuyée sur le sac et les pieds bien ancrés au sol. Je comprendrais la sensation de frustration si c'était le cas. Et puis, je ne t'en veux pas d'avoir tenté le coup avec Alicia. Tout le monde sait que, pour tailler une bonne pipe, elle ne donne pas sa place, rigole-t-il.

À nouveau, Jonathan sent que la satisfaction serait indescriptible si ses jointures dérivaient légèrement pour abîmer sa dentition blanchie artificiellement.

— C'est vrai, moi aussi j'étais frustré quand je t'ai vu arriver à approcher la grande salope sans effort, mais tout compte fait, je ne pense pas que tu as réussi à te la faire, pas vrai ? se moque-t-il. J'ai entendu dire que vous aviez eu une dispute, tous les deux.

Jonathan lui jette un œil à la dérobée sans se donner la peine de répondre. De plus en plus furieux, il se concentre sur son défoulement en suant à grosses gouttes.

— Relaxe, Jo ! On finira bien par la coincer dans le détour... même s'il faut s'y mettre à deux pour la baiser, plaisante-t-il le plus naturellement du monde.

Jonathan n'arrive pas à concevoir ce qu'il entend. Il ne sait plus si Holmes cherche à le faire sortir de ses gonds ou s'il est vraiment sérieux. Il ne peut s'empêcher de vérifier.

— Qu'est-ce que tu proposes ? s'enquiert-il en ajustant le velcro d'un gant pour éviter de le regarder.

Devant son silence, il fait l'effort de lever la tête vers lui en affichant un mince sourire.

— Alors, si je décode bien, tu n'as vraiment pas réussi, toi non plus ? s'esclaffe son rival comme si rien ne le réjouissait plus dans ce monde.

Jonathan hausse un sourcil, l'air d'acquiescer. Comme Rick paraît toujours incertain, le jeune homme lui sourit en relevant les épaules avant de lâcher nonchalamment :

— Bah, tu sais ? On obtient parfois un peu de résistance.

— Celles-là sont encore plus satisfaisantes, renchérit Holmes en riant. Si tu savais à quel point l'idée de me taper Elisabeth Stevens m'obsède. Je suis convaincu qu'elle joue l'inaccessible que pour nous faire bander sur son cas. Je te jure qu'elle ne perd rien pour attendre.

Jonathan l'observe sans ciller, de plus en plus persuadé que ce type est en train de se payer sa tête.

— Je te promets que si tu m'aides à écarter les jambes de Stevens je la tiens pendant que tu prends ton tour, se marre-t-il en saisissant son entrejambe, l'air de s'exciter rien que d'y penser.

La seconde suivante, Jonathan voit noir. Il s'élance et lui écrase la mâchoire d'un poing fulgurant. Il ne lui laisse pas le temps de retrouver ses esprits qu'il poursuit avec un autre coup tout aussi violent sur l'arcade sourcilière qui s'ouvre et gicle du sang sur le plancher. Confus, Holmes riposte avec un crochet gauche près de sa tempe, mais Jonathan est si enragé qu'il ressent à peine l'assaut.

— Qu'est-ce qui te prend ? s'énerve Rick en crachant le sang qui lui emplit la bouche.

Jonathan répond avec un nouveau coup qui le fait reculer jusqu'au mur, puis un autre et encore un autre.

— Celui-là est pour Elisabeth, crache-t-il entre ses dents en cognant ses jointures contre l'œil gauche de Holmes, et ça, halète-t-il, à bout de souffle, c'est pour les femmes que tu as osé toucher sans leur permission.

Les yeux ruisselants de larmes, le corps tremblant, le visage injecté de sang, Jonathan a du mal à respirer tant la colère l'étrangle.

— J'attendrai ta plainte de pied ferme, beugle-t-il en le fixant droit dans les yeux. Sache que je passerai ma vie à te le faire payer si tu t'avises de toucher à un cheveu d'Elisabeth. Tu as besoin de soins, tu n'es qu'un malade !

Sans lui prêter un regard de plus, Jonathan sort du gymnase.

Ça ne lui ressemble pas de se laisser emporter de cette façon, mais cette fois il doit admettre qu'il a complètement perdu la tête. Elisabeth insiste pour maintenir la glace sur le sourcil entaillé de Jonathan.

— C'est aussi à cause de cette vilaine porte que ta main s'est retrouvée dans cet état ? demande-t-elle en réprimant un rire pendant qu'elle examine les jointures enflées.

Même s'il n'est pas entré dans les détails, Jonathan lui a avoué avoir réagi à certains propos de Rick Holmes. Bien sûr, elle n'avait pas besoin de jouer les infirmières de service, mais il savait qu'elle comprendrait. Pour tenter de la faire sourire, quand elle l'a découvert avec l'œil tuméfié, il a d'abord lancé :

— Je me suis battu avec une porte.

— Une porte ? a-t-elle ri en haussant un sourcil suspicieux vers lui.

— Oui, je t'assure que c'est elle qui m'a sauté dessus.

Puis, elle s'est empressée de sortir de la glace, l'a intimé de s'asseoir à la table de la cuisine et s'est installée sur ses genoux pour le soigner. Il n'a qu'une ecchymose à peine apparente, mais pour pouvoir tenir Elisabeth contre lui pendant qu'il lui racontait les grandes lignes de ce qui venait de se produire, il a endossé le rôle du type gravement blessé. En plus, l'infirmière ne cesse de parsemer son visage de doux baisers. Le meilleur traitement possible.

— Comment était ta rencontre avec Rachel ? s'intéresse-t-il pendant qu'Elisabeth retire les cheveux mouillés du front de son patient pour déplacer la compresse.

— Agréable et apaisante, murmure-t-elle en bécotant la main rougie de Jonathan. C'était libérateur.

— Je n'étais pas certain que tu y étais allée, dit-il en désignant vaguement son chemisier sous lequel elle ne porte que ses sous-vêtements.

— Oui, mais en revenant j'avais l'intention d'aller courir. J'ai commencé à me changer, puis je me suis souvenue que tu viendrais. J'irai plus tard, explique-t-elle. Rachel suggère que j'arrête de travailler, le temps de réfléchir à ma carrière. Quoi que je décide, elle ne compte pas me laisser tomber… Elle m'a raconté ta visite d'hier. Elle a prétendu qu'elle savait que tu prendrais ma défense. Elle m'a assuré que je peux avoir pleinement confiance en toi.

Jonathan retire la glace des mains de sa partenaire pour la déposer sur la table derrière elle. Il l'invite ensuite à s'installer face à lui. La jeune femme se déplace doucement pour positionner ses jambes de chaque côté des hanches du policier. *Mauvaise idée*, songe aussitôt Jonathan en réalisant qu'Elisabeth ne porte qu'une culotte de dentelle. Il tente de se concentrer sur la discussion pour éviter que ses pensées dérivent.

— Tu le savais déjà, n'est-ce pas ? Tu sais que jamais je ne laisserai personne te faire du mal ? chuchote-t-il.

— Oui, j'ai toujours su que tu étais différent des autres, souffle-t-elle en tirant nerveusement sur le tee-shirt de son collègue.

Apprendre à connaître Elisabeth sous ce nouvel angle, délicate et chaleureuse, est une expérience encore plus exquise qu'il l'imaginait, mais aussi plus déstabilisante. Néanmoins, Jonathan faufile sa main sur la nuque d'Elisabeth et attire son visage près du sien. Après avoir sondé son âme un moment, il cajole du bout des lèvres celles de la jeune femme, qui répond immédiatement en récupérant sa langue avidement. L'urgence dans son baiser et son léger mouvement de bassin poussent Jonathan à répondre aussi insatiablement. Ainsi, très vite, il glisse ses mains sur ses cuisses dénudées jusqu'à saisir sa croupe. Le simple contact de ses doigts sur la peau délicate d'Elisabeth entraîne une montée d'excitation chez lui. Il tente de la réprimer, mais lorsqu'elle soupire son envie il perd ses moyens.

— Aime-moi, Nathan, murmure-t-elle à son oreille.

Incapable de résister à cette voix chaude à son tympan, à ces yeux suppliants et à ces mains qui l'explorent avec un désir évident, le policier se redresse et, avec l'urgence qui l'essouffle, balaie le contenu de la table et y assoit Elisabeth. En embrassant sa bouche entrouverte qui soupire sa fièvre de lui, il la laisse s'emparer de son tee-shirt qu'elle catapulte à travers la pièce. Très vite, il se retrouve torse nu, penché au-dessus de sa partenaire qui a détaché deux boutons de son chemisier d'où le voluptueux renflement de sa poitrine se soulève sous sa respiration qui s'accélère. Sa virilité resserre son jean quand il explore son corps magnifique par-dessus le tissu soyeux. Lorsqu'il s'attarde un moment sur la pointe durcie de son sein qui déborde de son soutien et qu'elle gémit sa satisfaction, il reprend ses esprits. Même s'il a envie d'elle plus que tout, il n'a jamais voulu la prendre aussi vulgairement. Surtout pas elle. Il se redresse, s'efforce de détourner ses yeux d'elle, mais Elisabeth s'impatiente. Sa partenaire détache la ceinture et la fermeture éclair du pantalon de Jonathan tandis qu'il lui rend les baisers de plus en plus passionnés qu'elle exige. Lui continue de batailler avec sa conscience.

— Elisabeth, halète-t-il en repoussant doucement ses mains.

Toujours enivrée, la jeune femme attire les doigts de Jonathan sur sa dentelle mouillée.

Fuck!

— Prends-moi, Nathan, soupire-t-elle bruyamment.

— Elisabeth, répète-t-il. Je… attends… On peut…

Il en a tellement envie ! Sans arriver à trouver les mots, il appuie son front sur celui de sa partenaire en respirant tel un marathonien.

— D'accord. Je comprends, murmure-t-elle en saisissant son visage à deux mains. Je comprends.

En guise de remerciement, Jonathan embrasse la paume d'Elisabeth avant de river ses yeux embrumés de désir dans les siens.

— Je t'aime, Nathan, chuchote-t-elle.

— Oh, Elisabeth. Si tu savais à quel point je t'aime aussi. Mais je…

— Je comprends, répète-t-elle en l'enlaçant de ses deux jambes pour l'étreindre plus solidement.

Si seulement elle pouvait lire son esprit et savoir à quel point il doit se faire violence en ce moment.

22

Le bonheur est souvent la seule chose que l'on puisse donner sans l'avoir et c'est en le donnant qu'on l'acquiert.
VOLTAIRE

Trois ans plus tard…

Le ciel est sans nuages, le soleil est radieux et la température, clémente. Une bière à la main, Jonathan est appuyé sur la balustrade qui mène au jardin de sa maison où sont regroupés les quelques invités restants. Son père parle avec Adam et sa femme, sa mère s'entretient avec Rachel Sullivan, Isabella Gian et Katrine Anglehart. Deux collègues de travail discutent en pigeant continuellement dans le bol de croustilles, alors que leurs femmes assurent la surveillance des enfants dans la piscine. La vue de tous ces gens rassemblés chez lui le réjouit, mais l'image qui lui réchauffe le plus le cœur est celle d'Elisabeth qui se roule dans l'herbe avec leur fils Lukas, sous le regard enchanté de sa grand-mère. Ne pouvant plus demeurer spectateur plus longtemps, il laisse sa consommation sur une table et s'approche d'eux.

— Papa ! Papa ! l'accueille son garçon.

Jonathan se penche pour l'installer sur ses épaules. Il tend ensuite la main à Elisabeth afin de l'aider à se relever.

Souriante, elle s'avance près de lui. Jonathan réduit l'espace qui les sépare et, sans tarder, pose ses lèvres sur les siennes, chaudes et satinées.

— Moi aussi, je veux un bisou ! réclame Lukas en formant un petit cercle arrondi avec sa bouche.

Elisabeth se dresse sur la pointe des pieds tandis que Jonathan s'incline pour les aider à s'embrasser. Aussitôt le baiser échangé, le petit se met à gigoter et exige de descendre pour aller jouer avec mamie qui vient de prendre un ballon pour le lancer aux enfants qui sortent de la piscine.

Après avoir observé le jeu qui s'organise, Elisabeth tourne son attention vers Jonathan, qui la fixe, un demi-sourire affiché à la commissure des lèvres.

— Qu'est-ce qui vous fait sourire, monsieur Serra ?

— Le bonheur, murmure-t-il en enlaçant Elisabeth.

La jeune femme caresse le beau visage de son mari. Ce dernier ne peut résister plus longtemps à l'envie de l'embrasser encore. Ignorant tout le monde autour, les amoureux se laissent porter par un langoureux baiser. Mais très vite ils sont interrompus par Isabella et Katrine.

— Vous êtes encore en train de vous bécoter, vous deux ! largue Isabella. Je finirai par croire que Jo embrasse mal et qu'il a besoin de s'exercer.

— En tout cas, les *french kiss* ne me semblent pas si dégoûtants, marmonne discrètement Katrine à Isabella.

— C'est encore mieux que vous l'imaginez, chuchote Elisabeth à l'oreille de Jonathan avant de le chasser d'une petite poussée.

— J'ai compris, je vous laisse parler dans mon dos, rigole-t-il en s'écartant lentement pour aller s'immiscer dans le jeu de ballon de leur fils.

— Hum ! Hum ! Hum ! fait Isabella en regardant Jonathan s'éloigner. Je savais que j'aurais dû être dans la police plutôt que dans l'enseignement. Vous auriez dû voir la tête des autres quand ce code 33 est entré dans ma classe.

Les sourcils froncés, Jonathan se tourne, l'air intrigué. Il s'amuse distraitement en épiant Elisabeth. Ses amies et elle rient à gorge déployée. Cette image l'apaise de façon inimaginable. Jonathan espérait mettre un baume sur la plaie béante qu'avait laissée l'agression et il était prêt à beaucoup de sacrifices pour Elisabeth, même s'il pensait que leur vie serait ardue par moments. Pourtant, il n'en est rien. Très vite après le décès de Jeff Belley, Jonathan a parlé avec Rachel pour qu'elle le conseille sur la bonne manière de procéder afin d'aider Elisabeth à reprendre le contrôle de sa vie. Il aurait été facile d'en discuter avec sa mère, mais il voulait conserver le secret. Ce secret, ils sont maintenant trois à le préserver. Il arrive encore parfois à Elisabeth de penser qu'elle ne mérite pas d'être en liberté, mais chaque fois Jonathan la rassure, lui répète à quel point elle a été forte et comment il l'aime. Rachel aussi l'aide à accepter les gestes qu'elle a posés. Même si la mort de ses agresseurs n'a pas apporté le sentiment de justice qu'elle espérait, une part d'elle se sent rassérénée du fait que les gens qu'elle aime ne la jugent pas et l'accepte telle qu'elle est. S'ils savaient, certains pourraient condamner Jonathan et l'accuser de complicité de meurtres. Mais tout n'est pas noir ou blanc, comme dirait son père. Pas un seul instant il a vu Elisabeth comme une criminelle. D'ailleurs, dans bien des endroits, ces salauds auraient reçu une sentence de peine de mort sur-le-champ s'ils avaient été accusés après leur horrible agression et Elisabeth n'aurait pas eu à porter le lourd fardeau du mensonge. Encore aujourd'hui, elle reste une victime à ses yeux.

Comme le lui a suggéré Rachel, Elisabeth a pris deux mois de congé pour se reposer et réfléchir à sa carrière. Très vite, elle s'est retirée de la division des crimes majeurs. En apprenant qu'elle songeait à une réorientation, Adam, le meilleur ami de Jonathan, l'a informée qu'un nouveau poste aux affaires internes s'ouvrait au quartier général. Les yeux d'Elisabeth se sont illuminés devant cette possibilité. Selon Jonathan, c'était la suite logique de sa carrière et, surtout, ce qui allait l'épargner. Presque aussitôt, elle a postulé et, deux semaines après, elle faisait son retour au travail. Le premier dossier qu'elle a attaqué et mené à terme est celui de Rick Holmes.

Ensuite, c'est avec ce sentiment d'accomplissement retrouvé qu'Elisabeth a eu envie d'élargir son réseau social. Entendre les noms d'Isabella et de Katrine a réveillé le désir de se lier d'amitié à nouveau. Jonathan a subtilement suggéré qu'elle pourrait les revoir. Sur le moment, Elisabeth a catégoriquement refusé en affirmant qu'elle serait obligée de tout raconter. Pourtant, Jonathan était persuadé que, s'il faisait la demande de ne jamais la questionner, Isabella et Katrine se plieraient à cette exigence pour avoir la possibilité de renouer leur amitié avec Elisabeth. Ainsi, avec l'accord de la principale intéressée, il a communiqué avec les deux femmes et leur a dit avoir retrouvé Skye, qui se prénomme maintenant Elisabeth. Sans entrer dans les détails, il a expliqué que même si un événement s'était assurément produit, il était essentiel pour son bien-être de ne pas tenter de le faire émerger de sa mémoire en cherchant à comprendre. Les trois femmes se sont donc revues comme si elles ne s'étaient jamais laissées et se fréquentent depuis près de deux ans.

Sa mère qui arrive à proximité le ramène à l'instant présent.

— Nous rentrons, l'informe Evelyn. Est-ce que vous accepteriez que Lukas vienne dormir à la maison pour la nuit ? Ça vous permettrait de vous reposer, Elisabeth et toi.

— Tu penses vraiment qu'on a l'air fatigué ? rigole Jonathan en retirant l'herbe dont est recouvert son jean. Je crois plutôt que tu essaies de justifier le kidnapping de notre fils en prétextant nous rendre service, alors que tu meurs d'envie de lui faire manger des gâteries en cachette.

Sa mère s'esclaffe d'un rire sincère.

— Mamie ! crie Lukas en courant vers elle.

— Viens ici, mon trésor, dit Evelyn en le hissant sur sa hanche.

— Je vais plaider ta cause auprès d'Elisabeth, avant que tu en parles à Lukas, murmure Jonathan à l'oreille de sa mère.

Jonathan caresse la tête de son fils avant de marcher vers sa femme qui discute avec Rachel, sac à la main, prête à partir. Sur son chemin, il salue les derniers invités qui sont aussi sur leur départ.

— Merci d'être venus, dit-il à Adam.

— On vous attend toujours à Roxbury la semaine prochaine ? s'enquiert son ami tandis que Jonathan embrasse Gabrielle et frôle les cheveux de la petite Ana au passage.

— Sans faute, confirme Jonathan en faisant une dernière accolade à Adam.

— Où est Lukas ? demande Elisabeth, dès qu'il arrive près d'elle.

— Il a été kidnappé pour la nuit… si on accepte. Ma mère pense qu'on a besoin de repos.

— C'est n'importe quoi ! rigole-t-elle, mais c'est vrai que je pourrais profiter d'un peu de temps seule avec mon mari, ajoute-t-elle avec un haussement de sourcils libidineux en sa direction.

L'intimité grandissante entre Elisabeth et Jonathan durant les derniers jours de l'enquête s'est naturellement poursuivie après la mort de Jeff Belley, même si rien n'était certain entre eux et que Jonathan appréhendait la réaction d'Elisabeth, à tout point de vue. Non seulement elle a répondu à ses souhaits les plus fous, mais chaque jour passé avec elle est plus beau que le précédent, pense souvent le policier. Ceux qui prétendent que la passion ne dure pas se trompent, c'est qu'ils n'ont pas attendu l'amour, le vrai, celui qui vous fait perdre pied. Lui a dû patienter longtemps, mais il se souvient encore du trouble qui l'a envahi dès que cette femme a posé ses yeux gris sur lui. Dès ce jour, il savait qu'avec elle c'était différent. Bien sûr, une part de lui croyait que c'était sa beauté qui le déstabilisait, mais de jolies filles, il en avait vu d'autres. Jonathan savait qu'Elisabeth n'était pas comme toutes celles qu'il avait connues, car les tremblements de son cœur étaient impossibles à ignorer en sa présence. Et justement, cette secousse sismique qui le terrassait quand elle souriait s'est amplifiée au fil du temps. Après plus de trois ans à vivre à ses côtés, Jonathan se sent encore troublé lorsqu'elle plonge ses iris dans les siens et son cœur s'emballe toujours autant dès qu'elle pose la main sur lui.

—•—

Les invités sont tous partis, et Elisabeth et Jonathan ont tout rangé. Tour à tour, les parents ont bordé leur fils par l'intermédiaire de Skype. Jonathan ouvre une bouteille de vin blanc tandis qu'Elisabeth s'apprête à conclure l'appel avec Lukas.

— Tu as bien brossé tes dents ? veut savoir Elisabeth.

— Oui, papi m'a aidé, la rassure Lukas en se frottant les yeux pour la troisième fois.

— Allez, chéri, il est l'heure de te mettre au lit maintenant, ordonne gentiment la mère.

— J'ai oublié Jack. Tu voudrais lui donner un bisou pour moi ? demande le garçon, l'air tristounet.

— Nathan ? Lukas a oublié Jack, tu le lui apporterais pour qu'il puisse l'embrasser ?

Le policier se dirige immédiatement vers la chambre du petit.

— Maman, pourquoi appelles-tu papa Nathan ? s'intrigue-t-il soudain.

— Lorsque j'ai rencontré papa, il m'a dit que son prénom était Jonathan, mais que la plupart l'appelaient Jo. Moi, je n'avais pas envie de faire comme les autres, parce que je voulais être différente à ses yeux. J'espérais être spéciale pour lui, répond-elle au moment où Jonathan arrive avec la peluche.

— Alors tu as décidé de l'appeler Nathan ? comprend-il. Pour être spéciale pour lui ?

— Oui, sourit-elle.

Le temps que Lukas embrasse Jack par la caméra, le couple lui souhaite une bonne nuit une dernière fois et conclut l'appel.

Jonathan verse deux verres de vin et rejoint Elisabeth dans la salle de bain où elle a rempli une baignoire d'eau chaude. Elle est en train d'allumer les chandelles quand il franchit le seuil de la porte. Il se délecte de la scène devant lui. Elisabeth a retiré sa robe et n'est vêtue que de cette nuisette argentée qui se resserre juste assez sur sa poitrine. La lueur des flammes reflète dans les miroirs et offre une atmosphère parfaite. Ses cheveux, beaucoup plus longs que lorsqu'il l'a connue, sont noués en un chignon négligé. Sourire aux lèvres, il est appuyé sur le chambranle de la porte avec ses deux coupes de vin blanc quand elle se tourne enfin.

— Quoi ? lance-t-elle, l'air innocent.

— Que tu es belle ! murmure-t-il sans bouger d'un poil.

Elisabeth s'approche, récupère son verre et capture ses lèvres pour le remercier. En se fixant, ils boivent leur première gorgée. Elle dépose son vin et ne tarde pas à détacher les boutons de la chemise de Jonathan.

— Tu n'es pas mal non plus, chuchote-t-elle en laissant courir ses mains sur le torse dénudé de son partenaire. Le plus beau des codes 33, rigole-t-elle.

— Je peux savoir ce qu'est cette histoire de code 33 ?

— C'est la façon qu'a trouvée la secrétaire de l'école d'Isabella d'annoncer aux enseignantes, en secret, qu'un homme séduisant vient d'arriver.

Affichant un sourire gêné, Jonathan délaisse sa boisson, prend la main d'Elisabeth et l'entraîne face au miroir où il s'installe derrière elle. Comme elle aime, il alterne légères morsures et doux effleurements sur la nuque de sa femme en l'observant fermer les yeux pour se délecter de ses baisers.

— C'est vrai, ce que tu as dit à Lukas, murmure-t-il, que tu voulais être spéciale pour moi ?

Elisabeth le lui confirme d'un simple sourire.

— Tu te souviens que tu as commencé à m'appeler Nathan le jour de notre rencontre, n'est-ce pas ? demande-t-il en déplaçant la bretelle de sa nuisette pour mieux caresser son épaule.

— Oui, rigole-t-elle, devinant très bien la conversation qui s'en vient.

Jonathan mord son muscle trapèze, pas si délicatement, et lui jette un œil taquin avant de souffler :

— Alors tu faisais semblant de ne pas vouloir de moi et tu m'as torturé pendant tout ce temps ?

— C'est plutôt toi qui m'as torturée, s'amuse-t-elle. Tu refusais de me toucher pendant des semaines.

Jonathan s'esclaffe. Elisabeth sait que c'est faux. Il est vrai qu'il retardait cet instant, mais ça ne les empêchait pas de savourer de beaux moments d'intimité. Il l'embrassait, l'enlaçait et la désirait plus qu'aucune autre femme, mais il craignait tant le jour où elle se donnerait entièrement à lui. Il savait qu'elle en avait envie, il le sentait chaque fois qu'il la caressait. Parfois, il la massait dans le seul objectif de la détendre et il la voyait littéralement s'embraser sous ses attouchements. Pourtant, la nervosité le momifiait. Aussi, il ignorait si, dans les circonstances, l'atteinte du plaisir était accessible ; ça l'inquiétait. Mais Elisabeth était prête depuis longtemps. Il se souvient de beaucoup d'occasions qui en témoignent, mais jamais aussi bien que ce premier soir où elle a clairement annoncé ses intentions…

Lorsque Jonathan était rentré, Elisabeth l'attendait vêtue de ce délicat déshabillé, le même que maintenant, qu'elle avait d'ailleurs acheté pour cette soirée. Elle ne travaillait pas encore et avait passé la journée à faire les boutiques pour dénicher une lingerie qui plairait à son partenaire. C'était une mission accomplie. Le satin gris épousait parfaitement la silhouette si délectable d'Elisabeth, à travers duquel perçait la pointe de ses seins. Quand elle relevait les bras, il apercevait un porte-jarretelles de dentelle qu'il rêvait déjà de lui retirer.

Si l'atmosphère qu'elle avait créée ne laissait aucun doute sur ses projets pour la soirée, c'était son désir de plus en plus manifeste de se donner à lui qui le déstabilisait. Elle avait un verre de vin à la main et un regard enjôleur bien évident. La façon qu'elle avait de le fixer le bouleversait encore plus ce soir-là, car il lisait dans chacun de ses gestes qu'elle voulait qu'il la touche. Qu'il la touche autrement.

Lorsque Elisabeth s'était approchée pour lui remettre sa coupe, la bretelle de sa nuisette était tombée sur son bras, découvrant une partie de sa poitrine. Jonathan avait eu le réflexe de la replacer, mais elle avait interrompu son mouvement en lui soufflant sensuellement qu'elle avait envie de lui. Si le message n'était pas déjà assez clair, maintenant il ne subsistait aucun doute qu'il ne pourrait plus se désister longtemps. Pourtant, toujours pétrifié, il avait encore retardé l'instant jusqu'à ce qu'elle s'impatiente et finisse par lui demander si c'était en raison des gestes horribles qu'elle avait posés qu'il ne la désirait pas. Il a cru qu'il allait s'évanouir en apprenant qu'elle pensait une chose semblable.

— Elisabeth, je refuse que tu dises des atrocités pareilles. Regarde-toi, tu me rends fou, avait-il assuré en cherchant ses yeux pour qu'elle lise sa sincérité.

— Alors prends-moi, Nathan. Maintenant, avait-elle exigé d'une voix suppliante.

Devant l'inaction de son compagnon, elle avait tourné les talons pour se diriger dans la chambre, puis, juste avant d'entrer, elle avait largué :

— Très bien ! Si Serra le magnifique ne peut m'aider, je me procurerai mon plaisir moi-même.

Sur ces paroles ridicules, elle avait claqué la porte. Il s'était esclaffé en croyant qu'elle plaisantait, mais après un moment il s'était rendu dans la pièce. Allongée sur le lit, Elisabeth se caressait : les yeux fermés, elle avait entrouvert ses lèvres lorsqu'elle avait inséré un doigt dans son intimité. Cette image était à la fois extrêmement érotique et insupportable. Ainsi, sans tarder, Jonathan s'était incliné vers elle et avait embrassé tendrement cette bouche soupirant son plaisir. Si Elisabeth était impatiente de passer à l'étape suivante, comme en témoignait son empressement à déshabiller Jonathan, lui voulait prendre son temps. Torse nu, mais toujours vêtu de son pantalon, il s'était agenouillé devant elle et s'était contenté de dévorer son corps des yeux. Enfiévrée par ce regard azuré rempli de désir sur elle, Elisabeth avait recommencé à se caresser. Ne pouvant rester immobile, Jonathan avait égoïstement saisi sa main en lui souriant, l'intimant ainsi de le laisser lui procurer du plaisir. Elisabeth avait semblé frustrée un court moment, mais avait paru comprendre que, cette fois, il ne se désisterait pas. Jonathan l'avait vite confirmé en se penchant sur elle pour embrasser son épaule, sa clavicule, puis sa gorge jusqu'à la naissance de sa poitrine. Quand du bout des lèvres il avait effleuré le bouton de son mamelon, elle avait saisi les cheveux de son partenaire délicatement pour le supplier de continuer. Jonathan avait enroulé sa langue amoureusement autour de la pointe durcie et s'était excité du contraste de cette fermeté avec la douceur du galbe de ses seins pleins. Ce qui lui avait valu son premier frisson de satisfaction. Pour la première fois, il avait parcouru avec indiscrétion ce corps magnifique qui ondulait de plaisir et avait embrassé chaque parcelle de cette peau caramélisée frémissante de désir pour lui.

Au moment de lui retirer délicatement son porte-jarretelles si affriolant, sa main avait frôlé l'intérieur de sa cuisse brûlante. Elisabeth avait roulé lascivement le bassin pour l'inviter aussi à cet endroit. Des doigts hésitants, il avait effleuré subtilement son bas-ventre trempé de son nectar en lui enlevant sa culotte. En observant la respiration d'Elisabeth traduire son désir de plus en plus ardent, il avait osé cajoler son bourgeon luisant et gonflé. L'entendre émettre des plaintes sensuelles lui avait très vite fait perdre le contrôle de ses pulsions. Ses attouchements étaient devenus plus passionnés et les gémissements d'Elisabeth, plus grisants qu'il l'avait imaginé. Il avait tout oublié et lui avait fait l'amour comme il en avait si souvent rêvé. Il avait bien eu un très court instant d'hésitation au moment d'introduire sa masculinité en elle pour la première fois, mais le visage extasié d'Elisabeth était si enivrant que Jonathan s'était seulement assuré de contenir l'ardeur de ses mouvements pour éviter de la blesser. Pourtant, Elisabeth soufflait à son tympan à quel point il était merveilleux de lui faire découvrir des sensations aussi euphorisantes.

Au moment où sa respiration était devenue saccadée et qu'il avait su que malgré ses craintes Elisabeth atteindrait l'orgasme, il s'était senti incroyablement privilégié. Encore aujourd'hui, il se souvient de la première fois où son corps a tremblé sous le sien ; elle criait qu'elle l'aimait, produisant la plus belle musique possible à ses oreilles.

Elisabeth avait repris son souffle en lui souriant. Jonathan, lui, était bouleversé. De toute évidence, l'émotion se lisait dans ses traits, car elle s'était inquiétée.

— Ça ne va pas ?

Il avait cillé à quelques reprises avant de sortir de sa léthargie, puis il avait murmuré :

— Tu accepterais de devenir ma femme ?

— Je *suis* ta femme, s'était-elle esclaffée.

— J'ai promis à Marcus que je l'inviterais à notre mariage, ce serait dommage de le décevoir, avait-il insisté.

Sur ces mots prononcés d'un ton sérieux, Elisabeth avait compris qu'il lui demandait vraiment de l'épouser. Près de trois ans se sont écoulés depuis ce jour et il se sent de plus en plus amoureux d'elle.

— J'avais envie de toi chaque jour de ma vie, comme c'est encore le cas aujourd'hui, dit-il en caressant les hanches de sa conjointe en glissant le tissu vers le haut pour découvrir ses cuisses. Regarde-toi, exige-t-il en jetant un œil à leurs reflets dans la glace.

Sous ses ordres, Elisabeth lève les yeux vers le miroir.

— Comment pourrais-je ne pas avoir envie de te faire l'amour jour après jour ? Tu es la plus sublime des femmes, murmure-t-il en passant délicatement sa main sur l'os saillant de sa hanche, chatouillant au passage la dentelle près de son nombril.

Elisabeth renverse sa tête sur l'épaule de Jonathan et savoure ses caresses ; ses doigts qui taquinent la peau fragile de ses cuisses, sa paume pleine qui soutient la lourdeur de son sein découvert et sa bouche qui effleure le lobe de son oreille.

— Fais-moi l'amour, Nathan, dit-elle dans un soupir.

— Vos désirs sont des ordres, madame Serra.

Elisabeth se tourne et enroule les bras autour du cou de son mari ainsi que les jambes autour de sa taille, alors qu'il la prend pour l'entraîner dans la chambre pour une nuit d'étreintes douces et sensuelles.

Remerciements

D'abord, un merci à Daniel Bertrand pour ta précieuse collaboration et ta confiance dans mes différents projets. Durant celui-ci, j'ai eu la chance d'être soutenue par Elsa Galardo et Stéphanie Roy, deux femmes inspirantes. Elsa, ton dynamisme m'insuffle une brise d'air frais. Stéphanie, ton professionnalisme ne cesse de m'impressionner. Pendant le processus d'édition d'*Interdit*, j'ai pu apprécier à sa juste valeur toute l'étendue de votre ouverture d'esprit ainsi que votre façon si respectueuse et agréable d'échanger vos idées. Vous côtoyer est un réel privilège.

Pour l'écriture de ce roman, j'ai pu profiter d'informations et de recommandations d'une policière qui a eu la gentillesse de m'offrir de son temps. Merci Annie «la police» d'avoir été si généreuse pendant notre entretien. C'est toujours un plaisir de te rencontrer.

Mes chers lecteurs, sans vous je suis qu'une fille avec trop d'idées. Grâce à vous, je deviens une auteure. Merci de vous procurer mes romans, de me suivre dans cette belle aventure et de me faire part de vos commentaires.

Merci aux deux personnes si précieuses dans ma vie de continuer à m'appuyer dans tout ce que j'entreprends.

Encore plus aux Éditions JCL

Vous avez aimé *Interdit*?

Vous apprécierez sûrement les titres suivants :

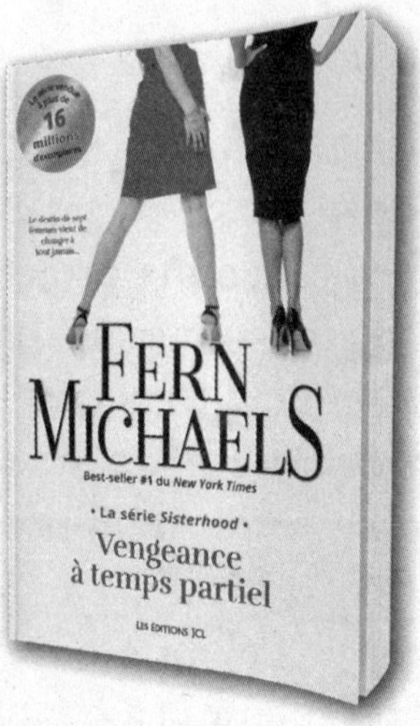

La série *Sisterhood*
Vengeance à temps partiel

Fern Michaels

La vie est totalement injuste. La majorité des femmes le savent, mais que peuvent-elles y faire ? Des miracles… si elles font partie du *Sisterhood.*

* * *

Dévastée par la mort tragique de sa fille, frappée par un chauffard fou qui a bénéficié de l'immunité diplomatique, la richissime Myra Rutledge décide de former un cercle secret : le *Sisterhood.* Ce groupe réunit sept complices partageant une colère noire découlant de préjudices dont elles sont victimes – mari infidèle, collègue sexiste, système judiciaire déficient ou autres aberrations.

Liées par leur tragédie personnelle, elles décident de se faire justice elles-mêmes, se découvrant du coup une force intérieure insoupçonnée. Si dans l'adversité certaines s'effondrent, d'autres se relèvent et passent à l'attaque !

Je t'aime... Moi non plus
Tome 1. Illusions

Catherine Bourgault

Jenny Lane s'était promis une année d'études paisible et sérieuse. Mais bousculée sur le plancher de danse d'un club new-yorkais, elle tombe dans les bras de Sacha Carter. Mystérieux et discret, il devient bientôt sa raison d'être. Tout semble si magique lorsqu'elle se trouve auprès de lui. Pourtant, la jeune femme constate rapidement qu'un mal de vivre habite son nouvel amoureux. Elle devra, bien malgré elle, apprendre à jongler avec sa démesure. Mais à quel prix?

Au gré de ses humeurs, Sacha se réfugie derrière sa guitare, repaire réconfortant où la souffrance n'existe plus. Seul son frère Rick, flamboyant et transporté par une soif de vivre, vient mettre un peu de légèreté dans son lourd quotidien. Et si Jenny arrivait à diffuser une douce lumière sur sa tourmente?

Un drame romantique intense où la bipolarité est abordée avec doigté et subtilité. Une histoire qui laissera le lecteur vibrant d'émotions…

morning, wagging his tail; it was like he was waiting for me. I'd greet him and off we'd go, across the hills on the cattle trails, always mindful of the droppings that littered our route, till we came to a clearing that overlooked the town. Those were some memorable moments, sitting up there with this dog, telling him my problems. I told him how people hate you because your skin is colored. "They'd be right confused with you," I used to say, because my little friend had brown patches over a predominantly white coat. He was the only one I could confide in. It helped, too. He seemed to understand. At least he didn't laugh.

We'd sit and watch the traffic pass on the highway to Regina. I told him how I wished I was in one of those cars. I didn't care where it went as long as it was away from this town. I was always having thoughts of running away. I tried to convince a couple of friends to come with me. I'd bring them down to the tracks, and when a train stopped to load grain from the elevator I'd tell them how easy it would be just to jump on the train and we'd be gone.

"But what will we eat, Jim?"

"We'll raid gardens."

"I don't know, Jim. It sounds like a bad idea. I love my family."

That always shut me up. I wanted to explain to them about my family. I didn't hate the Tymans. They gave me everything I needed, but it all seemed artificial, it wasn't real. I felt I was being looked after because someone had told them to, not because they wanted to. I was wrong about them. Racism hurt them, too. My older sister, Donna, had to put up with questions like, "How's the little Indian doing?" Or they'd compare me to black paint, just to get her mad.

I hate these people, I thought. They're all wrong about me. I'm just like them. I think like them. I eat like them. I have feelings like them. I can't help being who I am. I want to die. It came back to me: dying is where you go and have peace forever. I grabbed a knife. I figured with careful planning I could make it look like an accident. It had to look like an accident. It was my tough-guy role: I didn't want my school mates to know they'd won. I wanted it to look like I fell on the knife running up from the basement, a tragic accident. I don't know what kept me pulling the knife away every time I fell.

I watched a show on television that showed a woman slashing her wrists with a razor. That looked like it would work. I practiced. First I slashed my shins. Then the blood came out and the pain set in, and that was the last of that idea. I told my mom and dad that I'd cut myself on a barbed wire fence. Looking back, I'm grateful that my father wasn't a hunter. For sure I'd have found myself peering down the barrel of a loaded gun. "I know it won't hurt. Bang! Then it'll be all over." It would have been over all right.

My father and mother were mystified during these times, also. How could their son, who was so quiet and good at home, be the way the teacher described him at school? I was always ready to fight at school. I was always back-talking the teachers and being disruptive. I wanted them to tell me what was wrong with me. There was only one problem: I couldn't tell them what the problem was!

"What the hell is the matter with you?" my father shouted, clutching a dismal report from my teacher.

"Nothing's the matter." I bowed my head. I couldn't tell him why I hated school. He wouldn't understand. I tried to tell him about my relationship with the principal, but he was shocked at what I was suggesting. The principal a racist? I drew my conclusions: if my father and mother couldn't believe me about school ... well, they wouldn't believe the other stuff, either. Teachers did sit me down and ask me why I was being so abusive. I wanted to shout out the questions:

"Why don't people like my color?"

"Why do the Indians call me apple?"

"Why are my old school friends ignoring me now?"

But it was only to myself that I was shouting. So, like my mother and father, the teachers didn't know why this kid was being such a jerk. My behavior and reputation followed me